相棒

episode1

episode3

episode4

N PA
M IN 196

episode7

# 相棒 season 7 上

輿水泰弘ほか／ノベライズ・碇 卯人

朝日文庫

本書は二〇〇八年十月二十二日〜二〇〇九年三月十八日にテレビ朝日系列で放送された「相棒　シーズン7」の第一話〜第九話の脚本をもとに全七話に構成して小説化したものです。小説化にあたり、変更がありますことをご了承ください。

相棒 season 7 上 目次

装丁・口絵・章扉／IXNO image LABORATORY

杉下右京　警視庁特命係長。警部。
亀山薫　警視庁特命係。巡査部長。
亀山美和子　フリージャーナリスト。薫の妻。
宮部たまき　小料理屋〈花の里〉女将。右京の別れた妻。
伊丹憲一　警視庁刑事部捜査一課。巡査部長。
三浦信輔　警視庁刑事部捜査一課。巡査部長。
芹沢慶二　警視庁刑事部捜査一課。巡査。
角田六郎　警視庁組織犯罪対策部組織犯罪対策五課長。警視。
米沢守　警視庁刑事部鑑識課。巡査部長。
内村完爾　警視庁刑事部長。警視長。
中園照生　警視庁刑事部参事官。警視正。
小野田公顕　警察庁官房室長（通称「官房長」）。警視監。

# 相棒

season
7上

# 第一話「還流」

一

がらんとした警視庁大会議室の静寂の中、ボリッと錠剤を齧る音が響いた。呼び出した特命係のふたり、杉下右京と亀山薫に背を向けた主任監察官の大河内春樹は、数錠を掌に取って続けざまに口腔に放り込んだ。

「どうぞ。そちらにお座りください」

「どうしたんですか？　大河内さん」

味方の少ない警視庁のなかで、特命係にとってわずかながらも好意的（だと薫は一方的に思っている）な大河内に対して、薫がいつもどおり馴れ合った声をかけると、大河内は他人行儀に応えた。

「相変わらずご活躍のようですね」

ことばの意味を捉えかねて愛想笑いを返す薫に、

「上層部は眉をひそめています」

そう言って大河内はまた白い粒を口に放り込んだ。これ、ラムネ粒なんだよなあ、と思いながらクスっと笑う薫にピシリと大河内の冷たい声が飛ぶ。

「笑い事じゃありません。改めて確認しておきますが、警視庁では特命係の捜査権限を認めていません。ご承知でしょうね、杉下警部」

わずかに笑みを浮かべて首肯く右京を睨みつけ、大河内は続ける。

「勝手な捜査は即規律違反。つまりあなた方は日常的に、違反行為を行っているということになる。ちょっと調子に乗りすぎてるんじゃありませんかね？　はっきり申し上げましょう。上層部は、あなた方の活躍を評価するぐらいなら事件のひとつやふたつ、迷宮入りしてもいいと考えています」

口を挟もうとする薫を遮って、さらに大河内は声のトーンを上げる。

「それぐらいウザいということですよ、あなた方が」

「ウザいって……」

「いや、ある意味、亀山さんには気の毒かもしれない」不満顔の薫に大河内は同情の色を滲ませた目を向け、そのまま顎で右京を指した。「上層部が疎ましく思っているのは主に杉下警部です。だから一緒にいる亀山さんも同じ評価になる」

「なるほど」

先ほどから微笑んだ表情を崩さない右京に、大河内は愛想を尽かしたような溜め息を吐いた。

「少しあなた方と仲良くしすぎました。今それを大いに反省しています」

大河内はくるりと椅子を回して、話はそれまでだというようにふたりを突き放した。

なんの用件があって呼び出されたのかいまひとつ要領を得なかったが、特命係の小部屋に戻った薫はコーヒーカップに口を付けながら「ウザいんですって、俺たち」と自嘲的に呟いた。

「ご迷惑なようですから大人しくしてましょうか」ケロリと言ってのける右京を「またあ、そういう心にもないことを真顔で言うからウザがられるんですよ」と薫がたしなめたところに、右京の携帯が鳴った。


その数十分後、右京と薫はとある写真展の会場にいた。それは渋谷敦志というカメラマンがアフリカの貧しい人々をドキュメンタリータッチで撮った作品展で、白い壁に掲げられたモノクロの写真の数々が、貧困と飢餓に苦しむ人々の現状をつぶさに物語っていた。ふたりの脇には元法務大臣の瀬戸内米蔵と警察庁官房室長の小野田公顕(こうけん)が肩を並べていた。先ほど右京の携帯を鳴らし、開口一番「暇でしょ？」とふたりをここへ誘ったのはこの小野田だった。

「アフリカ諸国の平均寿命を知ってるかい？」

手足が無惨にも痩せ細り、腹部だけが異様に膨らんでいる子どもの写真から目を上げて、瀬戸内が特命係のふたりに訊ねる。

「たしか、五十歳ぐらいだったのではありませんかねえ」

博識の右京が間髪を容れずに答えると、「え、本当ですか!」と薫が驚きの声を上げた。

「そのとおりだ。世界中見渡しても、アフリカ諸国の平均寿命は極端に短い。最も短いジンバブエの女性などは四十二歳だそうだ。乳幼児の死亡率の高さとエイズの流行が、その原因だと言われているがね」

「マラリアによって三十秒に一人、子どもが死んでいるという話を聞いたこともあります」

右京が瀬戸内の後を続ける。

「劣悪な環境に加えて満足な医療品もない。いや、日々の食料さえねえ人たちがごまんといるんだよ、あの大陸には」瀬戸内が痛まし気に顔を顰(しか)める。

「われわれ人類の母なる大地なのにねえ」小野田が溜め息まじりに呟いた。

「まあしかし、俺たちがちょっとその気になりゃあ」瀬戸内はそこで言葉を切り、三人の顔をじろりと見渡した。「いや、なに。多少でも余裕のある連中がこぞってその気になりゃあ、救えるんだぜ、不条理に失われていく命がよ。けどな、みんなその気にならねえんだよ」べらんめえ調でそう言うと視線を作品に移し、目を細めた。「いい写真家だろ? 彼の撮った写真が好きでねえ。被写体は人々だが、写っているのは命だ」

「命……」右京は時折瀬戸内に垣間見える強いヒューマニズムに感じ入りながらも、現実に話題を戻そうと切り出した。「ところで、今日われわれを誘っていただいたのは、なにかお話が？」

「たまにはふたりの顔が見たいと思ってさ。お、それじゃあ不十分か？」

「いやいや」大物政治家の思わぬ言葉に薫が恐縮して頭を掻き、姿勢を正して深く頭を下げた。「どうも、今日は貴重な写真展にお誘いいただきありがとうございました」

そんな薫の頭上から、しれっと小野田が囁いた。

「誘われついでにもうちょっと付き合わない？」

薫がキョトンと顔を上げる。

「暇だよね？　夜、パーティがあるの」小野田は右京の反応を無視して瀬戸内に許しを請うた。「よろしいですね、このふたりも」

「おお、嬉しいねえ！」

手放しで喜ぶ瀬戸内を見て、ふたりは断るタイミングを失った。

二

政治家の資金集めのパーティなるものに出席する機会などそうはない。薫は最初こそ物珍しさにキョロキョロとあたりを見回していたが、そのうちに退屈さが勝ってモゾモゾしだした。壇上では瀬戸内のスピーチが始まっている。

——本当にあるのかないのか！　ひと頃、霞ヶ関埋蔵金伝説なるものが世間を賑わせておりましたが、埋蔵金が本当にあるのかないのか……ぶっちゃけ、あるんだなこれが！

会場はどっと沸いた。

——数十兆円規模で埋まってる。かく申す私も、埋蔵金発掘を試みましたがね、なかなか容易じゃない。これが役人の抵抗はもちろん、この霞ヶ関の利益代表みたいな政治家がおりましてね。これが後ろから足を引っ張る。まあこの連中、すぐわかるんです。増税増税の一点張りだからね。まあ、国民から金を搾り取ることで財政の再建を図ろうって輩だ。冗談じゃあねえってんだよ。

「何事も経験ですよ。資金集めのパーティなんか、なかなか出席する機会ないでしょ」

あまりに落ち着きのない薫に、小野田が耳打ちをする。

「そうっスけどね」不満顔で薫が応える。

「けど、なに？」

「いや、正直、三万円のパー券は痛いっスよ、ねえ？」

薫に同意を求められた右京は、無言で微笑んだ。

「きみたちだって瀬戸内さんにはいろいろお世話になってるでしょ。多少の資金援助して差し上げたって、罰は当たりませんよ」

「それにしたってあの料理はないでしょ。三万円も取るんだから、さぞかし豪華な料理が出ると思ったら、なんスか、あれは！」

「亀山くん」

興奮して声が高くなる薫を右京がたしなめたところへ、スピーチを終えた瀬戸内がやってきた。

「大変な盛況で」小野田がお定まりの挨拶を交わす。

「おかげさまでね、ヘッヘッヘッ」応えた瀬戸内は薫を振り向いて「おい、政治家のパーティってのはな、料理に金かけねえんだよ」とジロリと睨んだ。「だってそうだろ？目的は金集めなんだから、経費は極力抑えなきゃ実入りが減っちまうじゃねえか」

「い、いや……あっ、聞こえてました？」

狼狽した薫が取り繕おうとすると、

「あっ、やっぱり言ってたな！」

薫はまんまと担がれたのだった。

「ざっと見積もって七百人、かける三万で二千百万。経費を除いてもたった数時間で二千万からの実入りになりますかね」

小野田がササッと空で計算する。

「ハッハッハッ、だから政治家は辞められねえ」

「坊主丸儲け、と……」薫が声を落として呟くと、

「そのとおりだよ！　耳だけは達者でなあ」

瀬戸内は豪快に笑った。

「どうしちゃったんだろうねえ、亀山くん。あんまりホテルが広いんで迷っちゃったのかな」

ちょっとトイレに、と会場を出た薫があまりに遅いので、小野田は腕時計をチラリと見た。それから思い出したように脇の右京に言った。

「ああ、そうだ、さっき亀山くんがぼやいてたでしょ、料理がせこいって。まあ、それについては瀬戸内さんの説明どおりなんだけど……。ここだけの話、実はこの会、チャリティーなんですよ」

「はい？」右京が聞き返す。

「集まったお金は経費を除いてみんな寄付しちゃう。瀬戸内さんの懐には一銭も入らない」

「ならば、なぜチャリティーと銘打ってやらないんですか？」

「チャリティーなんてやったってお金集まらないもの。政治資金だっていうとボンボン集まるのに」

「皆さん、なにがしか見返りを期待してらっしゃるんでしょうかねえ」

そう応えつつ、右京もやはりトイレがあまりにも長い薫のことが気になったようで、携帯電話を取り出した。

心配されている当の薫はといえば……。

それはトイレから出て鼻歌交じりにエレベーターホールを横切った時だった。薫は視界の隅に見覚えのある人物の影を捉えた。「ん？」咄嗟に思いを巡らしてみた。いま、閉まる間際の上りのエレベーターの中にいたのは、紛れもなく高校時代の同級生、兼高公一だった。「まさか……」信じられない薫は、一階のフロントまで下りて宿泊客を確認した。やはり兼高はこのホテルに泊まっていたのだ。驚いた薫は早速部屋に電話をつないでもらったが、部屋の主は出なかった。部屋の前まで行き、ノックをしても出てくる様子がない。

そこへ右京からの電話がかかってきたのである。

――亀山くん、どうしたのですか？

「なんでもありません。すぐに戻ります」

薫はそう答えると、パーティ券の裏側に伝言を走り書きした。

「高校時代の悪友だそうですよ」

右京が猪口を傾けながら、女将の宮部たまきに説明した。パーティが終わってホテルのエントランスで待ち合わせた右京と薫は、空き過ぎたお腹を満たそうと、この行きつけの小料理屋〈花の里〉を訪れたのだった。

「その方、携帯電話は持ってらっしゃらないの?」

たまきが不思議そうに問いかける。

「ほとんど日本にいませんからね。それに活動してる場所が携帯なんか通じないとこだから。帰国したなら連絡の一本ぐらい入れりゃあいいのになあ、もう」

兼高は東南アジアを主な拠点にボランティア活動をしているNGOに所属し、大半を現地で過ごしていた。

「ねえ、パーティはどうだったの? 楽しかった?」

薫の妻、亀山美和子が話題を変えた。

「楽しいわけねえだろ。ジジイのスピーチばっかでさ。それもみんな歯の浮くようなお世辞だらけ。瀬戸内さん、ニコニコ聞いてたけど、案外俗物だな、あのオヤジ。ねえ、右京さん」

同意を求められた右京は、ニッコリ頷いて杯を飲み干した。

三

あくる日の午後、件のホテルはパトカーのけたたましいサイレンの音とひしめく警官たちとで騒然としていた。十階の客室に泊まっていた男性客が死体で見つかったのである。その客はチェックアウトタイムを二時間過ぎても音沙汰がなく、電話しても出ないので、不審に思ったフロント係がマスターキーで扉を開けたところ、血にまみれてあがくような形相で首を押さえソファに横たわっていたという。

そこまでの事情を警視庁捜査一課の伊丹憲一と三浦信輔がフロント係から聞いている背後から、捜査一課のもうひとり、芹沢慶二がぬっと顔を出した。

「面白いものがありましたよ～」

芹沢はビニール袋に入った紙片をビラビラと揺すった。

「なんだよ」うるさそうに振り返った伊丹の目が紙の上に留まった。「瀬戸内米蔵？」

そこにはたしかに元法務大臣の名前が印刷してある。どうやらなにかのチケットのようである。

「昨夜ここでパーティがあったみたいですね」芹沢が付け加えた。

「ってことは被害者（ガイシャ）は瀬戸内米蔵ゆかりの人物か！」三浦が声を上げた。

「いやいや、そう単純じゃないかもしれません。こっちを見てください」含み笑いをしながら紙片をひっくり返した芹沢の手元を覗き込んで、そこに並んだ手書きの文字を伊丹が読み上げる。

《こら！　連絡ぐらいよこせ！　亀山》

「って、まさかあの亀山か!?」伊丹と三浦の声が重なる。

「瀬戸内さんのパー券の裏の走り書きですからね。それにこれ、筆跡も先輩のっスよ」

瀬戸内とは浅からぬ仲の輩である。それに言われてみれば、その字は伊丹にも見覚えがあった。

「くっ……特命係の亀山かよ！」

いつもながら、思わぬところで引っかかる宿敵の顔を思い浮かべて、伊丹が叫んだ。

「鑑識の話では、これはドアの下から差し込まれたもののようです」芹沢が続ける。

「ってことは、ガイシャは亀山薫ゆかりの人物か」三浦が言うが早いか、伊丹は携帯電話の番号をプッシュしていた。


伊丹から連絡を受けて現場に駆けつけた薫は、友人の変わり果てた姿を目の当たりにし、呆然と佇んでいた。

「頸動脈をバッサリだ」伊丹が耳元で言った。

「ほぼ即死だったろうな」三浦が低く呟くと、薫はガクリと膝を折り、頭を抱えて床にうずくまった。

同行した右京は到着するやいなや現場をつぶさに調べ始めたのだったが、「亀山先輩はお呼びしましたけど、警部をお呼びした覚えはありませんからね！」と、芹沢から煙たがられたので、浴室を調べている鑑識課の米沢守のところに退却した。

「なにか目ぼしいものは？」

床に這いつくばっていた米沢に声をかける。

「ああ、どうも。特にありません」立ち上がった米沢は度の強い黒いセル縁眼鏡の奥の目を見開いた。「亀山さんのお知り合いなんですか？」

「高校時代の友人だそうです」

「いやはやなんとも……」

継ぐ言葉を探している米沢に、右京はドライに訊ねた。

「シャワーを使用した形跡はありませんかね？」

「一見したところありませんねえ」

「念のためここの血液反応を調べていただけますか？」そこまでする必要があるのかと目で訴えている米沢に応えて右京は続けた。「殺害状況を見ると、犯人はかなりの返り血を浴びているはずです。そのまま逃走するとは思えないものですからね」

「つまり犯人は返り血をシャワーで洗い流し、その後しっかりルームメークまで施した上で逃走した、ということですね？」

納得顔で米沢が訊ねる。

「その可能性は十分にあると思いますよ」

「一見シャワーを使ったようには見えませんが、どっこい、科学捜査を舐めるなと」

米沢は不敵な笑みを浮かべた。

「おっしゃるとおり。よろしくお願いします」

慇懃にお辞儀をする右京に、心得たとばかりに米沢は頷いてみせた。

そのとき、客室のリビングから薫の怒声が響いてきた。

「なんだと、この野郎！」

右京が駆けつけると伊丹の胸倉を摑み息まいている薫を、芹沢が必死に止めているところだった。

「なにが言いてえんだよ、おい！」

薫は芹沢を振り切らんばかりに怒りに震えていた。

「興奮するな！　おまえ」

慌てた三浦もふたりの間に割って入る。

「俺になにができたっていうんだよ！　どうすりゃよかったんだよ！　俺のヘマのせいでこいつが死んだとでも言うのか！」

一息にまくし立てる薫に、伊丹も口角泡を飛ばして応戦した。

「誰もそんなこと言っちゃいねえよ！」

「今のはおまえが悪い。亀山だって怒るさ。のんきにメモを差し込んでる最中に殺されかかってたかもしれないなんて言ったら」

　三浦が取り成す。

「犯行時刻を特定したかっただけだ！　メモを差し込んでる最中に、この部屋で不審な音が聞こえなかったか訊いてんだよ！」

　伊丹が必死に抗弁する。

「してたらメモなんか残して帰るか、バカ野郎！」

「きみがメモを差し込んだのは、ぼくとの電話を切った直後だと言ってましたね」

　熱くなるばかりの相棒に冷却剤を押しつけるような、右京の穏やかな声が響く。

「そうですよ」

　はずむ息を抑えて薫が答えた。

「きみが兼高さんを見かけてからメモを残すまでの時間はどれぐらいでしたか？」

「そんなに経ってなかったと思いますよ。せいぜい十五分。見かけてすぐフロント行って確かめて、それから部屋に電話したけど出なかったから」

　昨夜の状況を思い浮かべて少し冷静になった薫が答えた。

「見かけてから部屋に電話するまでの時間は？」

「それこそ十分もなかったんじゃないですかね」

「それから上にあがったわけですね？」

「ええ。十階だからなんかの拍子にまだ部屋に着いてないのかもしれないと思って……ドアノブには“DO NOT DISTURB”の札が掛かっていたけど、ブザーを押してみたんです」

「しかし反応はなかったんだよな」

「ああ……」冷静に答えていた薫だったがその訊ね主が伊丹だと気づいて、また怒りがこみ上げてきた。「だからメモ残したんだよ。悪いか！」

「気持ちはわかるが、興奮するな、おまえ」

今度は三浦が身をもってふたりを離した。

「それにしても、随分と豪華な部屋ですね」

煮詰まった空気に風孔を明けるように、右京があたりを見回した。

「デラックスツインらしいです。通常のツインルームよりも豪華版」

「なるほど」頷いた右京はふと気づいたことを口にしてみた。「灰皿がありませんね」

「禁煙ルームじゃないですかね。最近どこのホテルも禁煙ルームあるでしょ」

ぞんざいに答える三浦に、

「ああ、なるほど」

右京はおかしなほど深く頷いてみせた。

浴室では血液反応の結果が出たようだった。

「ご覧のとおりです」

暗闇のなかで米沢がブラックライトを当てると浴槽の底にある排水口が青白く光り、ルミノール反応を示した。

「やはり、計画殺人のようですねえ」

それを見た右京が呟くと、薫の声が裏返った。

「計画殺人？」

「相手を一撃で確実に、しかも瞬時に殺害するには頸動脈を狙うのが一番です。しかし、殺害方法としては確実でも、ひとつ大きな問題がある」

「血ですね？」

口を挟んだ芹沢に、正解を告げる教官よろしく指をさした右京が続ける。

「動脈を切るわけですから大量の血が噴き出します。当然犯人はその血を浴びることになる。つまり、屋外での犯行としてはリスクが高いわけです。返り血を浴びたまま逃走するのは非常に厄介ですからねえ」

「お言葉を返すようですけど……」

「どうぞ」

教官モードの右京が芹沢に発言を許可する。

「完全防備で犯行に臨んだらどうですか？　たとえばマスクとサングラス、雨合羽と長靴で完全防備する。返り血を浴びても脱いじゃえばお終いだし、それなら屋外だってそれほどリスクは高くないでしょ？」

「マスクとサングラスで顔を隠し、雨でもないのに雨合羽を着込んで長靴を履いた人物に、きみは近寄りますか？」

「へ？」予想外の切り返しを受けて、芹沢が素っ頓狂な声を上げた。

「そんな怪しげな人物にぼくなら近寄りません。つまり頸動脈を切られることもない」

「あ、一理ありますね……イタッ！」

　不甲斐ない後輩の頭をパシリと叩いた伊丹が、「わざわざホテルを殺害場所に選んだってわけか」と呟いた。

「ホテルならば返り血を洗い落とすバスルームがあり、必要な時間、密室化できます。ドアサインを掛けておけば誰も入ってきませんでしょうし」

「犯人（ホシ）にとっては有利な状況だな。これだけのホテルとなれば人の出入りも激しい。逃走もそれほど難しいことじゃない。なにしろ遺体を発見されるのは早くても翌日の昼すぎだからな」

　三浦が右京の推理を敷衍（ふえん）すると、米沢が後を継いだ。

「ゆっくりシャワーを浴びて着替えを済ませて、なんなら食事まで済ませてから出ていけますな。実際、犯人は使用後のシャワールームを元どおりにして逃走したぐらいですから」

「備品のタオルは使われていないのを見ると、タオルは自前か？　着替えと一緒にしっかり用意してたってことだな」

だんだんと事情が飲み込めてきた三浦の鼻先に、右京の人差し指が突きつけられる。

「そういう諸々のものを詰めた大きなバッグを提げていても、ホテルというのは全く怪しまれる環境ではありません。きみがフロントから電話をした時、兼高さんはすでに殺害された後だったのかもしれませんね」

「もし右京さんの言うとおりなら、犯人は……」

右京の話を聞きつつ悔しさに顔を歪めていた薫がうめく。

「まだ室内にいた可能性が高い。シャワーを浴びていたか、あるいはその後始末をしているさなかだったか。いずれにしてもきみが兼高さんを見かけてから十分足らずのことです。犯人はまだ逃走には至っていなかったと思いますよ」

失態を悔いて、薫は自分で自分の頭を殴りつけた。

## 四

頭を冷やそうと現場を離れた薫はロビーの椅子に座り、庭の景色を眺めていた。しぜん思い浮かぶのは何年か前の夏、故郷で開かれた同窓会で、十年ぶりくらいに再会した兼高の面影だった。

いまなにをやっている？　と訊いたら、東南アジアで井戸を掘っている、と兼高は答えた。

——水に困ったことがないおまえには想像できないかもしれないけど、たったひとつの井戸が何十人……いや、何百人の命を救うんだぜ。

そう呟いて遠くを見るように目を細めた兼高の横顔を前に、高校時代は特攻服を着て単車を乗り回していた男が、変われば変わるものだと思った。そしてそのことを口にすると、

——おまえに言われたかないよ。棒っきれ振り回して球ひっぱたくしか能がなかったくせして、今じゃ手錠ぶらさげた刑事だってんだから。世の中、なにがどうなるかわかんないよな、全く。

それもそうだ、と互いに顔を見合わせて大声で笑い飛ばした。

結婚は？　と薫が訊ねると、まだだ、と兼高は答えた。

——おまえ、もしかしてゲイじゃないだろうな？

いきなり薫に股間を握られて、兼高は体を捩って笑い転げた……。

「こんなところで油を売ってたんですか。またトイレに行くと言って現場を離れたきり、

一向に戻ってこないものですからねえ」

回想に耽っていた薫は、右京のひと言で現実に引き戻された。

「わざわざ捜しに来なくたって……」

恐縮して立ち上がると、

「きみを捜しに来るほどぼくも暇じゃありません。手掛かりを探しに来たんです」

相変わらずこの人は、食えない上司である。

「人道支援活動に勤しんでいらっしゃったような方が、こんな高級なホテルに泊まるとは、どうしても思えないのですよ。宿泊にはもっとリーズナブルなホテルをお選びになるんじゃないでしょうか」

「でもゆうべフロントに確かめたら、兼高がチェックインしたって」

「兼高さんご本人だったとは限りません」

言われてみればそうである。フロントが兼高の顔を知っているはずはないのだから。そしてもしチェックインしたのが兼高本人でなかったら、その男が真犯人である可能性が極めて高い。

「行きましょう！」

顔を見合わせて頷き合った右京と薫は、早速フロントに赴いた。

ふたりはホテルの事務所で、兼高がチェックインしたときに応対したフロント係の女性に面会した。調べてもらったところ、予約はおよそ一週間前に、兼高本人と名乗る男性が電話でしたらしいが、電話ではそれが本人かそうでないかは分からない。

「ちょっとご確認いただきたいのですが」

右京が内ポケットから兼高の写真を出してフロント係の女性に見せた。

「ゆうべチェックインした人物は彼でしたか？」

薫が訊ねると、フロント係はしばし思案してから答えた。

「わたしの記憶違いでなければ、たしか帽子とサングラスをお着けでしたので、はっきりとお顔までは……」

「服装はご記憶にありませんか？」今度は右京が訊ねた。

「薄いグレーのジャケットをお召しになっていたと思います」

次いでそのときの宿泊カードを見せてもらった。兼高本人の筆跡が分かるパスポートと比べてみると、明らかに別人である。右京がすかさず携帯を取り出し、記された携帯の番号にかけてみる。「その番号は現在使われていません」という音声メッセージが流れた。

「住所もそれらしく書いてありますが、架空の番地でしょう」

右京が携帯を切りながら言う。兼高以外の何者かがチェックインしたことは間違いない。

「これ、ちょっとお借りしていいですか？」

薫はフロント係に断って宿泊カードをハンカチに包んだ。

「指紋ですか？」それを横で見ていた右京が意見した。「ぼくならばこんなところに指紋を残したりはしませんねえ。これから人を殺めようとする直前ならばなおさらのこと」それからその言葉にちょっと不満顔の薫を一瞥して、「ま、念のために後で調べてみましょう」と付け加えた。

そして最後に思い出したように、「それから、あとひとつ」と右京は左手の人差し指を立てた。「ホテルのパンフレットを一部、いただけますか？」

五

捜査一課の三人、伊丹、三浦、そして芹沢は、ホテルの保安室で防犯カメラの映像をチェックしていた。保安係によると十階の防犯カメラはエレベーターホールと非常階段の二カ所に設置されている。ただ非常階段はドアが開けられると警報ランプがつく仕組みになっており、昨夜はそんなことはなかったので、犯人の逃走経路はエレベーターホールに絞られることになる。三人は昨夜七時以降今日の午後一時までのエレベーターホールの防犯カメラの映像を出してもらうことにした。

もちろんカメラには兼高の部屋を訪ねる薫の映像もバッチリ映っていて、モニターにそれが出てくる度に伊丹の悪態が繰り返された。薫が去った後、外国人がひとり映っていたが、犯人は汚れた衣服などを入れたバッグを持っているはずで、その外国人は手ぶらであるため被疑者からは除外された。

そこへ特命係のふたりがやってきた。またいつものごとく薫と伊丹のいがみ合いが始まるのを遮って、右京がモニターに屈みこむ。

「1006号室にチェックインした人物は、帽子にサングラス、薄いグレーのジャケットを着ていました」

「どうしてご存じなんですか?」

思わぬ情報に伊丹の声がひきつった。

「先程ホテルのフロント係に確認しました」

「1006にチェックインしたのは兼高じゃなかったんだよ!」

薫が得意気に息巻く。

「亀山くんが映る前の映像に戻していただけますか?」

モニターの前でグズグズしてる伊丹をはねのけ、「代われ!」と薫がマウスを奪って映像を高速で巻き戻す。

「あ、こいつだ!　帽子にサングラス、薄いグレーのジャケット」

モニターを覗き込んだ三浦が叫んだ。兼高が部屋に向かう以前にフロント係から聞いた風貌の人物が映っていた。

「つまり、こういうことでしょうか」右京が状況を整理する。「兼高さんになりすましてチェックインを済ませた犯人は、1006号室へ向かい兼高さんの到着を待った。一方、兼高さんは事前にルーム・ナンバーを知らされていたのでしょう、当然フロントは素通りして犯人の待つ部屋へ向かった」

「これから会う人物が自分を殺そうとしてるなんて夢にも思わずに」

後悔に満ちた薫の声が重なる。

「このバッグの中身は着替えか」伊丹の指摘どおり、男は大きめのショルダーバッグを肩にかけていた。

「ああ、これ！」早送りでその後に続く映像をチェックしていた芹沢が叫ぶ。「ほらほら、これ！　間違いないっスよ、このバッグ」

犯行後と思われる九時三十五分の映像に、同じ服装をして先ほどと同じバッグを提げている男が映っていた。

「ホシは昨夜九時三十分前後にホテルを出てる。足取りを洗うぞ！」

三浦の勇ましい号令に、伊丹と芹沢も鉄砲玉のような勢いで保安室を後にした。

「あっ」彼らに先を越されてなるものかと、一刻も早く後を追いたい薫であったが、振り返ると右京はまだじっとモニターを眺めている。「どうかしました?」

「左に提げていますね」

一瞬なんのことであるか呆気に取られている薫に、右京が説明を施す。

「バッグです。さっきはたしか右肩だったはず……ああ、やはり右ですねえ。行きは右肩、帰りは左肩……意外とバッグを提げるほうの肩はいつも決まっていませんか? ぼくは決まって左肩に提げます」

大きな発見をしたように嬉々として語る右京であったが、それがなんの意味を持つのか薫にはさっぱり分からない。

「まあ、人それぞれ傾向はありますけど、必ずそうってわけじゃないし、なんかの拍子に掛け替えたりもしますしね」

「ええ、長時間提げたりする時は左右交互に掛けたりしますね。しかしこの場合は違う。行きも帰りも長時間提げていたのではない。おそらく行きはフロントに一度荷物を置いてから肩に掛け、帰りは部屋を出るときに掛けたはずです。どちらも防犯カメラが捉えた時点では、長時間提げていたわけではありません。それなのにどうして、行きと帰りとでは掛けている肩が違うのでしょうね?」

「たまたま、ってこともあり得ますよね?」

また始まった……内心、薫は瑣末なことに異様なこだわりを見せるこの上司の癖にウンザリしていた。

「ええ、もちろん。しかし、たまたまではない可能性も十分あり得ますよ」

意味深な笑みを浮かべた右京は、薫を促して再び十階に戻った。そして１００６号室の周囲の状況を確かめてみた。

エレベーターホールに立って、ふたりは防犯カメラのレンズを覗いた。非常階段のドアを開ければ警報ランプがつく。であれば犯人はこのエレベーターホールのカメラに映らずには入ることも出ることもできない。そしてそれは犯人も十分に承知していたはずである。特に計画殺人だとすれば、防犯カメラは真っ先に意識するアイテムに違いない。

「ここです。このエレベーターホールの奥。ここは防犯カメラからは死角になっています。であれば、細工をしたくなりませんか？」

「細工？」

「どちらに行っても防犯カメラに映ってしまうのだとしたら、それを利用して少しでも捜査を攪乱できるような」

「攪乱……ですか」

禅問答のような右京の問いかけに、薫は首を傾げた。

# 六

「縮尺を合わせて比べると、微妙にですが手足の寸法が異なりますな」

防犯カメラの映像の分析を依頼した米沢から連絡があり、鑑識課の部屋を訪れた右京と薫は、米沢の肩越しにパソコンのディスプレイを覗き込んだ。

「つまり両者は別人？」

両者とは、殺害時間の前後に現れる犯人と思しき男の映像である。

「その可能性大ですねえ」薫の問いかけに米沢が応えた。「帽子、サングラス、ジャケットそしてバッグ。特徴的な四点がすべて一致していますから、一見すると同一人物に見えてしまうのですが……」

「そう、それに目を奪われごまかされてしまう」脇から右京が乗り出してきた。

「共犯者がいたということですか？」米沢が問う。

「いや、むしろ、協力者というべきでしょうか。こうして返り血で汚れた衣類をホテルから持ち出す役割と同時に、逃走時刻をごまかす役割を担っています。防犯カメラの映像により逃走時刻を特定した捜査当局は、当然、その線で捜査を進めるでしょうからね」

「でも共犯者にしろ協力者にしろ、その人物が捕まっちゃうといずれもう片方にも捜査の手が伸びることになるでしょ？　攪乱っていったってリスクが大きすぎませんか？」

　予想されうる薫の疑問に、右京が答えた。

「この解像度の低い映像だけを手掛かりに人物をはっきりと特定することが可能だと思いますか？　手掛かりとなる特徴は帽子とサングラスとジャケット、バッグ、どれも取り去ることのできるものばかりです。われわれはこの映像によって人物の身体的特徴を捉えているわけではありませんから、取り去った後ではおよそ特定不能ですよ」

「ということは、つまり犯人はこれとは別の機会に逃走したということですな。帽子、サングラスなど小細工はせずに素顔のまま、なに食わぬ顔で」

　これも順当であろう米沢の推論を、右京がくつがえす。

「いや、もしも警察がこの映像によってごまかされて捜査しているのならば、犯人が取るべき最も安全な方法があるじゃありませんか」

「最も安全な方法って？」薫が鸚鵡（おうむ）返しに問う。

「逃走しないことですよ」

　またしても禅問答である。

「右京さん、逃走しないってどういうことですか？」

　鑑識課を出て特命係の小部屋に向かう廊下を歩きながら、薫が問いかけた。

「逃走しないと言っても、無論、犯行現場からは逃げ出しているわけですが」

「ああ、ホテルからは出ていないということですか」

「なにしろホテルです。逃げ込む場所はいくらでもありますからね」

「逃げ込む部屋をリザーブしてたってわけですね」

禅問答のような問いが、ようやく薫にも解けてきた。

「十階の客室です。防犯カメラに捉えられずに犯行現場から逃げ出すためには、同じ階の客室である必要がありますからねえ」

「たしかに防犯カメラは廊下にはありませんからね」

それが右京が言う〈死角〉であった。

「右京さんの睨んだとおりだとすれば、犯人は階数を指定してリザーブしたわけですよね」

「はい？」薫の言葉に、右京が立ち止まって振り返った。

「だってそうでしょ？　一緒にふた部屋リザーブしても階が違っちゃうことが多いじゃないですか。それを別々にリザーブして、なおかつ同じ階の部屋を取ろうと思ったら、しっかり階数を指定しなきゃダメでしょ。でも階数指定のリザーブだったたんなら印象に残りますよねえ。普通、あんまりそういう予約の仕方しませんから」

「ですから、デラックスツインで禁煙ルームだったたんですよ」右京は、それはいい指摘だとばかりに薫にニッコリ微笑んでみせた。「デラックスツインの禁煙ルームは十階のみです。つまりデラックスツインの禁煙ルームと指定すれば必ず十階の部屋になる。そういう指定の仕方は別に不自然でもなんでもありませんからね」

「なるほどねえ」

そう言えば右京は、フロント係の女性にホテルのパンフレットを所望していたな……

薫はようやくその意味に気がついた。

「おう、わかったぞ」

薫が感心しているところへ、隣の部屋から組織犯罪対策五課長の角田六郎が入ってきた。

「どこからでした？」薫が訊いた。

「新宿区大京町の公衆電話からだった」

この手の調べには長けている角田に、犯人が予約に使った電話の場所の特定を頼んでおいたのだ。

「ま、この線から犯人を洗い出すのは、まず無理だろうな。近くに防犯カメラが設置されてないかと思って調べてみたが、警視庁の防犯カメラはもとより、民間の防犯カメラも皆無だった。ちゃんと現場で確かめたからたしかだぞ」

「わ、わざわざ行ったんスか？」こちらが頼んだことではあったが、まさかそこまでや

ると は……。

「うん、暇だったからね」さらりと答えた角田は、続けて熱弁を振るった。「まあ、電話って聞いた時にまず間違いなく公衆電話からだろうと俺は思ったぞ。固定電話や携帯からだと足がついちまうだろ。犯人の心理としちゃあ、声も聞かれたくないだろうから、流行りのインターネットに行きたいところだが、これもペケ。電話と同様、足がつく。ってことはだ、今や廃れつつある公衆電話からってのが最もベストな選択だったってわけだなあ」

「ご高説ありがとうございました」右京が慇懃に頭を下げた。

「ゆっくり拝聴していたいんですが、ちょっと先を急ぎますんで」薫がすまなそうに前を横切った。

「あ、そうなの？　そりゃすまん」基本的には人のいい角田は、別段気分を害することもなく、ちょっと寂しそうな顔をしたが、「まあ、頑張れ！」と薫の肩を叩いて出ていった。

「やっぱり公衆電話からでしたね」薫が右京に耳打ちした。

「当然といえば当然の用心ですが」右京が応える。

「残る鍵は宿泊カードだけか」

## 七

右京と薫が米沢を伴って向かった先は、ホテルの十階、ルームナンバー1014の客室だった。薫がひと呼吸おいて呼び鈴を押すと、ネクタイこそしてはいないが、白いボタンダウンのカッターシャツを着た、いかにも働き盛りのビジネスマンらしい男が出てきた。薫が警察手帳を取り出すと、ちょっとうんざりした顔をした。あらかじめ捜査一課が聞き込みをしていて、小笠原という名前の男だというところまでは聞いていた。

「ああ、大変ですねえ、警察も。いや、話すことはやぶさかじゃありませんが、さっき来た刑事さんたちにも言った通り、私は事件のことについちゃあ、なにもわかりませんよ」

それをにんまりとした笑みで受けた右京が、柔らかく切り出した。

「お話ではなく、お部屋の指紋を採らせていただきたいと思いまして」

「指紋？」小笠原は意表を突かれたようだった。

「ぜひご協力いただけませんか？　事件解決のために」薫が揉み手で取り入ると、

「チャッチャと済ませますから」米沢は返事を待たずに部屋の中に進み入った。

小笠原は仕方ないという風でそれを黙認したが、なお怪訝さが拭えない顔で訊ねた。

「ホテル中の指紋を採ってらっしゃるんですか？」

「いえ、採るのは十階のみです。それも事件の前から連泊してらっしゃる方のお部屋を限定で」薫が作業の手を止めずに答えた。

「といっても連泊している方は意外と少なく、わずか五部屋です」同じく作業を続けながら付け足した右京が、米沢に注意を喚起した。「ああ、テーブルの上のグラスもお願いしますね」

「順番にやります」ちょっと心外そうに口を尖らせた米沢が、小笠原に向かって言った。「後であなたの指紋もお願いします」

「私の指紋？」

「お部屋の指紋の状況を知りたいんですよ」不審顔の小笠原に、右京が続けて説く。「普通にしていれば自然につくだろう指紋です。たとえばドアのノブ、明かりやエアコンのスイッチ、テレビのリモコン、そしてグラス等々。あちこちにあなたの指紋がついているはずです」

「ついていたらなにか問題でも？」小笠原が心配そうに問い返す。

「とんでもない。ついているのが当たり前ですから。実は殺害された兼高公一さんを装って1006号室にチェックインした人物がいるようでしてね。われわれはその人物が犯人だと睨んでいます。念のためその人物が素手で記入した宿泊カードを調べてみたんですが、それらしい指紋は検出されませんでした」

「検出されたのはこちらのふたりの刑事の指紋と、サンプルとして持ち帰ったホテルの方の指紋だけです」米沢が右京と薫を目で示す。「たまたま残らなかったのか、それともわざと指紋を消していたのか、それは定かではありませんが」

「用心のために消してたんですかね？」

米沢の言葉を受けて薫が右京に意味深な目を向ける。

「と思いますよ」

「接着剤かなんかですかね？」

含みを持たせたせりふを口にしながら、薫は小笠原がチラと自分の指先を擦ってみたのを見逃さなかった。

「素人にはそれが一番でしょう。指先に薄く接着剤を塗るだけですから」米沢が付け加えると、右京が前に進み出て滔々と語り始めた。

「しかし接着剤の場合、厄介なのは、塗った後取るのに少々骨が折れることです。すっかり剝がそうと思うと時間がかかる。果たしてその人物は、指先の接着剤をしっかりと剝がし落とすまでなにも触らずにいられたか。もしも多少の取り残しには目をつむってなにかに触れたとしたら、そこには非常に不自然な指紋が残ることになります。接着剤の残っている部分だけ欠けた指紋が。お部屋の指紋の状況というのはそういうことなんです。われわれが探しているのは、今申し上げた不自然な指紋なんですよ」

「要するに……」指先を広げたり隠すようにしたりを繰り返しながら右京の演説を聞いていた小笠原が、ため息交じりに割って入った。

「はい？」右京が振り向いた。

「私は疑われているということですか」

それは慌てるでも驚くでもない、やけに冷静な声だった。その声を聞いて右京は種明かしを始めた。

「ええ。先程この階で連泊しているのはわずか五部屋だと申し上げましたが、その中でシングルユースなさっているのはあなただけなんです」

「残り四部屋はすべてツアー客、しかもドイツ人です」薫が続ける。

「兼高さんの名前を騙ってチェックインしたのは、間違いなく日本人ですからね」

右京の言葉が終わらぬうちに、米沢が小笠原に手を差し伸べた。

「お願いできますか？」

「は？」小笠原はキョトンとして米沢を見た。

「指紋です。あなたの指紋をサンプルとしていただかないことには、部屋で採った指紋と照合できませんので」

小笠原は再び手を広げ、指先を見つめたまま黙りこくってしまった。

「どうしました？　小笠原さん」声をかけた右京が改まった口調で推論を述べ始めた。

「あなたは兼高さんと1006号室で会う約束をしていた。そうして室内で待っていたあなたは兼高さんを迎え入れ、そして殺害した。それから返り血を洗い流すためにシャワーを浴び、バスルームをきれいにして使用していないように見せかけた。着替えを済ませたあなたは、血で汚れた衣類と凶器のナイフをバッグに入れ、殺害現場である1006号室を出た。しかし行き先は犯行現場とは目と鼻の先のここ、1014号室だった。ここにはあなたの協力者が待っていた。凶器と汚れた衣類の入ったバッグを受け取った協力者は、あなたの代わりにホテルから逃走した。つまり兼高公一殺害の犯人は逃走していなかった。いかがでしょうねえ？　大雑把に犯行時の状況を組み立ててみたんですが、これで合ってますか？　なにも話していただけないもので、仕方なく代わりにぼくが話しましたが、間違いがあったらご指摘願えませんか？」

窓際に身を寄せ、背を向けながら一気に披瀝された右京の推理を聞いていた男は、うんともすんとも答えずにじっと窓の外に広がる夜景に目を遣っていた。

重要参考人として警視庁に小笠原を連行してきた右京と薫は、取調室で尋問を始めた。

「さっき素直に犯行を認めたでしょ？　なのに、なんで黙っちゃうんですか。黙ってたってなんの得にもなりませんよ。小笠原さん！　なんであなたは兼高を殺したんですか！　あなたと兼高はどういう関係ですか！」

最初のうちこそ冷静だったが、次第に興奮がつのり、薫はスチール机を激しく叩いて大声を上げた。

「亀山くん、弁護士を呼びます」熱くなった薫に穏やかな口調で右京が言った。「なにしろ殺人容疑ですからね」それから小笠原を向いて「弁護士と相談しながら供述は慎重になさったら結構ですよ。早速、手配してきます」

そこで小笠原がようやく口を開いた。

「いや、結構です」

「はい？」右京が訊き返す。

「弁護士は結構です」

「弁護士というのはわれわれと違って、あなたの味方になる人ですよ？」右京は言わずもがなのことを小笠原に確かめた。

「いりません」

静かに答える小笠原に、再び激した薫が詰め寄った。

「だったら話してくれませんか、なんで兼高を殺したのか！　まずその、ど……」

薫の言葉を遮るように、捜査一課の三人が入ってきた。

「その節はどーも」

伊丹が皮肉たっぷりに小笠原を睨みつける。ホテルで三人が聞き込みをしていたときには、部屋から一歩も出ていないという小笠原の言葉にまんまと引っかかったのだった。

「なにが部屋にこもっててなにもわからねえだ、ふざけんな！」伊丹が怒鳴りつける。

「役者ですね、すっかり騙されましたよ」呆れ顔の芹沢が吐き捨てるように言った。

「伊丹、調べは俺にやらしてくれ、頼む」

薫が懇願したが、

「うるせえ、とっとと失せろ！」

興奮した伊丹に取り付く島はなかった。

「警部殿も」

三浦にも煙たがられて、右京も引き下がらざるを得なくなった。

取調室を出て行こうとする薫の背後に小笠原の声が届いた。

「あなたは……」

薫が振り向く。

「兼高さんとはお知り合いでしたか。さっき、犯人の私を〝さん〟付けで呼んで、兼高さんは呼び捨てだったもんで」

質問の理由を冷静に説明する小笠原に、薫はまた熱くなってくる自分を感じていた。

「なんとなくそんな感じが……」

「ええ、友人ですよ」薫は静かに答えた。

「そうでしたか……」

人を殺めておきながらあまりに紳士然とした応対に触れて、ついに堪忍袋の緒が切れた。

「そうでしたか？　じゃねえだろうが！　オラ！」

小笠原に殴りかかろうとした薫を芹沢と三浦が身体を張って止めに入った。

八

「被疑者に言葉尻を捉えられるようでは、この先が思いやられますねえ」

取調室を追い出され、特命係の小部屋に帰る途中の廊下で右京に苦言を呈された薫は、素直に頭を下げた。そして思い出したように右京に訊ねた。

「さっきなんで弁護士なんか呼ぼうとしたんですか？」

「事件のことを話す気があるかどうか試してみたんです。もしも自分が不利になることを恐れて黙秘しているのならば、弁護士を呼ぶと言えば喜ぶはずです。しかし彼はそれをきっぱりと拒否した。つまり、事件のことについては一切話す気がないということですよ」

「一切……」薫の表情が暗くなる。

「まあ、それならばそれで結構。話してもらえないのならばこっちで勝手に調べるまでですよ」

そういうと右京はスタスタと歩いて行った。薫は改めて、この上司を頼もしく思った。

特命係の小部屋では角田六郎が、勝手知ったる手つきでマイカップにコーヒーを注いで飲んでいた。

「おう、商社マンだってな」

すでに情報は組織犯罪対策部にも伝わっていたようだ。

「それも超大手ですよ」自分のカップにもコーヒーを注いで、薫が口を尖らせた。

「ああ、富司商事っていったらおまえ、トップカンパニーだよ。具体的になにやってるかは知らんが」

「なんでもやるんですよ、総合商社ですから」

「なるほど、俗に言う歯ブラシから飛行機までってやつか。で、被疑者はどっちなんだ？　歯ブラシか？　それとも飛行機か？」

「非鉄金属本部の部長だそうです」

薫の口から出た聞きなれない名称に、知ったかぶりをしていた角田は言葉を一瞬詰まらせた。

「あ、ああ、そうか。なあ、本人が黙秘してるんなら、あんたの言う協力者って線から当たったらどうだよ」

気を取り直した角田は、今度は右京に語りかけた。

「当たれるものなら当たりたいものですがねえ」

悠長に構える右京に苛立って、角田が声を高くした。

「被疑者の所持品は調べたのか⁉　なんか手掛かりなかったのかよ⁉」

「まだ調べられませんから」

薫に諭された角田は捜査の常識に思い至って肩を落とした。

「そうか、まだ任意か……」


どう攻めても口を割らない小笠原に痺れを切らせた捜査一課の三人は、作戦を変えて刑事部長の内村完爾（かんじ）を口説きにかかることにした。

「殺人容疑で逮捕か……」

刑事部長室で伊丹たちの申し出を聞いて、中園照生（てるお）参事官が呟いた。

「まだ早い。素直に任意に応じているなら、そのまま証拠固めをするのが常道だ」

ソファにどっかと座った内村が、苦虫を嚙み潰したような表情できっぱりと言った。

「それはわかっておりますが……」三浦が困りきった顔をした。

「わかっていたらそうしろ」

問答無用といわんばかりである。

「所持品を調べれば必ず有力な手掛かりが出るはずなんです」

伊丹の頭には、先ほどの取調室での出来事が悔しさとともに蘇った。取り調べの最中に小笠原の上着の内ポケットのなかで携帯電話が鳴ったのだ。

——どうぞ、出てもらって結構ですよ。

微動だにしない小笠原に、伊丹は皮肉たっぷりに言った。しかし小笠原は携帯に触ろうともしなかった。

もしもあのとき、携帯を押収できていれば、重要な手掛かりを得られたはずである。場合によっては決定的な証拠となったかもしれない。けれどもまだ任意の重要参考人の身である小笠原の所持品には、勝手に手を出せないのだった。

「調べたければお願いして調べさせてもらえ。それが任意だ」

小笠原が素直に応じるようであれば苦労はない。内村だって、そんなことは百も承知のはずだった。

「フンッ」内心の嘲りがつい伊丹の口を突いて出た。

「ん？　なんだ、その顔は」内村がジロリと睨んだ。

「あ、いえ」

「鼻で笑ったな？」

「いいえ、笑ってません」

「いや笑った」

「いや、とんでもない！」

そんな押し問答を見かねて、中園が仲裁に入った。

「どうでしょう、部長。彼らも根拠なく逮捕を主張してるわけではないと思いますし……」

「自供だけで逮捕に踏み切って、後で違ってたらどうするんだ」

内村の判断基準は常に自己保身であった。

「いや、しかし……」

いつもは内村の腰巾着のような中園が、珍しく食い下がった。

「しかし、なんだ?」内村がソファから立ち上がった。

「引っ張ってきたのは特命ですから」

「だからなんだ?」内村が胸を反らせた。

「確度は高いかと」

そこへ内村の雷が落ちた。

「バカ者！　結局、根拠は特命か。おまえたちがそうやって暗に奴らを頼るから、奴らがどんどんのさばるんだ。特にここ何年かはひどい。いいか、忘れるな。奴らは窓際だ。

特命係は警視庁の陸の孤島なんだ。あそこはな、我が警視庁にとってないに等しい存在なんだ。意地を見せんか！　もっと意地を！」

大目玉を食らった捜査一課の三人は、肩を落として刑事部長室を出て行った。

九

翌朝いちばんで、右京と薫は兼高が所属していたNGO組織《ペリカン》の事務所を訪れた。事務所は都内某所の雑居ビルに入っていて、決して広いとは言えないフロアに、女性三人、男性二人、計五人のスタッフが働いていた。

もちろん兼高が殺されたことは昨日のうちに伝わっていて、事務所はある種の興奮と混乱のなかにあった。帰国予定は誰も摑んでおらず、それがプライベートであるかどうかも見解が分かれるところで、薫がそのあたりを確かめるとちょっとした口論になったりもした。

「まあまあ、皆さん落ち着いて！」

薫の仲裁で少し冷静さを取り戻したスタッフに、右京が訊ねた。

「ちなみに、ここには兼高さんの机はないんですか？」

「はい、ここにはありません。現地事務所にならあると思いますけど」

一番の年長者らしい黒いスーツ姿の女性が答えた。

「つまりここには兼高さんの私物などはないわけですね？」

「ここは海外で活動するスタッフをサポートしたり、関係各所と折衝したりする事務スタッフの拠点ですから」

今度は水色のカッターシャツにベージュのベストという市役所の役人のような地味な服装をした男性が答えた。

「兼高さんは東南アジアで活動なさっていたそうですねえ」

「はい、ここ数年はサルウィンです。点在する村を一つ一つ回って活動してました」

黒いスーツの女性が壁に貼られた地図に目を遣ると、すかさず薫が訊いた。

「井戸を掘ってたんでしょ？」

「ええ。井戸を掘ったり、メンテナンスの仕方を指導したり」

「メンテナンス？」

「壊れたからって近くに修理業者がいるわけじゃありませんからねえ。自分たちで井戸を維持していってもらわないとなりませんから」

ベージュのベストの男性が溜め息交じりに言った。するとそれを受けるように、もうひとりの長髪にサファリジャケットという、ラフではあるが今風とは言い難い出で立ちの男性が続けた。

「ご存じかもしれませんけど、サルウィンは決して貧しい国じゃないんです。ウランの産出国ですし、クロムやバナジウムとか、レアメタルなんかも豊富に採れる国なんです」

「でもその恩恵に浴してるのは一部の特権階級だけ。農地だって優良な所はほとんどそういう連中が保有してるんです。極端な格差社会なんですよ。富める者はますます富み、その一方で今日の食べ物さえ満足に確保できない貧しい村がたくさんあって……」

最も若いと見える女性が訴えるような口調で説明しているさなかに、入り口の鉄扉が音を立てて開いた。皆が一斉にそちらを振り返ると、

「邪魔するよ」

右京と薫にとっては馴染みの、だからこそここで会うとはまったく意外な人物が入ってきた。

「瀬戸内先生、こんにちは」

事務所のスタッフは親しみを込めた笑顔で瀬戸内に挨拶をした。

「おお、きみたちか」

瀬戸内も驚きの表情で右京と薫に手を上げた。

応接スペースに場を移して事情を聞いたところ、このNGOの代表が瀬戸内の師匠筋に当たる人物だという。

「ま、俺が勝手に師と仰いでるだけだがね。まるで仙人みたいな御仁なんだ」

京極民生というその人物のことを、瀬戸内はそう評した。

「しかし驚いたなあ。殺された兼高くんがきみの友人だったとはね」

兼高とも面識があるという瀬戸内は、真ん丸な目をさらに見開いて薫を見た。

「こっちこそ驚きですよ。瀬戸内さんがここの応援団長だったなんて」

「いやあ、師匠が人助けを始めたんだ、弟子が黙って見てるわけにいかねえだろ」

「兼高さんとはいつ？」

右京が脇から訊ねた。

「うん、二年前に一度、チラッとね。師匠と一緒にアジア諸国をぐるりと回った、その途中でね」瀬戸内は目を細めて窓の外を見た。そのときのことを思い浮かべ、「すがすがしい目をした青年だったなあ」

京極とともにサルウィンの日本大使館で、政府の要人と共に臨んだ晩餐の席でのこと。窮屈な接待に京極の忍耐もそろそろ度を越えそうな頃合い、彼を迎えに来たのが兼高だった。

——ああ、お迎えが来た。やっとこれで解放されるよ。

そのとき満面に笑みを湛えた京極が瀬戸内に兼高を紹介したのだった。

「で、捜査のほうはどうだい？　進んでるのかい？」

現実に戻った瀬戸内が、ふたりに訊ねた。

「ええ、まあ……」

「まあ、こんなところでベラベラしゃべれねえよな」

瀬戸内が忖度（そんたく）すると、

「まだ緒に就いたところです」右京が頭を下げた。

「まあ、きみにとっても他人事じゃねえ事件だろうがな、俺にとってもだ。師匠が信頼するスタッフが殺されたんだ」

「ええ」

「ま、捜査のほう、よろしく頼むぜ」

ポンと肩を叩かれて、薫は兼高を介した不思議な縁に感じ入った。

十

「まさか瀬戸内さんに会うとは思いませんでしたねえ」警視庁に戻り、特命係の小部屋でコーヒーをカップに注いだ薫は感慨深げに呟いた。「それに、兼高のことも知ってたなんて」

「偶然でしょうかねえ」

「え？」

右京の言葉の意味を測りかねて、薫が聞き返した。

「瀬戸内さんがパーティを開いていたその夜、同じホテルの一室で兼高さんは殺されました。偶然でしょうか」

「偶然じゃないっていうんですか？」

「さあ、わかりません。思いがけない接点が浮上したものですからねえ。ちょっと気になりました」

右京はティーカップに口を付けた。


そのころ、取調室では相変わらず無言の状態を崩さない小笠原に、苛立ちも頂点に達しそうな捜査一課の三人が対面していた。

「よく眠れました？　フッ……本日もまただんまりですか。そりゃあ結構。うんとかすんとか、言ってもらえませんかねえ？」

思いのほか穏やかな口調で語りかけた伊丹だったが、能面を着けたように表情を変えない小笠原に、一挙に怒りを爆発させた。

「この野郎！」

それは突然のことだった。いきなり伊丹が小笠原の顔面を殴りつけたのだ。

驚いた三浦と芹沢は伊丹を羽交い締めにしようとしたが、ものすごい勢いでふたりを跳ね飛ばした伊丹は小笠原の顔面と言わずボディと言わず、続けざまに激しいパンチを浴びせた。

「てめえ！　調子に乗ってんじゃねえぞ！」

「おい、よせ！」

再び食らいついた三浦は、伊丹に振り切られた勢いで、壁に腰をしこたまぶつけた。

「黙秘なんてここじゃきかねえんだよ！　おら、とっとと吐け！」

「先輩！　もうこれ以上、ヤバイっスよ！」

さすがに度を越していると判断した芹沢が身を挺して止めに入ったが、それも効かぬほど伊丹は興奮していた。

「おらあ！　なんで殺した、え!?　てめえと兼高公一との関係は!?　言え！」

小笠原の胸倉を摑んだ伊丹は、至近距離からみぞおちに深く拳を沈めた。小笠原は口から血を吐き、コンクリートの床にくずおれた。


その数十分後、三浦は刑事部長室で深々と腰を折って内村に謝罪していた。

「申し訳ございません。とにかく突然だったもんですから」

「言い訳はいらん」

いつもの仏頂面をさらに険しくして、内村が吐き捨てた。

「被疑者の怪我はどうなんだ？」

中園が心配そうな表情で訊ねる。

「骨折はないようですが、ちょっと」

取調室から医務室に直行した小笠原の顔や腹部には痛々しい痣ができていた。

「部長……」

続けてなにか言いたげな三浦を、内村がぴしゃりと遮った。

「うるさい！　俺は非常に不愉快だ。とっとと消えろ」

「ここはひとつ、逮捕に踏み切るべきかと」

三浦は九十度腰を折りつつ、さらに続けて内村に懇願する。

「なんだと？　どうしても逮捕したければ、おまえたち独自の証拠を挙げろ」

「しかし、このまま放っておきますと被疑者は帰ると言い出すかもしれません」

「ん？」

「暴力を振るわれたのですから当然です。こちらとしましても帰ると言われれば帰すしかないわけで。しかし、怪我を負わせたまま帰すというのは、いろいろと問題が……われわれももちろんですが、部長にまでご迷惑が及ぶ結果になりはしないかと。ですから、ここは一気に逮捕に踏み切り、身柄を拘束して被疑者が帰ると言い出しても帰れない状態にしたほうがよろしいのではないかと。いかがでしょう」

迷惑が及ぶ、というあたりで内村の表情が変わった。保身を最上の判断基準にしている内村の急所を突いたようだった。

「課長に逮捕状を申請させろ」

しばらく思案した後、内村が中園に命じた。

「ありがとうございます！」三浦がさらに深く腰を折る。

「それから部長、伊丹の懲戒の件ですが」

中園が続けた。

「懲戒？」

「はあ、取り調べ中の暴力行為ですから当然……」

「正式に懲戒処分にしてみろ、累はわれわれにも及ぶ」

三浦の頬が緩んだ。

「では不問ということで」中園が念を押すと、

「きつーく叱っておきなさい」

そう言い放って内村はくるりと背を向けた。

「あと一、二時間で逮捕状が出るはずだ」

別室で待機していた伊丹に三浦が耳打ちした。思惑どおりの展開になり、伊丹はニヤッと笑って親指を突き立てた。

「それにしてもおまえ、もうちょっと手加減しろよ。まだ痛いぜ」

三浦は笑いながらも顔を顰め、腰をさすった。

十一

瀬戸内米蔵は決して容貌魁偉というわけではない。身体的な特徴を挙げればちょっと恰幅がいいだけの極めて普通の老人である。だが長年、魑魅魍魎がうごめく永田町で生きてきた結果、一般人とは一線を画したある種のにおいを全身から醸し出していた。加えて法務大臣を務めていた時にはメディアに登場することもしばしばで、今でもその顔を覚えている人々は多い。

そんな瀬戸内が単独で病院の廊下を歩いていれば、やはり目立つ。すれ違いざまに振り返る医者、隅に避けてヒソヒソ声で耳打ちする患者などを後にして瀬戸内が向かったのは入院病棟のとある個室だった。

「おかげんはいかがですか?」

ベッドの上では鼻や腕に何本ものチューブを付けた痩せこけた老人が上体を起こし、窓の外の風景に目を遣っていた。

「よくもなし、悪くもなし。だが健康状態がよかった時と比べれば……すこぶる悪し! へっへっ」

瀬戸内をベッドの脇の椅子に招いて、深刻とも軽口ともとれる口調で煙に巻くこの老人こそ、瀬戸内が師と仰ぐ京極民生その人だった。

「行ってきました、今朝」

「忙しいとこ悪かったね。チラッとおまえさんに顔を出してもらえれば、連中も落ち着くだろうと思ってね」

瀬戸内が朝いちばんで黒塗りの車を乗りつけて《ペリカン》の事務所を訪れたのは、実は京極の頼みによるものだったのだ。

「もちろん動揺はあるでしょうが、みんなしっかり頑張ってました」

「そう」

心持ち緩んだ京極の表情が、音を消してつけっぱなしにしてあるテレビの画面に目を留めて、また固まった。

「捕まったか」

瀬戸内も振り向いてテレビ画面に目を遣る。

「そのようですねえ」

そこには《NGOスタッフ惨殺事件の容疑者逮捕》というニュース速報のテロップが流れていた。

「へへッ、こいつだな」

伊丹はビニール袋の中から携帯電話を取り出し、三浦と芹沢に目配せした。正式に逮捕した小笠原の所持品の中から、念願の証拠物件を手にしたのだ。

「田坂晋一？」

伊丹が示した着信履歴を三浦が読み上げた。

「小笠原が取調室で出なかった相手ですね」

芹沢が身を乗り出す。

「どこのどいつか調べるぞ」

伊丹の号令を受けて三浦と芹沢が首肯いた。

「捕まったそうじゃないか。さっきニュースで聞いたよ。富司商事の社員だってねえ」

呼び出しを受けて右京と薫が議員会館にある瀬戸内の事務所を訪ねると、扇子で顔を煽ぎながら瀬戸内が応接間に現れた。

「非鉄金属本部の部長です」

薫が報告する。

「それがまたどうして兼高くんを殺したのかね？」

「それはまだ……殺害を認めただけで、動機その他詳しい事情は一切語ろうとしないいんですよ」

「ほお、両者にどういう接点があったのかもわかんねえのかい？」

そこで右京が口を開いた。

「ご存じのとおり、富司商事は日本を代表する商社です。世界中で商売をしています。もちろんアジアの主要国とも取引があります」

「うん」

瀬戸内は銜えたタバコにライターで火を着け、大きく煙を吐き出してから頷いた。

「非鉄金属部門もアジア諸国と取引を持っていて、兼高さんが活動してらっしゃったサルウィンとも」

「ああ、もちろん取引はある。あそこではウラン鉱山の開発をやってるはずだ。我が国の原子力燃料用のね」

「ええ、そのあたりに関しては瀬戸内さんのほうがお詳しいかもしれませんね」

サルウィンに直接足を運んでもいて、政府の要人とも交流のある瀬戸内ならば、それは当然のことだった。

「要するに、共にアジアで活動してたってことだけで、正直なとこ、まだほとんど手掛かりがないんですよ。片や名だたる一流商社の社員、片や東南アジアの奥地で井戸を掘っていたNGOスタッフ」

薫が顔を顰めて吐息をつくと、

「両者に一体なにがあったのでしょうねえ」

右京が独り言のように呟いた。


田坂という小笠原の携帯電話にかけてきた男の身元が割れ、伊丹と芹沢が向かったのは、小笠原の勤める会社、富司商事であった。受付を通して非鉄金属本部を訪れたふたりは、しかし数分後に血相を変えて飛び出してきた。田坂は小笠原と同じ部門で働く部下だったが、今日から休暇をとっているということだった。

「今日から休暇って。偶然じゃありませんよね」

富司商事のエントランスを早足で横切りながら、芹沢が言った。

「小笠原が捕まったもんで逃げ出したか」

「でも逮捕のニュースが流れたのはほんの数時間前ですよ。今日から休暇をとったってことは、それより前に察知してたってことになりません？」

「まさか……海外に逃亡しようっていうんじゃねえだろうな？　とにかく俺たちは成田に向かうぞ！」

ふたりは覆面パトカーのルーフにサイレンを取り付けて、成田へ飛ばした。途中警視庁に待機していた三浦に連絡をとり、搭乗者名簿を確認させたところ、やはり田坂の名前があった。

「さすが商社マンっスねえ、フットワークが軽い」

変なところに感心して伊丹に頭をはたかれた芹沢は、目一杯アクセルを踏んだが、それも空しく終わった。空港警察も動員して確保しようとしたが間に合わず、飛行機は離陸してしまったのだった。

十二

殺人現場から持ち去られた証拠品が見つかったという連絡が米沢から入り、右京と薫は鑑識課の部屋へ赴いた。ゴミ置き場に捨ててあったバッグをホームレスが拾い、警察に届けたとのことだった。

「こちらです」

凶器のナイフなど、バッグの中身が机の上に広げられている。その中から米沢が取りあげたのは、黒に近い濃紺のスーツの上着と薄いグレーのラフなジャケットの二着だった。

「ちょっとわかりづらいかもしれませんが、血液が付着しているのはこちらの黒いほうです。染み込んでいる血液と被害者の血液が一致しました。DNA鑑定の結果を待てばよりたしかな証拠となりますが」

よく目を凝らすと、たしかに黒っぽいスーツのほうには大量の血液の痕が見られた。

「しかし、二着とは予想外ですねえ。チェックインの時はこちらの薄いグレーのジャケットを着ていたはずです。ぼくは当然、その服装のまま犯行に及んだと思っていましたが、どうやら違っていたようですねえ」

右京が首を捻る。

「わざわざ犯行前に着替えたってことですか？　でも手間ですよね。犯行後にまた着替えなきゃならないわけですから」

薫の疑問ももっともである。

「返り血を浴びてダメになってしまうことはわかっていたはずですから、事前に着替えをしてもなんの不思議もありません。しかし、見たところこれはかなり高級な部類のスーツではありませんか？　これといったほころびもありませんし、捨ててしまうにはいささか惜しいですね」

黒いほうのスーツは血を吸って皺くちゃになってはいるが、その生地や仕立てを見る限り、かなり高価そうなモノである。

「そもそも着替えを二着用意してるってのが変ですよねえ。犯行後、最初に着てたこっちの薄いグレーのジャケットに着替えればいいわけですから……ひょっとして、まだ他に犯人がいるかも？」

「捜査線上に浮上していない第三の人物、その可能性は十分あると思いますよ」

右京の目が鈍く光った。

「証拠品も出た。仲間の逃亡先もわかってる。もう現地の警察に協力を要請済みだ。捕まるのは時間の問題だぞ」

取調室では依然口を割らない小笠原に、三浦が最後通牒ともとれる迫り方をしていた。

「おい！　もう観念して洗いざらいしゃべってみろ！」

三浦にしては珍しく、興奮して机を叩いたその矢先、ドアが開いて特命係のふたりが入ってきた。

「もおーっ、またかよ。なんなんだよ、おまえらは！」

三浦の苛立ちは二重になった。

「これ、あなたのですか？」

いきなり薫が小笠原の前に証拠品の上着二着を並べると、三浦の顔色が変わった。

「勝手に証拠品持ち出すんじゃないよ！」

「どうですか？」

そんな三浦を余所に、薫は小笠原に迫った。

「はい、私のです」

今までなにを訊ねても、だんまりを決めこんでいた小笠原が口を開いた。

「二着とも？」

疑いの声で薫が重ねる。

「はい」

小笠原は答えるが早いかすっくと立ち上がり、黒いスーツの上着に袖を通した。

「あ、あ、ちょっと、あ……」

思わぬ小笠原の行動に周囲が狼狽するなか、右京はさっと彼の背後にまわり、指を当てて着丈や裄丈（ゆきたけ）を測り、「ぴったりですね。よくお似合いです。ひょっとして誂（あつら）えのスーツではありませんか？」と訊ねた。小笠原が頷くと、

「そうじゃないかと思いました。吊るしではこんなにフィットしないでしょうし、生地も相当高級なものですからねぇ」

「これも着てみせましょうか？」

小笠原が薄いグレーのジャケットに手を伸ばすのを右京が遮った。

「いえいえ、結構。それよりもどうして犯行前にわざわざこちらからこちらのスーツに着替えたのでしょう？　非常に不合理に感じます。ご説明願えませんか？」

右京の問いに椅子に腰を下ろした小笠原は、再び貝のように口を閉ざしてしまった。

「第三の人物という線は薄いようですね」

特命係の小部屋に戻った右京が呟いた。

「わざわざオーダーメードの高級スーツに着替えて殺したってことですか？」

解せない顔で薫が訊ねる。

「そうなりますねぇ」

「んなバカな……」

「そう、バカげています。しかし、そのバカげたことをせざるを得ない理由があったということですよ」

右京の表情は普段以上に険しかった。


「ああ、米沢さん、どうも。あの……兼高の遺留品を見せて……あれ、どうしたんですか？　米沢さん！」

鑑識課の部屋を右京と薫が訪ねると、どうも米沢の態度がおかしい。ふたりの顔を見るなり、避けるようにそそくさと部屋を出て行ってしまったのだ。薫が首を傾げて後ろ姿を見送っていると、携帯が鳴った。電話を取ってみると、相手は当の米沢だった。

「あれ？　あれ？　米沢さんです」右京に断って米沢に呼びかける。

――失礼いたしました。あなた方と仲良くするなと釘を刺されたばかりなもんですから。

「は？」

それはつい小一時間ほど前だった。大会議室に呼び出された米沢は、主任監察官の大河内の前に項垂（うなだ）れて立っていた。

――ご自分の立場が危うくなるのがわかりませんか？

特別、特命係のふたりに加担しているつもりはないと言い張っても、大河内は認めなかった。

――以後十分に行動を慎んでください。

――これはさしずめ、イエローカードということですね？

米沢がギャグで返そうとすると、大河内のこめかみがピクリと動いた。

――はい？

――もう一枚もらうとレッドカードで退場。

米沢は取り繕うように愛想笑いをしたが、大河内はいかにも面白くなさそうに答えた。

――そういう表現は好みません。

苦虫を噛み潰したような大河内の顔が頭にちらついたが、それを振り払うようにして米沢は携帯を握ったまま部屋の外でうずくまった。

――ガイシャの遺留品なら右奥から三番目の棚の中です。出したらきちんとしまっておいてください。それでは。

米沢はそこまで言うと、いきなり携帯を切ってしまった。

「どうしました？」

怪訝な顔で右京が薫を見る。

「あ、いや……」右京に伝えるほどのことでもないと思った薫は、米沢に言われた通りの棚に向かった。「こっちですね。右奥から三番目……お〜、ありました、ありました」

段ボール箱にまとめられた兼高の遺留品をふたりして探る。

「あっ」小さく叫んだ右京の手には兼高のスケジュール帳が開かれていた。白い手袋をはめた右京の指が、ある日付のところにボールペンで走り書きされた文字を指している。

「え？　〝シンガポール　空〟」その二語は荒々しく丸印で囲まれている。「〝シンガポールの空〟がどうかしたんですかね？」

問い返す薫をジッと見ていた右京の目が一瞬宙を泳ぐ。

「たしか……」右京は段ボールに手を入れ、兼高のパスポートを取り出して開いた。

「やはりありました！　シンガポール」

パスポートの出入国欄にはシンガポールの判が捺されていた。

十三

右京と薫は、ＮＧＯ《ペリカン》の事務所を訪れ、兼高がシンガポールにどう関係していたかを訊ねてみた。

「シンガポールですか……」

年長の女性スタッフが書類のファイルを見ながら呟く。

「九月五日から三日間、シンガポールに滞在してらっしゃるんですよ」

右京がその資料を覗き込んで言った。

「どんな用事でシンガポールのどこに行ったかわかりませんかね？」

真剣な表情で問う薫に、女性スタッフは本当に申し訳ない、という感じで答える。

「はあ、すみません。こちらでは把握してません。でも、シンガポールに用事はないと思うんですけど。あっ、現地スタッフに確認してみましょうか？」

「ぜひお願いします」

わずかな希望でもつなぐ価値はある。その場で国際電話をかけて確かめてみたが、結果は空しく終わった。

「休暇をとって出かけたってことですから、私用ってことですよね？」

事務所を後にした薫は、帰り道で残念そうに右京に語りかけた。

「一体どこへなにしに行ったんだろう？　今回の一件に関係ありますかね？」

「調べてみる価値は十分あると思いますよ」

「はい。シンガポール、空」

薫は繰り返し口に出してみた。

「またお食事しながら事件のこと考えてるんですか？」

その夜、いつものごとく行きつけの小料理屋〈花の里〉を訪れた右京と薫だったが、〆のお茶漬けの段になってもぼうっと虚空を見つめている元夫に、女将の宮部たまきが注意した。

「はい？」我に返ったような表情で、右京が問い返す。

「お箸、止まってますよ。消化にもよくないですし。なんで消化に悪いかっていいますと、考え事しながら食べると頭に血がいってしまって胃腸の働きが悪くなるんですって」

世話女房よろしく、たまきが諭すと、

「理屈はわかっています」

右京は心外そうに唇を尖らせた。

「こんばんは」

そこへ薫の妻、美和子が暖簾をくぐって現れた。

「よう！」薫が手をあげて隣の席へ促す。

「ビールにする？」たまきが訊ねると、

「ああ、夕飯すませてきちゃったんで。お茶ください」

「食ったの?」ちょっとがっかりした顔で薫が訊ねる。「じゃあなにしに来たの?」

「ああ。帰りを待ってたんだけど、待ちきれなくなっちゃって。昼間届いたの」

美和子はハンドバッグの中からエアメールの封筒を取り出した。事を察した薫は受け取った封筒を裏返し、差出人を確かめて「兼高からです」と右京を見た。

無言で頷く上司に促されるように、薫は封を切り中の便箋を広げて読み上げた。

「……ついに結婚しちまったぞ。俺をゲイだと疑ってたおまえには一応知らせとく。地元の小学校で子どもたちに読み書きを教えている女性だ。なれそめは今度会った時に話す。いつ会えるかわからんが、ほんとに一度こっちへ来い。命の尊さを実感できるぞ。そういう経験はおまえの仕事にだってきっと役立つはずだ。ほんとに来い。歓迎してやる。その気になったら連絡しろ」

「九月十七日。十日前か……」

薫の手元を覗き込んで、美和子が日付を確かめた。

封筒の中に写真が一葉入っているのに気付き、それを取り出して一瞥するなり、薫は表情を固くした。そこには年若い東南アジア系の可愛い女性と肩を並べ、少し恥ずかしそうに微笑んでいる兼高が写っていた。その写真をかざして右京とたまきに見せた薫は、目頭が熱くなるのを感じていた。

右京を〈花の里〉に残し、美和子を先に家に帰した薫は、ひとり警視庁に戻り、留置場を訪れた。

「どうぞ。そこで待ってますから」

留置係に鍵を開けてもらい、小笠原の脇に腰を下ろした薫は、疲れ果てたように両手で顔を覆い、指の間からしばらく小笠原を見つめていたが、やがて問わず語りに静かに話し始めた。

「高校の時の友達なんだ。別に親友ってわけじゃない。けど、妙に気が合ったんだ。あいつは相当やんちゃしてたから俺とは遊ぶ仲間も場所も違ったけど、なんだか気が合って。気になる奴だった。人助けしてたんだよ、あいつは。真剣に」

じっと見つめる薫と小笠原の目が合った。小笠原は一瞬、なにか言いたげな色を目に浮かべたが、それきり無言のまま視線をずらした。そんな小笠原の元へ薫はにじり寄り床に手を突いた。

「そんなあいつがなにしたんだよ？　どうして殺されなきゃならなかったんだ？　どうして……殺さなきゃならなかったんだ？」

腹の底から絞り出すような声で問いかけると、薫は床に額を擦り付けて懇願した。

「お願いだから教えてくれ！　頼む！　このとおりだ！」

土下座する薫を見下ろして、悲愴な顔をさらに歪めた小笠原だったが、結局ひと言も発することはなかった。

——病みつきになりそうだ。

警視庁を後にして、深夜の車道脇を歩いている薫の耳に、兼高の声が蘇った。いつか兼高がしてくれたカンボジアでの地雷除去作業の話だった。

——面白がってやることじゃねえだろ。

薫が反発すると、兼高はニヤッと頬を緩めた。

——そうじゃない。人助けだよ。

——え？

——病みつきになりそうなんだよ。

そう言って薫を見つめた兼高の澄んだ瞳が脳裏にちらつき、薫はますます遣り切れなくなって深夜の歩道を全速力で駆けた。

十四

「暇か？」

翌朝、特命係の小部屋で右京と薫が世界地図を広げてシンガポールとサルウィンの位置関係を確かめていると、いつものように隣の組織犯罪対策五課の角田がやってきた。

「おはようございます」

右京と薫が挨拶をすると、「昨日さ」と言いかけて一瞬、言いづらそうに言葉を切った。

「いや、なに。ちょっと監察に呼び出されてさ」

「えっ、大河内さんですか？」

「そうそう、あの頭痛持ち」

薫に応えながらサーバーからマイカップにコーヒーを注いだ。

「俺らと仲良くするなって釘刺されたんスか？」

事情を察した薫が先取りをすると、

「まあ、そういう主旨で呼び出したんだろうが、俺はそもそもおまえらと仲良くなんかしてねえもん」

と言い訳がましくその場を再現してみせた。

——監視？　あのふたりをですか？

大河内は眉間に皺を寄せて訊ねた。

——左様です。

——暇つぶしにしょっちゅう特命係を訪問してはコーヒーを召し上がっていると聞いて

いますが。

――暇つぶしを装ってふたりを監視しております。

――しかし、その甲斐なくふたりは自由気ままに活動しているというわけですか。

――力が及ばないことについては忸怩たるものがございます。今後の検討課題にしたいと思っております。

「俺ら課長に監視されてるんスか？」

「そうだよ。おまえらなにしでかすかわかんねえもんなあ」

モノは言い様である。薫はコーヒーを噴き出しそうになるのを堪えた。

「でも俺の目は盗みやすくていいだろ」そう言ってウィンクした角田はデスクの上に広げられた地図に目を遣った。「なに？　今日は地理の時間か？」

「〝シンガポールの空〟なんか思いつきません？　この言葉で」

咄嗟にそう言われて面食らった角田はしばし考えてから、「さあ。〝カリフォルニアの青い空〟なら知ってるぞ」とニヤリと笑った。

「はいはい」薫が軽くあしらうと、右京がなにかを思いついたように唐突に声を上げた。

「〝空〟ではないのかもしれませんね！　〝そら〟ではなく〝から〟と読んだらどうでしょう？」

「から？」

角田と薫が声を重ねる。

「ええ、空っぽの〝から〟」

「それってどういう意味ですか？」

薫が問うと、右京が滔々と語り出した。

「シンガポールには世界に冠たる貨物ターミナルがあります。今やコンテナの取扱量は世界一。マラッカ海峡に近く、歴史的にも海上交通の要衝であったことから、シンガポールは港湾業務を国の主要産業として位置づけています。その結果ですね……」

本当に地理の授業になりそうなところを薫が遮った。

「ええ、シンガポールの港がすごいのはわかりましたけども、それが〝そら〟じゃなくて〝から〟とどう繋がるんですか？」

「ですからコンテナですよ。荷物です」

右京はもどかしそうに言った。

「荷物が空？」

「ええ」

「シンガポールの貨物ターミナルの荷物が空ってことか」

角田が整理してみせる。

「文章にするとそういうことになりますかね」

「で、それは一体どういう意味なんですか？」

薫と角田が答えを期待して身を乗り出すと、

「さあ、わかりません」

見事にはぐらかされて、ふたりはずっこけた。

「あれこれ考える中でそう思ってしまっただけですから」右京は言い訳をするように続ける。「犯人の小笠原雅之は貿易をしています。貿易といえば物流です。物流の大部分は海上輸送によって行われています。海上輸送といえば貿易港。そこで手帳の〝シンガポール〟という言葉が浮上しました。そういえばシンガポールには世界有数の貨物ターミナルがあったはずだなと。たしか、コンテナの取扱量は世界一だったと。コンテナ、コンテナ……コンテナですから〝空（から）〟と読んだらどうだろうかと」そこまで一気にまくしたてると、右京は角田と薫を交互に見た。

「連想ゲームみたいだな」と角田。

「〝空（から）〟ねえ……フフッ」

薫が揶揄するように笑うと、右京は必死になって抗弁した。

「仕方ないじゃありませんか！　〝空（そら）〟は〝空（から）〟とも読めるんですから。いいですか？　シンガポールはシンガポールとしか読めませんが、空は違う。仮に空が〝そら〟としか読めない字ならばぼくだってこんな連想はしませんよ」

「わわ、わかりましたから……」

いつもながら学者のような厳密さで細部にこだわる右京に気圧されて、薫は降参した。

「〝から〟と読める以上、その線も検討すべきだと思いますがねえ。もっと言えば〝空〟とも読める。シンガポールと空だとしたら、そこに意味をなさないか考えるべきだと思いますよ」

「〝空〟って……」

「シッ！」

右京の思考を邪魔しないように、と薫が角田を抑えた。

「空ね……空」

相変わらず訳のわからない特命係の警部を横目に、角田が呟きながら出ていった。

そのとき、右京の携帯が鳴った。《ペリカン》のスタッフからだった。各地にちらばるネットワークを駆使してシンガポールでの兼高の足取りを調べていたのだった。

「そうですか！　ケッペル港ですか。分かりました。どうもありがとうございます」

携帯を切った右京は、満面に笑みを湛えて言った。

「兼高さんはどうやら、ケッペル港に行かれたようですよ」

「ケッペル港？」

「ええ。シンガポールの海の玄関口ですよ」

右京の推理はしっかり的を射ていたようだった。

## 十五

警視庁の廊下を捜査一課の三人が足早に歩いてゆく。颯爽と肩で風を切り、どことなく自信に溢れているように見える。向かうは小笠原の取調室。決定的な証拠を摑んだに違いなかった。

「あんた、大それたことしてたんだねえ」小笠原の正面の椅子にどっかり座り、伊丹が不敵な笑みを浮かべた。「日本政府がサルウィンに送っていた人道支援物資、さばいてたんだって？」

今まで眉ひとつ動かさずに黙秘を続けていた小笠原の表情が、チラと動いた。

「田坂晋一が白状したぞ」

三浦が突きつける。田坂が逃亡先のチューリッヒ空港で確保され、現地に飛んだ捜査員の尋問を受けてあっさり白状したという報せが、ついさっき捜査一課に入ったのだった。

「日本から送られた支援物資をシンガポールで下ろして、空(から)の船をサルウィンへ送るんだってなあ」三浦が小笠原の顔をぐっと睨みつける。

「物資の陸送は軍がやる。軍の責任者には話(ナシ)つけてあるから、空の荷物を当然のように受け取ってくれる。そうだろ？」

苦々しい顔で伊丹が続けた。

「で、実はシンガポールで下ろしてた物資は向こうでさばいてたんだってな」

嘲るような三浦の口調に、小笠原が顔をぐっと上げた。

「ところがそれを兼高公一に知られてしまい、口封じに殺した……ですよね？」

今度は芹沢を睨んだ小笠原に、伊丹がぴしゃりと浴びせた。

「よし、調書取れ。もうしゃべんだろ」


「あいつらにしては、まあ上出来だろう」

刑事部長室では報告を受けた内村が、上機嫌で中園に肩を揉ませていた。

「はっ、逮捕を急いだのが正解でした。田坂晋一の国外逃亡を防げたのが非常に大きい。いや、これも部長の英断のおかげです、はい」

中園が歯の浮くようなお世辞を述べる。

「う〜ん、国外に出る前に確保できれば、なおよかったがな。とにかく、なんとか送検までに格好がついたな」

「はぁ、しかし、いまだ小笠原は黙秘しているようです」

慎重な中園が注進すると、内村が自信たっぷりに断定した。

「協力者が白状(ゲロ)ったんだ、無駄な抵抗だろう」

「ははっ、おっしゃるとおり」

絵に描いたような腰巾着ぶりで中園が頭を垂れた。


その頃、瀬戸内米蔵は再び師である京極民生の病室を訪れていた。

ベッドの上で新聞の一面に大きく報じられた記事から目を上げて、京極が言った。

「口封じとはね。なんてこった」

「漱石の『坊ちゃん』あるだろ」

「はい？」突然の話題の転換に、瀬戸内は煙に巻かれたように師の顔を仰いだ。

「兼高くんは、あれみたいに無鉄砲な奴だった。まあ坊ちゃんほどおぼこくはないかな」静かに含み笑いを浮かべた京極は、一瞬鋭い視線を虚空に投げ、また虚ろな表情に戻ってポツリと呟いた。「おまえさん、まだ法務省に顔が利くのかい？」

「なんです？　藪から棒に」

瀬戸内が目を丸くした。

「こいつを、死刑にしてくれ。人間の命をなんだと思ってやがんだ」

新聞に載った小笠原の首写真を顎で示して、穏やかながら有無を言わせぬ口調で京極が言った。

「死刑制度には、疑問をお持ちだったんじゃないんですか？」

表情を固くして、瀬戸内は師匠に進言した。

「ああ……そうだったね。おまえさんも任期中、とうとうひとりも吊るさなかった大臣だったっけな」

それは敬虔な仏教徒でもある瀬戸内の、決して譲ることのできない一線だった。

「人が人の命にかろうじてできることは、救うことだけです。奪うことは許されていません」静かにそう言い切ると、腰を上げ、「では、そろそろ……失礼をいたします」と頭を下げた。

じっと虚空を見つめていた京極が、瀬戸内の目をまっすぐ見て、

「おまえさんとは……これが最後のような気がする。今生の別れだ。いよいよお迎えが来るかもしれん」

と言った。瀬戸内はその言葉をしっかり受け止めて、もう一度ゆっくりと深くお辞儀をした。

病院を出た瀬戸内は、意を決したようにひとつ深い溜め息を吐き、携帯を取り出した。

「ああ、瀬戸内だ。頼みがあるんだが、ちょっといいかい」

「はあ、なんでしょう？」

電話の相手は警察庁の小野田だった。

田坂晋一が逃亡先で捕まり、真相があばかれたという情報を角田から得た特命係のふたりだったが、右京の推理の正しさが証明されたとはいえ、やはり遣り切れなさが募った。重苦しい空気が流れる特命係の小部屋の沈黙を、右京が破った。

「不正を知ってから、いささか時間がかかりすぎているような気がしますねえ。不正を告発するのならば、もっと早くできていたのではありませんか？　もっと言えば小笠原に会う必要もない」

「なにが言いたいんですか？」

友人の名誉を穢されたように感じた薫が、気色ばむ。

「兼高さんは不正を告発する気があったのでしょうか？」

この人にはやはり人情の機微は分からないのだろうか……薫が絶望的な気分に落ち込んでいるところへ、電話が鳴った。

「はい、特命係」

薫がとった。電話は薫宛で、検察庁からだった。

薫を呼び出したのは小笠原の担当をしている大塚という検事だった。オフィスに薫を迎え入れると早速、別室にいた小笠原を連れて来るよう部下に命じた。

頑強そうなふたりの男に挟まれて現れた小笠原は、入り口のところで一瞬立ち止まると薫と目を合わせたが、無言のまま部屋の中央に進み、大塚のデスクの前にある応接ソファに座った。

「ご要望どおり呼びました。真実とはなんですか？　どうぞ話してください」

大塚が促すと正面に座った薫の目をジッと見つめながら、小笠原が話し始めた。

「私の口からはなにもしゃべらないつもりでした。殺人を計画したのも、それを実行したのも私です。そしてそれが破綻してしまったのも全て私の責任だ。貝のように口を閉ざし、せめて事件の背景が明るみに出るのに抵抗することが、こうしてしくじってしまった自分の務めであると考えていたからです」そこで一旦言葉を切り、小笠原は一段と鋭い視線で薫を見た。「しかし、あなたにだけはひとつ私の口から真実を打ち明けたい。なぜ兼高は殺されたのか？　なぜ私は殺したのか？　ご質問はそうでしたね？」

薫が無言で頷いたのを確かめて、小笠原は続けた。

「理由は、あいつが脅迫者だったからです」

「脅迫？」

薫の顔色が変わった。

「あの男は私から金をせびり取ろうとしていた。口封じなんていうと、私ばかりが悪党のように聞こえますが、真実はそうじゃない。あいつも立派な悪党だった」

小笠原は初めて電話をオフィスにかけてきたときの、兼高のドスの利いた声を思い浮かべた。素人ではないと、その時直感した。

「支援物資が村まで届かないことを不審に思った兼高は、サルウィン港まで確認に行ったそうです。そこで兼高は兵士から還流の仕組みを聞き、それを利用しようと思いついた」

「嘘をつくな！」

薫は思わず叫び声を上げていた。小笠原の口から聞く兼高は、薫の知っている兼高とはまるで別人のように思われた。

「土下座までなさったあなたに嘘などつくもんですか」

そう言い切る小笠原の目は、真摯な光を伴ってしばし薫に据えられていたが、

「話は以上です」

と締めくくって大塚を見遣った。

「だからって……殺さなきゃならなかったのか？」

薫はすがるような目で小笠原に訊ねた。

「素直に要求に応じろとでも？」

小笠原は心持ち冷たい声を放った。

「脅迫なんてする輩はね、一度やったらまた必ず次もねだってくるもんなんです。いつ

破裂するかもしれない爆弾を抱えたままなんて、ごめんですからね」

特命係の小部屋に戻った薫は、右京に報告しながらまだ小笠原の言葉が信じられなかった。ところがこの上司は、薫の内心などまるでお構いなしにさらりと言った。

「なるほど。そういうことならば筋が通りますねえ」

薫はぶつけどころのない遣り切れなさで一杯になった。

「やはり告発するつもりだったならば、もっと早くできたはずですからねえ。九月八日にシンガポールから戻った時点でできたでしょう。当局に通報すればいいんですから」

「ええ、そのとおりですよ」

薫は半ば自棄になって応えたが、次のひと言を耳にしてこの上司がますます分からなくなった。

「おかげでようやく謎が解けてきました」

「え？」

「スーツの謎です」

右京は唇に含みのある笑いを浮かべて部下を見た。

西陽がそろそろ落ちそうになる時刻、瀬戸内は議員会館の自室の窓際に立ち、険しい目で外を眺めていた。その姿勢のままどれほどの時が経過したのだろう、部屋が宵闇に包まれはじめた頃、瀬戸内はおもむろにデスクの電話をとってあるナンバーをプッシュした。

「ああ、瀬戸内だがね」

受話器の向こうからは、一拍おいて落ち着いた声が流れてきた。

——そろそろお電話がかかってくる頃ではないかと思っていました。

「さすが……杉下くんだな」

瀬戸内の口から、思わず驚嘆の声が漏れた。

## 十六

夜の川面を屋形船がゆっくり進んでいく。場所は隅田川、屋形船に乗っているのは船頭を除くと、元法務大臣の瀬戸内米蔵と特命係のふたり、杉下右京と亀山薫だけだった。

「ここならゆっくり話ができると思ってな」瀬戸内は障子を開けて、流れる夜景を眺めながら、「心配しなくていいぜ。船頭はガキの頃からの友達だ。口は鉄板みてえに堅え。おまけに耳は遠い。引退して倅に譲ってんだが、無理言って出してもらった。それにここなら逃げ隠れはできねえしな」と付け加えてニヤリと笑ってみせたが、自分に向けられたふたりの目が切迫した光を帯びているのを見て、早速本題に入った。

「小笠原、相変わらず黙秘を続けてんだろ？　よく俺にたどり着いたな。さすが、きみたちだ」

「支援物資の還流に関与されていたこと、お認めになるんですね？」

ひときわ険しい目線を投げ掛けて、薫が詰め寄った。

「関与？　その言葉は適当じゃねえな」

「はい？」

のっけから煙に巻かれたような感じで薫が聞き返した。

「俺が、首謀者だ。俺が小笠原に話を持ちかけた。いくら世界を股にかける商社マンといえども、支援物資の買い戻しなんてこたあ、そう簡単にはできねえ」

瀬戸内の脳裏には、初めてこの話を小笠原にしたサルウィンの市街地にあるバーの風景が浮かんでいた。

「しかし政治家のあなたならばできる」

右京の目が眼鏡越しに光った。

「いや、普通は俺にもできねえ。だがあの国は政府が腐りきってる。権力者たちは我が身の栄華だけを考えている連中だ。飢えた民衆をほったらかしにしてな。けど、そういう連中だから買い戻しなんてマネもできた。つけ入る隙もあった」

「小笠原は買い戻した物資で商売をする。上がった利益の中から、あなたはお金を受け取ってらっしゃったんですか?」

稳やかな声で、右京が問いかける。

「そのとおりだ」

瀬戸内の返答に、薫は半分怒りで、半分呆れて声を荒げた。

「人道支援物資でしょ。飢えた人たちを救うためのものでしょ。それを!」

「しかし、いくら送っても肝心の飢えた人たちには届かねえんだ。無駄じゃねえのかい?」

瀬戸内の声には、せめてこのふたりには本当の自分の気持ちを分かって欲しいという祈りが籠っていた。

「だからって、掠め取っていい理由にはならないでしょう!?」

できるなら瀬戸内を信じたい。薫も祈るような気持ちで問うた。

「むろん、そうだ。しかしほっといたらどんどん消えてっちまうんだぜ、命が。寿命が尽きて死んでいくんじゃねえ。なんの落ち度もねえのに、政治のしわ寄せをくって死んでいくんだ。ほっとくわけにはいかねえじゃねえか」

右京は先般連れ出された瀬戸内のパーティで、小野田と交わした言葉を思い出した。

——集まったお金は経費を除いてみんな寄付しちゃう。瀬戸内さんの懐には一銭も入らない。

「つまり、受け取ったお金はすべて寄付なさっていたということですか？」

「無駄になるぐらいならな。本気で弱者を救おうって志のある連中に託したほうがよっぽどマシだ」

「瀬戸内さんのその意図を小笠原は……？」

薫が訊ねた。

「やってることは立派な犯罪だ。せめて後ろめたい気持ちは持っていてほしかった」

その言葉を聞いて、押し殺していた薫の怒りが爆発した。

「瀬戸内さん！　結果的にあなたが兼高を殺したんじゃありませんか！」

「亀山くん！」

乗り出す薫の肩を、右京が押さえた。

「でも！　たとえ兼高が強請(ゆす)りみたいなマネしたんだとしても、別の対応があったはずですよ」

「強請り？」

薫の言葉を瀬戸内が聞きとがめた。

「あいつは支援物資の還流をネタに小笠原を強請ろうとしてたんです」

それは瀬戸内には初耳だった。

「案外、兼高さんは瀬戸内さんと同じ意図だったかもしれませんよ」

驚きの余り黙ってしまった瀬戸内に、右京が語りかけた。

「強請り取った金で人助けですか。あいつは瀬戸内さんほど立派な人間じゃありませんからね」

薫は遣るせない気持ちを皮肉に託して吐き出した。

「いずれにしても、不正な手段で得たお金で人を救うことには大いに問題がありますね」

冷静に聞こえる右京の言葉に、今度は瀬戸内が異を唱えた。

「しかし、それは綺麗事だな」

「そうでしょうか？」

「綺麗事を言ってる間にも失われていくんだぜ、命が。救える命がだ！」

瀬戸内は静かに激していた。

「しかし、政治家のあなたがやるべきじゃない！」大物議員を睨みつけた右京も、たぎる激情を押し殺して言った。「もっと他の手段を講じるべきでした」

夜風が船の中に吹きこんできた。瀬戸内はこの年下の友人を目を細めて見遣り、諭すように言った。

「政治ってのはね、杉下くん。たしかに巨大な力がある。時には世界をも動かす。しかし、いかんせん時間がかかる。その間にも犠牲になる命が多すぎるじゃねえか」

瀬戸内の言葉の最後の方には、なにかに懇願する痛切な響きが込められていた。

「お気持ちはわかりますが……」

その痛切さに頭が下がる思いの右京は、しばし継ぐ言葉を失った。

「しかし、誤算だった。妙な浅知恵で知らせなかったばっかりに、こっちもひとつ命を犠牲にしちまった」

瀬戸内は絶句した。目に涙が滲んでいる。

「まさか支援物資の還流によって生じたお金が自らに還流していたとは、兼高公一は夢にも思わなかったでしょうねえ」

右京は遠い目を窓外に向けた。

「どうやって俺にたどり着いた？　教えてくれねえか？」

瀬戸内は口調を変えて、素直な疑問を右京にぶつけた。

「スーツが鍵でした」

「スーツ？」

瀬戸内には意外な返答だった。その謎を埋めるように、右京が整然と説明を始めた。

「小笠原はあの日、なぜかオーダーメードのスーツで犯行に及んでいました。捨てるハメになっていることがわかっているにもかかわらず、どうしてそんなマネをしたのか。それを考えていた時にふと思い当たりました。そもそもなぜあなたがパーティをなさっていたあのホテルで、あなたが応援してらっしゃるＮＧＯのスタッフが殺されたのか。単なる偶然なのか？　いえ、違います。小笠原がわざわざあの日、あの場所を選んだ結果なんですよ。実は彼は、あなたの秘書を装って兼高公一を待っていたんです。議員秘書であり、資金集めのパーティが開かれているさなかですから、それなりの格好をする必要があったわけですよ」

「なんでまた秘書なんかに？」

瀬戸内にはまだ納得がいかないようだった。

「兼高公一をおびきよせるためです。小笠原は脅迫された後、当然、兼高公一の素性を調べたでしょう。するとＮＧＯのスタッフであることがわかった。しかもあなたとゆかりのある人物であることが」

「おびきよせるためなら、金をやるって言えばいいじゃねえか」

その疑問には薫が答えた。

「わざわざ金を取りに帰国しませんよ。金なら送ってもらうなりすればいいんですから」

「小笠原はどうしても兼高公一を帰国させたかったんです。彼を殺害するために。しかし金を払うという口実では帰国を拒否される恐れがある。亀山くんの言ったように送金してくれと言われるかもしれない。しかしそうなった場合、ひどく具合が悪い」

「もっと確実に帰国せざるを得なくなる口実が必要だったわけですよ」

薫の言葉に右京が重ねた。

「そう、確実に帰国させるために、小笠原はあなたが支援物資還流の首謀者であると兼高公一に告げたんです。あえて真実を告げたんです。そしてあなたがその件で直接話をしたがっていると彼に伝えた。ちょうどその日パーティがあり、それを抜け出して瀬戸内さんが部屋へ行くからと。部屋では瀬戸内さんの秘書が待っているからと」

「あなたが首謀者だと聞いたら、兼高だって帰国しないわけにいきませんよ」

「あの夜、兼高公一はあなたに会うために部屋を訪れたんです。そしてスーツ姿で現れた小笠原をあなたの秘書だと信じたまま、殺されたんですよ」

右京と薫が代わる代わる明かす真相に、瀬戸内は大きな目をより大きく見開き、小笠原の腕に組み伏せられたまま、血まみれになって事切れた兼高の姿を思い浮かべた。

「瀬戸内さん、あなたのなさったことは、結果、若者の尊い命を奪ったんですよ。法務大臣でいらしたあなたが法を犯した。決して許されるべきことではありません！」

真実を知らされた上、右京に叱咤された瀬戸内は、今度こそ本当に取り返しのつかない己の罪に戦き、ただ項垂れるのみだった。

船着場では近づいてくる屋形船を、大勢の警察官が見守っていた。パトカーと人が群がるその輪の中に、屋形船はゆっくりと着岸する。特命係のふたりに挟まれる形で下船してくる瀬戸内を、小野田公顕が迎えた。京極を見舞った後の瀬戸内から電話を受け、この大掛かりな舞台を用意したのは彼だった。

「もう、上を下への大騒ぎですよ」

それがこの大物政治家に対する最大の気遣いなのであろう、小野田はまるで軽口を叩くような調子で瀬戸内に声をかけた。

「悪いな。おかげで最後にじっくり話ができてよかった」

小野田が視線を投げると、右京と薫は黙って目礼をした。

「参りましょうか」

小野田が促した。

「うん」

瀬戸内は一瞬立ち止まって右京と薫を振り返ったが、そのまま小野田に従って黒塗りの覆面パトカーに乗り込んだ。

《瀬戸内元法相に重大汚職疑惑》

《政財界に大きな波紋》

翌日の朝刊の第一面には、大きな活字が躍った。

京極民生はベッドに起き上がって、その新聞紙面に目を落としていた。瀬戸内米蔵……そういえばふたりで東南アジアを旅し、立ち寄ったサルウィンの日本大使館で彼と交わした会話が蘇る。

――たしかにこの国には支援が必要だ。だが、いくら食料をよこしても本当に助けのいる人々にはほとんど届かない。

日本語こそ解さないが、大胆にも軍の要人たちの目の前で京極が言うと、

――はい、そういう噂があることは知ってます。

瀬戸内はポーカーフェイスで切り返した。

――噂か。本当はわかってるくせに、そういう言い方をするところはやっぱり政治家だな。

どんなに高い理想を持っていても一旦現場に足を踏み入れると、政治家はやはり政治家でしかないのか、とその時は落胆したものだったが……。

「おまえさんのほうがよっぽど無鉄砲だったね」

京極は呟いて、新聞から目を上げた。

＊

灌木も途絶えた乾いた大地に果てしなく続くデコボコの一本道を、一台のジープが土

煙を巻き散らし疾走していく。

空港に着いて、鉄道を乗り継ぎ到着した駅から、さらにバスに乗り、それでも終点から先は地元のガイドの運転するジープでしか辿ることはできない。サルウィンの奥地、兼高が暮らしていた村は薫の想像をはるかに超えて遠かった。

兼高の死を、現地に赴いて新妻に伝える……その役を果たせるのは自分しかいない。その思いだけを抱いて薫はここまで来たのだった。

熱風が全身を吹き抜ける。たしかに暑かったが、この風を兼高も感じていたのだと思うと、薫にはどこか馴染みがあるように思えた。ただ、あまりサスペンションの利かないおんぼろジープに長時間揺られていたため、尻が痛かった。その痛みがそろそろ限界に達しそうになったころ、吹きさらしの大地にオアシスのような緑の林がこんもりと現れた。

林を抜けてジープが止まったのは、こぢんまりした木造の建物の前だった。その建物には大きな看板が掲げられていた。

《KIMBA, KANETAKA ELEMENTARY SCHOOL》

緑色に塗られた木板には、まだ新しい白いペンキでそう記されていた。

「コノ学校、兼高サン、貯金デ作タソウダヨ。モット作ルテ、云ッテタ、ソウダヨ」

ジープを降りた薫の背中に、運転手のガイドが片言の日本語で語りかけた。

車のエンジン音を聞きつけた子どもたちが建物からはじけるような勢いで走り出てきた。しかし、そこに立っている見知らぬ外国人が醸し出している悲愴な雰囲気を察したのだろう、子どもたちは一斉に立ち止まり、歓声を止めた。

するとその背後に、長い黒髪を肩のところでまとめた女性が現れた。ひと目であの写真の女性だとわかった。薫はその女性をじっと見つめた。押し殺していた感情が、涙を伴って噴き出した。彼女も薫の目を見て、すべてを察したようだった。溢れる涙が頬を伝い、思わず嗚咽を手で押さえた。薫は深く深く、頭を垂れた。

——この瞬間を一生忘れてはならない。

灼熱の太陽の下、そのことだけが薫の頭を巡っていた。

第二話
「沈黙のカナリア」

一

白昼いきなり、人々がひしめく衆議院議員会館に激しい爆音が鳴り響いた。ガラス張りを多用した造りのビルだけに、振動とともに爆風でガラスが割れ、その音に交じって人々の悲鳴が空気をつん裂いた。

爆破されたのは後藤新次議員のオフィスだった。ちょうど部屋を出てエレベーターに乗った後藤議員の公設秘書、松岡京介が血相を変えて駆けつけ、煙が充満するオフィスのなかで倒れている什器の隙間から後藤議員だけは助け出すことができたが……。

「死亡したのは政策秘書の中村忠是さん。死因は爆発によるショック死だと思われます。議員も負傷して先ほど病院に搬送されましたが、命に別状はないそうです」

現場検証に駆けつけた鑑識課の米沢守が、捜査一課の刑事、伊丹憲一と三浦信輔に報告していた。

「この爆発でよく助かったもんだなあ」

依然として煙と埃が充満する部屋を見回して伊丹が感心した。

「議員は議員室側にいて、ちょうどこの倒れた棚の陰に入った形になったようです」

オフィスは二部屋構成で、入り口側に秘書室があり、ガラスの壁ひとつ隔てて奥に議員室があった。

「一歩ズレてれば議員も確実に死んでたな」

倒れている什器の位置関係を確かめながら、三浦が唸った。

「で、爆発物の特定は終わったのか？」伊丹が米沢に訊ねる。

「急いではいますが、なにしろこの有り様ですから……」

そこにもうひとりの捜査一課、芹沢慶二が一通の封筒を持ってやってきた。

「今朝、議員宛てにこんなものが届いてたそうです」

伊丹が受け取り、中の便箋を広げてみる。

《偽善者　後藤新次に死の制裁を》

その一行だけが白い紙の中央に、縦書きで印字されていた。

「おい、こりゃあ……」

思わず声を漏らす伊丹に、芹沢が背後で事情聴取を受けている松岡を指して言った。

「中村氏に言われてあの秘書が処分するとこだったみたいスね」


警視庁大会議室の大きなテーブルに、刑事部の幹部と公安部の幹部が対峙して陣取り、睨みあっていた。よりによって衆議院議員会館に爆弾が仕掛けられたのだ。これがテロであるか刑事事件であるか、換言すれば管轄は公安部なのか刑事部なのか、両者で熾烈な綱引きが始まっていたのである。

「それが脅迫状です」

刑事部長の内村完爾が、後藤議員に宛てられた例の紙片を差し出した。

「現在、消印の住所で聞き込み捜査を始めています」

中園照生参事官が付言する。

「刑事部らしい、のんびりとした捜査ですねえ」

公安部長の木戸が皮肉たっぷりに応じると、内村がそっぽを向いた。

「なにか問題でも?」

「われわれはすでに犯人の目星はつけています。今回の犯行は左翼系過激派集団だと」

いかにもキャリア組のエリートらしい木戸を軽蔑するように、内村は不敵な笑みを浮かべて言った。

「殺人事件の初動捜査に公安部の色眼鏡はかえって邪魔になりますね」

木戸のこめかみがピクリと動いた。

特命係の小部屋では、いつもながら暇を持て余している杉下右京と亀山薫が、爆発事件を報ずるテレビのニュースを見ていた。

「後藤新次議員といえば、たしか七年前に亡くなられた元通産大臣、後藤真一氏のご子息でしたねえ」

ティーカップを手にしたまま、右京が言った。

「ええ。テレビにも出たりして、政治に興味ない人たちにもずいぶん人気あるみたいですよ」

薫はサーバーからカップにコーヒーを注ぐ。

「つい先日決まった厚生労働省の大臣政務官就任も、現内閣が後藤人気にあやかったとまで言われていました」右京がリモコンでテレビのスイッチを切る。

「でも、知ってます？　今回の事件、その就任とちょっと関係あるみたいなんスよ」薫がわけ知り顔に言った。「就任祝いに方々から贈り物が届いてたらしいんですけどね、爆発の位置からして爆弾はその中に仕掛けられてたんじゃないかって」

「贈り物の中に……」

右京はちょっと思案顔になった。

二

誰に頼まれもしないのに捜査に出かけるのが特命係の真骨頂である。今回も早速衆議院議員会館に足を運んだ右京と薫は、まずエントランスを確かめた。ゲートには金属探知器が設置してあるようで、右京が通ると電子音が鳴った。駆け寄る警備員に警察手帳を掲げて右京が訊ねる。

「宅配業者などもここを通らなければ入れないわけですね？」

「はい。荷物にも同様に検査を実施しております」

敬礼で応じた警備員が直立不動で答えた。警察手帳に付いたバッジにまで反応するのだから、かなり感度の高い探知器である。うっかり爆弾を通すなどということはまずないと言ってよかった。

ふたりはそのまま現場に向かった。

「うわあ、ひでえな、こりゃ」薫が顔を顰める。爆破された後藤議員の事務所は、未だ無惨な状態のまま置かれていた。「ここで爆発したら逃げ場ないっスね」狭い場所に薫が足を踏み入れると、奥から米沢が出てきた。

「これはおふた方」

「ああ、どうも。なんかわかりました？」気安く薫が訊ねる。

「科捜研の結果が出ないとはっきりしたことは言えませんが、爆発の状況から見てバイナリ式爆弾ではないかと」

「バイナリ式？」

首を傾げる薫に右京が解説を施す。

「AとB、二種類の物質を混合させることで爆発する化学爆弾です」

「二種類ですか……あっ、右京さん！　これ、どうスかね？」薫が割れた二本の空き瓶を床から拾い上げた。「ほら、地方からの贈り物といえば受け取らないわけにいかないし、まさか混ぜると爆発するなんて思わないでしょ？」

「しかし、みかんジュースとぶどうジュースを混ぜ合わせて飲む人が、世の中にそうそういるとは思えませんがね」

薫は改めて破れかけのラベルを見て、「まあ、マズそうですもんね」と頷いた。

床に目を凝らして歩いていた右京が、立ち止まってなにかを拾った。

「この胡蝶蘭はいつからここにあったのでしょうねえ」

まだ色新しい白い花弁を摘んで訊ねると、奥の議員室から出てきた男性が、「それは今日、送られてきたものだと思います」と答えた。

「だとすれば妙ですねえ」俯いたまま、独り言のように右京が呟く。薫が問い返すと、

「胡蝶蘭の鉢には土ではなく根の絡まりやすい水苔などが使われるのですが、しかしここに落ちているのは普通の土ばかりです。おそらくこれらは他の鉢のものでしょうねえ」

「それがなにか？」

怪訝そうに声をかけた男性にようやく顔を上げた右京が訊ねる。

「失礼ですが……」

「公設秘書の松岡と申します」

軽く自己紹介をしたまま、右京と薫は再び疑問に戻った。

「胡蝶蘭の鉢に入っていたのが水苔ではなかったとしたら、この場合一体なにが考えられるでしょう？」

「まさかそれが爆弾だったたって言いたいんですか？」

「たとえば鉢の中に物質A、そして栄養剤の瓶などに物質Bを入れて挿せば、バイナリ爆弾が成立しますねえ」

右京と薫の会話を、米沢、そして松岡が興味津々に聞いている。

「だけどそれだと議員会館に届く前に爆発する可能性だってあるんじゃないですか？何時に届くかなんて、差出人にはそこまで正確にわからないでしょう」

薫の意見ももっともだった。

「しかし調べてみる価値があると思いませんか？」

「そりゃもちろん、調べますよ」

そこに米沢が割り込んだ。

「犯人は差出人ではなくて配達員だとか!?」

「おっ！」薫がグッドアイディア！　と言わんばかりに指さす。

「入館時刻の監視映像になにか映っているかもしれませんねえ」

右京に従って、薫は警備室に向かった。

廊下を歩きながら、薫は受付で貰った入館記録を確認した。該当時刻に受付を通った業者はひとりだった。名前は種田正、会社名はシティプラントで、入館目的は配達業務。入館時刻は十時五十分で、十一時十五分に退館している。

薫が勢いよく警備室の扉を開けると、そこには最も見たくない顔があった。

「あっ、特命係の亀山ァ〜！」捜査一課の伊丹が憎々しげに薫のフライトジャケットの襟を摑む。「国家の一大事にまで首突っ込んできやがって、おとなしく引っ込めてらんねえのか、このスッポン山！」

おなじみの悪態を無視して薫は伊丹の手を振り払った。

「悪いこと言わねえから、黙って十時五十分の映像見せろ」

「十時五十分⁉」芹沢が素っ頓狂な声を上げる。

「その時間に持ち込まれた胡蝶蘭の土と栄養剤がバイナリ爆弾だったかもしんねえんだよ」

未知の情報に伊丹と芹沢は顔色を変えた。

「十時五十分ですね？」

モニターの前に座っていた警備員が早速マウスを操作した。

「あっ、それだ！」胡蝶蘭の鉢を抱えた業者が映っているコマを指して、さらに指示する。「ここ、ちょっと寄れますか？　ほら見ろ！　胡蝶蘭の……」言いかけた薫は、拡大した映像を見て「あれっ？」と首を傾げた。

「どこにその栄養剤があんだよ？」ここぞとばかりに伊丹が突っ込む。「ケッ！　さすが特命の言うことはいつも冴えてますなあ。くだらん思いつきで捜査を混乱させないでいただけますか」右京にも皮肉たっぷりに迫る。

「なんだと！」

「亀山くん、行きましょう。失礼」

息巻く薫を押さえて、右京は警備室を後にした。

再び受付を訪れた右京は、思惑が外れて不貞腐れている薫を余所に、入館記録をしきりにひっくり返していた。

「右京さん、これからどうするんですか？」

「亀山くん！　ここ、見てください」

右京が指さす先を薫は読み上げた。

「高本信嘉（のぶよし）、杉並区、グリーンショップ、3・4階観葉植物保持作業、入館十時五分、退館十一時。これがなにか？」

続いて右京が読み上げる。

「それからここ。中井雅人、東京都豊島区、東京園芸、4・5階観葉植物メンテナンス、入館十時半、退館十一時五分」

「ん？　保持とメンテナンスって同じ意味ですよね。なんでまた同じ日の同じフロアにわざわざ二社も？」

「どうやら見えてきたようですねえ」右京が虚空を睨んだ。

「見えてきましたか？」と言ってはみたものの、なにが見えてきたか薫にはさっぱり分からなかった。

「右京さん、ありました！　ほらっ、これです、これ」

廊下のはるか向こうから薫が大声で右京を呼んだ。右京が近づくのを待って、鉢の土から栄養剤の入ったカートリッジを抜こうとした薫の手を、右京の白手袋をはめた手がすばやく摑んだ。指紋が検出されるかもしれなかった。

「おそらく爆発した胡蝶蘭にもこれと同じものが挿し込まれていたはずです」

「えっ、まさかこの鉢も爆弾だって言うんじゃないですよね？　だったらこっちの鉢にも挿さってますよ」薫は別な鉢を指さした。「これが全部爆弾だったら、今頃、議員会館全体が吹っ飛んでますよ」

右京はポケットからハンカチの包みをとり出した。

「これは先ほどあちらの鉢から採取したものです」ハンカチを広げるとやけに黒っぽい土が入っている。「この階の観葉植物をよく見ると、栄養剤が挿さっていない鉢にはこの黒い土が入れられています。逆に栄養剤が挿さっていれば黒い土は入っていません」

「どういうことですか？」薫は煙に巻かれたような顔をした。

「これはひとつの推論なのですが……」右京は右手の人差し指をピンと立てた。「まず種田がセキュリティーを抜けて胡蝶蘭を持ち込みます。この時点では胡蝶蘭はただの胡蝶蘭なのでセキュリティーで止められるはずもありません。その間、高本がこの階にある観葉植物の土を入れ替え、中井が栄養剤を挿します。ふたりが作業を終えるのを待って種田は爆弾と化した胡蝶蘭を持って六階の後藤議員の部屋へ向かいます。そして栄養剤の液体が流れきる頃、爆発が起きる。おそらく高本と中井はこのために雇われたアルバイトかなにかで、本当にメンテナンスの仕事だと思って動いたのでしょう。だからこそ、関係のない鉢の土と栄養剤までもが交換されていたんです」

まるで複雑なパズルを解くような右京の推論を聞いて、薫にもおぼろげに見えてきた。

「じゃ、なにも知らずに結果的に犯行に加担させられたってことですね？」

「土と栄養剤、どちらか一方だけでは爆弾にはなりませんからねえ。ふたりの作業がダブらないように指定しておけば、胡蝶蘭以外が爆弾になることはありません」

「なるほど。今度こそ手順が見えましたね。早速高本と中井を捜しましょう」逸る薫を右京が制した。

「いえ、この入館記録は一課の方々にお渡ししましょう」

「えっ？」

「われわれふたりだけで追うのは、いささか骨が折れますからねえ」

そう言われれば、と思い至った薫は自らに言い聞かせるように呟いた。

「まあ、あいつらにもそのぐらいやらしてやっか」

三

「なんで俺たちがあいつらの思いつきで動かなきゃなんねえんだよ」

伊丹が思い切り愚痴りながらヘルメットを被った。右京から入館記録を渡された伊丹と芹沢は、植木屋のアルバイトをしていた高本が現在はこの工事現場で働いているという情報を得てやってきたのだった。

「でも、やっぱ鋭いっスね。だって植木鉢なんて見ませんよ、普通」

「褒めてんじゃねえよ！」

正直な感想を述べただけなのに、ヘルメットの上から伊丹にポカリと殴られた芹沢は、

「あっ、あいつじゃないスか？」と向こうでスコップを握っている作業員を指さした。

その作業員、高本信嘉を伊丹と芹沢が取り調べ、別室で三浦が引っ張ってきたもうひとりのアルバイト、中井雅人が取り調べられた。ふたりの話を総合すると、ふたりはどうやらある派遣会社の偽のサイトに載っている議員会館でのプランターのメンテナンスのバイトに応募し、同じ指示役の男から、高本は土の入れ替えを、中井は栄養剤カートリッジの設置を依頼されたということが判明した。米沢がその偽サイトを追跡したところ、それは都内のネットカフェからアップロードされたものだった。

右京と薫は鑑識課の部屋で、米沢から捜査の途中経過を聞いていた。高本と中井に作業の指示を出していたのは種田正。後藤議員の事務所に胡蝶蘭を運び入れた男だった。そして米沢がその名前で前歴者照会システムを当たったところ、一件だけ窃盗罪でヒットした。入館記録に記された種田というのは偽名ではなく、本名だったのだ。

種田正。職業、日雇いアルバイト……データベースにはそう示されている。住む部屋もなくネットカフェやコーヒーショップなどを宿代わりにしている、いわゆるワーキングプアで、派遣会社の偽サイトをネットカフェからアップロードしていたのも、足がつかないようにということもあるが、そこを定宿にしていたからでもあった。

「種田は後藤と同年の生まれです。苦しい生活に自暴自棄になり、同い年なのにあまりに立場の違う議員を狙った……と捜査本部は見ているようです」

米沢は特命係のふたりに、捜査情報をリークした。捜査一課の三人が種田の足取りを追いかけたところ、事件の翌日に立ち寄ったネットカフェが浮上。そこに置きざりにされた種田のものと思しき封筒の中から議員会館の資料、脅迫状と一緒にUSBメモリーが出てきた。中に例の偽サイトの元データとともに種田の日記のようなテキストが入っており、そこには後藤議員の偽善を呪う文章や、自爆を仄めかす文章が記されていた。

「ワーキングプアが日雇い派遣を使ってテロ、ですか。なんだかやりきれない事件ですね」

その夜、気の置けない行きつけの小料理屋〈花の里〉で、女将の宮部たまきが呟いた。

「たしかに貧困が動機の犯罪は海外では珍しくありませんがねえ」

杯に口をつけながら右京が言うと、

「は〜、日本もとうとうここまで来ちゃったか」

美和子がネガティブな感慨を漏らす。

「格差だかなんだか知らねえけど、若い奴らが夢とか希望とかじゃなくて不安ばっかり抱く社会ってのは絶対おかしいよな?」

薫がグイッと生ビールのジョッキを傾けた。

「政治に期待したいとこだけど、そういう意味では皮肉だね。よりによって狙われたのが後藤議員なんて」

「皮肉って？」

ジャーナリストらしい美和子の感想に、薫が聞き返す。

「後藤議員のお父さんってさ、元通産大臣の後藤真一でしょ。後藤大臣といったら当時、消えゆく石炭産業をなんとか残そうと尽力したので有名じゃない」

「ああ、それぐらいは俺も知ってますけどね」薫が口を尖らせる。

ふたりの会話に横から右京が加わった。

「後藤大臣が石炭産業を守ろうとしたのは、経済効果を狙ったというより、むしろ炭鉱労働者の一斉失業を心配したためだったと言われていますねえ」

「言うなりゃ弱い立場にある人間を守ろうとした人だったってわけですか」と薫。

「その息子がワーキングプアに命狙われたんじゃ、無念すぎて成仏できませんよ」

皮肉、という美和子の感想も、もっともである。

「秘書の方は気の毒でしたけど、その議員さん、助かってよかったですね」

三人に煮物の小鉢を出しながら、たまきが溜め息を吐いた。

翌朝の新聞には「テロではなにも解決しない」という後藤議員のコメント付きで、「ワーキングプア問題　早期解決を」と大きな見出しが躍っていた。

「爆弾の謎は解けたし、これで一応捜査の方向性見えましたよね？」

特命係の小部屋で新聞を読んでいた薫が顔を上げて右京を見ると、どことなく晴れない顔でモーニングティーのカップを掲げている。

「あれ、どうかしました？」

「ぼくの中でどうしてもかみ合わないことがあります」

「なんですか？　かみ合わないことって」

「種田正が入館の際、偽名を使わなかったのは自暴自棄による犯行だったからというのが捜査本部の見解でしたね？」

「ええ、もともと死ぬつもりなら隠す必要もないってことですよね」

「それにしては議員会館を調べ上げ、偽サイトを作り、無関係の人間を利用する、綿密すぎるとは思いませんか？」

「そう言われれば、たしかに……」薫が首を捻っているところに、

「暇か？」と隣の組織犯罪対策五課の角田六郎が入ってきた。角田の手にも朝刊が握られている。

「おい、読んだ？　これ。しかしさ、この後藤って議員は偉いお人だねえ。二度とこのような事件が起きないように、今後より一層ワーキングプア問題に向き合っていくんだとさ。来月も早速、若者集めてシンポジウムやるらしいよ」

角田の月並みといえば月並みな感想に、右京はますます眉を曇らせた。

鑑識課の部屋を訪れた右京と薫は、米沢から種田がネットカフェに残した封筒の中身の書類を見せてもらっていた。

「館内の写真にセキュリティー情報、事務室の見取り図……しかし集めたもんですね」

机に並べた書類を見渡し、薫が感心する。

「インターネットにはいろんな情報が転がってますからねえ」と米沢。

「これはなんの跡でしょう？」その中の一枚の書類の隅のインクの滲みを、右京が指さして米沢に訊ねた。

「ああ、おそらくペットボトルの水が漏れて滲んだんでしょう」

「ペットボトル？」

「ええ。種田の鞄の中にありました。ネットカフェは飲み物がタダですからね。空のペットボトルを水筒代わりに使えば、飲み物代が浮くんです。私もやったことあります」

「あれ？　米沢さん、よく行くんですか？」薫が突っ込んだ。

「かつて漫画喫茶と呼ばれていた頃、一時は毎晩のごとく」

「似合う。ぷっ」

薫は思わず噴き出した。

右京と薫は、種田が渡り歩いたと思われるネットカフェのひとつに行ってみることにした。

「いやあ、世の中一体全体どうなってんスかねえ。働き盛りの若者たちが住む部屋も持てないだなんて」

思いのほか繁盛している店内を見て、薫が漏らす。右京は早速、米沢の言っていたフリードリンク・コーナーで紙コップにティーバッグを垂らしている。

「あ、あ、ちょっと、なにやってるんですか?!」

右京がおもむろにプリンターから出したカラー出力紙の上にびしょびしょのティーバッグを置いたのを薫が見とがめた。

「やはり、どうやっても滲みませんねえ」

化学実験の結果を見るような目つきで濡れた出力紙を調べて、右京が呟く。

「滲まない?」

「種田の鞄から見つかった資料の一枚に滲みがありました。しかし水で滲むのは染料インクを使った家庭用のインクジェットプリンターだけです。ここにあるようなレーザープリンターは滲まないんですよ」

いつもながら細かいことにこだわる右京だったが、「家庭用」と聞いて今度ばかりは薫も直ちに引っかかることがあった。

「家庭用って……え？　種田は家がないからここにいたんじゃないんスか？　ここで資料を……」

「資料を作ったのが種田ではなかったとしたら、どうでしょう？」

右京のメタルフレームの眼鏡の縁が、キラリと光った。

四

翌朝、右京と薫が再び衆議院議員会館の現場を訪れると、瓦礫交じりの物陰に何者かがうずくまっていた。

「なにかお捜し物ですか？」

薫が声をかけると、スーツを着た男が立ち上がった。秘書の松岡だった。

「立入禁止が解けるまではご協力願いたいんですがね」

入り口に張りめぐらされた「KEEP OUT」のテープを指して薫が注意した。

「申し訳ありません。明日の会議でどうしても必要な資料がありまして」頭を下げた松岡は、逆に怪訝な顔で訊ね返した。「あのう、鑑識作業は終了したと聞いてますが」

「いささか気になることがありましてね」右京が前に出て、入り口脇の煤にまみれた棚を指した。「爆弾が置かれていたのはこの辺りだと聞きました。しかし考えてみれば不思議な話です。仮に種田が犯人だとして議員を狙ったのならば、奥の議員室に置くのが自然だとは思いませんか？」

「入り口で中村が引き受けたのかもしれませんね」松岡が答えた。

「なるほど、ここに置かれたのは中村さんご自身だったと」

「そんなことが気になられたのですか？」

細かいことが気になるのが右京の癖……だが、初めての人にはたしかに奇妙に映るに違いない。

「いいえ、今度の事件、狙われたのが後藤議員ではなく、実は中村さんだったとしたらどうだろうかと思ったものですから」

「ちょっと待ってください。後藤はともかく、中村は秘書です。なぜ種田のような人間に狙われなくてはいけないんですか？」

松岡の口調は疑問というより、むしろ抗議に近かった。

「実はお邪魔したのはそれと関係がありまして……」

なにやら手に図面を持ち、現場を歩き回る刑事を、松岡は奇異な目で見た。

「あ、やはり、そうでしたか！　これは種田の鞄から見つかったという見取り図なんですが、〝全室共用〟と書かれていますね？　ここが落とし穴なんですよ。確認したところ、この柱には水道の配管が通っているそうです。ビル設計の都合上そう造られたもので、こういう構造の部屋は一フロアにつきひとつだけ。つまり全部で二五二室ある事務室のわずか七室にすぎないんですよ」

右京は図面を広げて松岡に見せた。

「変ですよねぇ。七室しかない部屋の見取り図が〝全室共用〟だなんて」

薫が口を挟むと、右京が歩き回りながら淀みない口調で続ける。

「察するにこの図面を描いたのは、事務室にはすべてこの柱があると思い込んでいる人間、つまり日常的にこの部屋を使っている何者かではないかと」

「まるでわれわれのうちの誰かを疑っているようにしか聞こえませんが、なんのためにそんなことをしなければならないんです？」

松岡は不快の念を露にした。

「それがわかれば事件は解決するのですがねぇ」さらりとかわした右京は、「ところで、後藤議員はもう退院されたそうですね？」と話題を変えた。

「ええ。運良くスチール棚の陰にいて軽傷で済みました」

「それは不幸中の幸いでしたねぇ」

右京はしきりに頷いた。

翌朝、右京と薫は隣の組織犯罪対策五課でパソコンのディスプレイを覗き込んでいた。パソコンの前には角田が座って、前歴者照会システムの画面を開いている。

「いのうえ・りょうへい、ね」

角田が入力してエンター・キーを押すと、《大麻取締法違反》という罪状にヒットした。

「店の客に大麻を売りさばいていましたか」脇から右京が呟く。

それは昨夜、薫が美和子から仕入れた情報だった。美和子がフリーライターとして関係している「週刊帝都」で、記者が急に予定の記事を落としてしまったために、急遽美和子が穴埋め記事を書かなければならなくなった。その記者がなんで穴を開けたのかと薫が問うたところ、後藤議員の過去を追っていたのが、肝心なところで裏が取れなくなったのだという。

――後藤議員ってさ、先代が急死して政界入り決めるまでは結構やんちゃしてたらしいのよ。支配人が逮捕されたような怪しいクラブかなんかにも出入りしてたもんだから……。

その支配人の名前が〝井上良平〟だった。

「後藤議員もこの店の常連だった。ひょっとしたら……」

議員の過去に麻薬の臭い。それが事実だとしたら、大きなスキャンダルである。

「記者が摑んだということは、当然他の人間もこの情報を摑んだ可能性もありますねえ……松岡秘書の捜し物も、これと関係があるのかもしれませんね」

右京の目が虚空を見据えた。

## 五

衆議院議員会館の化粧室で、松岡が一心不乱に手を洗っている。石鹸をつけては流しつけては流し、爪の間まで執拗に擦っている。

「刑事さん……」

ふと顔を上げると、目の前のミラーに、入り口わきに立ってこちらをじっと見ている右京の姿があった。

「実は後藤議員にお伺いしたいことがありまして」いつもながら慇懃なお辞儀をして切り出した右京が、「おやおや、顔色が悪いようですがいかがなさいました？」と鏡の中の松岡の顔を覗き込む。

バツの悪い表情で、いや、別に……と呟いた松岡は、押し黙ったまま右京と廊下で待機していた薫を館内の新しい場所に移った後藤議員のオフィスに導いた。

「あなた方、内部犯行がどうとかおっしゃってるようですけど、それは警察の見解ですか？」

執務デスクに座ったままふたりの刑事を睨みつけた後藤は、しょっぱなから攻撃的な姿勢を見せた。後藤は松岡から、右京と薫に事故現場で会ったことやそこで交わした会話の内容まで報告を受けていたのだった。

「いいえ、あくまでわれわれの勝手な推測です」

右京が恭しく腰を折って答えた。

「だったら勘違いも甚だしい。これ以上不快な思いをさせられるなら手段を考えますよ」

嫌悪を露に後藤は語気を強める。

「お気を悪くされたのならば謝ります。しかしその前にひとつだけよろしいでしょうか？」

右京は左手の人差し指をピンと立てて、薫に目配せした。

「この男、お知り合いですよね？」

薫がフライトジャケットの内ポケットから写真を一葉取り出して、後藤の眼前に示した。井上良平の写真だった。

「あ、松岡さんから聞いたわけではありませんよ」

脇に立っている松岡をチラと睨んだ後藤を見て、右京がフォローする。

「知りませんね、誰です？」後藤は椅子を立って背を向けた。

「あるクラブの支配人なんですが、長年にわたり店の客に大麻を流していた容疑で先日検挙されました」解説を施した右京が、思い出したように付け加える。「あ、ところで、議員はお若い頃この店の常連だったそうですね」

「知らないと言ってるでしょう！」

目にも明らかに青ざめた顔で後藤が叫ぶ。

「ご心配には及びません。クラブに通っていたのは議員が学生の頃。仮にそのような事実があったとしてもすでに時効を迎えています」

諭すような右京の口調に薫も同調する。

「もちろん公表したりもしませんよ。われわれは、警察ですから」

「しかし、警察以外の者がこの情報を手に入れたとしたらどうでしょう？　議員は清廉で人気の方です。このようなことが表沙汰になれば大打撃を受けるのは明らかです。脅迫にこれほど適したものはありませんねえ。そこでこれまた勝手な推測なのですが、実際に議員が脅迫されていたとします。相手は……そうですねえ、強請りをネタに裏社会にはびこる連中。議員は過去の過ちについて動かぬ証拠を突きつけられ金銭を要求された。応じなければマスコミにリークするとかなんとか言われて」

そこまでを一気に述べて、右京は後藤のダメージを量った。

「議員なら是が非でも止めたいですよね？」

薫は宙を泳いでいる後藤の目を窺った。

「しかし、中村さんはどうでしょう？　かつて大臣の右腕を務められたほど秘書として老獪（ろうかい）な方です。かような脅迫に屈し金銭の授受を行ったが最後、今度は裏社会との癒着としてそれをネタに泥沼に陥ってしまうことぐらいは予測したでしょう。一方、過去の過ちについては時効が成立しています。ひょっとして中村さんはあなたに、過去の自らの過ちについて公表するように求められたのではないかと思いまして」

ジリジリと獲物を追い詰めるように右京が言うと、薫が続けて畳みかける。

「だけどあなたはどうしてもそれを止めたかった」

血の気を失った後藤の顔は、興奮によって赤くなった。

「だからぼくがテロに見せかけて中村さんを殺したと言うんですか？　頭おかしいんじゃないのか⁉」

「いえ、そこまでは申しておりませんが、しかし種田が犯人ではないことについてわれわれは確信しております」

「なにを根拠に？　少なくとも私はあなた方よりワーキングプアという人種を知っている。自分の非力を社会のせいにしている連中です。あいつらがやったに決まってるんだ！　もういい。おい、彼らの上司に連絡してくれ」

追い詰められた後藤は、期せずして正体をさらしてしまった。

松岡がデスクの上の電話に手をかけると、右京はそれを遮った。

「ああ、それには及びません。今日のところはこれで失礼します」

右京と薫がオフィスを後にして議員会館のエントランスを出ようとしたところへ、松岡が追いかけてきた。

「いや、正直、驚きました。あそこまで言い当てられるとは」

中庭に出て歩きながら、嘆息した松岡が右京に言った。

「では、やはり」

「お察しのとおり、昨日事務室で捜していたのは後藤の過去に関する写真なんです。後藤から捜すように言われまして」

「そうでしたか」右京が深く頷く。

「じゃあ、後藤議員と中村秘書の関係ってのはやっぱり……」

薫が訊ねると、松岡は立ち止まって遠くに目を遣った。

「先代が急死して、経験の浅いまま政界入りした後藤をここまで導いてきたのは中村なんです。長年先代の右腕を務めてきた中村は、地盤に対して絶大な影響力がありました。中村に逆らって後藤が独りで政治家を続けていくことなどできません」

そこには今は亡き先輩秘書に対する篤い尊敬の念が窺われた。

「なぜお話しになろうと思ったのですか？」

右京の問いかけに、一瞬答えたものかどうかを躊躇（ためら）ったが、松岡は意を決して打ち明けた。

「後藤を信じていいのかわからなくなってきているんです。ひょっとしたら秘書を辞めるかもしれません」

「辞めてどうされるんですか？」

訊いた薫を振り返り「故郷(くに)に帰るかもしれません」松岡は思い詰めた顔で答え、それから気を取り直したように「ではお気をつけて」と言い置いて去っていった。

「松岡さん」

その背中に声をかけた右京は、

「ありがとうございました」

と心をこめて頭を下げた。

特命係の小部屋に戻った右京はおもむろに雑誌を読み始めた。薫はそんな上司を横目で見ながら、マグカップでコーヒーをすすった。

「これで後藤議員には動機があったことになりますよ」

「一応、そういうことになりますねぇ」

右京の目は誌面に釘付けで、返事が上の空である。

「それにしてもあの見下した言い方、あれじゃあワーキングプアを犯行の道具に使ってもおかしくないですよ」

「しかし、それにしてはずいぶんと能弁ですねえ」そう言いながら、雑誌を薫に見せた。そこにはワーキングプアに関する後藤の文章が大きな扱いで掲載されていた。「ワーキングプアについても、よく勉強しているようです」

薫がわが意を得たかのように言い募る。

「逆に詳しかったからこそ、今回の犯行が可能だったと考えることもできるんじゃないですか？」

相棒のことばを右京は肯定も否定もしなかった。

その頃、捜査一課では三浦が伊丹に、仕入れたばかりの情報を伝えていた。

「さっき後藤議員本人から苦情の電話が来たらしい。どうも特命がかぎ回ってるそうだ」

「特命が？　あのバカ、なにを根拠に……」

伊丹が薫の顔を思い浮かべて悪態をつくと、三浦がそっと耳打ちした。

「この前しょっぴかれたヤクの売人の顧客リストに後藤の名前があったらしい」

「なんだと？」

伊丹が思い切り歯嚙みした。

日を置かずして議員会館を訪ねた右京と薫は、松岡を呼び出した。

「すみませんねえ、しつこくて」

「いえ……」あらかじめ電話で連絡を受けていたとはいえ、仕事を中断された松岡はわずかに苛立っていた。「後藤との関係でしたでしょうか？」

「ええ」右京は申し訳なさそうな顔で促した。

「後藤は大学の政治サークルの先輩でして、先代が亡くなった時秘書にならないかと」

「長い付き合いなんですね」薫が頷く。

「ああ、後藤議員のお書きになったこの記事、素晴らしいですねぇ」

薫の手から雑誌を取り上げて、右京は該当のページを開いた。

「ああ、この内容はほとんど中村さんが考えたものなんですよ」

松岡はそのページを一瞥するなり、サラリと口にした。

「そうでしたか、なるほど」

しきりに頷く右京に松岡は言葉を重ねた。

「政治家の息子として裕福な暮らしをしていた後藤に、わかるわけがないんです。貧しさがどれだけ人を追い詰めるものか、弱い立場に立たされた人間がどんなに惨めなものかなんて……」吐き捨てるように言うと、松岡は腕時計を見て、「あのう、申し訳ありませんが、予定がありますので」と断って足早に去っていった。

「松岡さんも揺れてるんでしょうねえ」薫の脳裏には、秘書を辞めて田舎に帰るかもしれないという松岡のせりふが浮かんでいた。「右京さん？」反応がないので振り向いて見ると、右京はなにかに思いを巡らしていたようで、「後藤議員の父親はたしか……」と呟いた。

六

「失礼ですが、こう何度もいらっしゃいましても……」

特命係には出来るだけ協力する姿勢を見せてきたつもりの松岡だったが、度重なる訪問にさすがに音を上げたようだった。

「申し訳ありません。ただ秘書をお辞めになってしまうかもしれないと伺っておりましたので、手遅れになる前にお伝えしなければと」

いつものごとく丁寧なお辞儀とともに、右京は差し迫った感じで切り出した。

「一体何事です？」

怪訝な顔で松岡が訊ねる。

「実は、後藤議員の容疑が晴れそうなんですよ」

答えた薫の目を、松岡はじっと睨んだ。

「それはまた突然ですね。なにがあったんですか？」

「なにぶん未公開情報ですので内密に願いたいのですが、種田正が逮捕されました」

右京の言葉に一瞬間を置いた松岡は、落ち着いた声で聞き返した。

「ほう。どこで見つかったんでしょうか？」

「あー、残念ながらこれ以上は……」薫が申し訳なさそうに言うと、右京が後を続けた。

「現在警視庁で取り調べ中ですのでまもなく事件の全容も明らかになるかと思います。辞職の決断はそれからでも遅くはありません。それだけお伝えしておきたいと思いまして。失礼します」

「すいませんでしたっ！」

薫が深々と頭を下げた。

特命係のふたりが帰ったあと、松岡は知人のまた知人が持っている小さなテナントビルの地下へ急いだ。そこには営業不振から店を閉めたバーがあった。次の借り手を見つけなければいけないが、家主の事情でしばらく手もつけられず、無人のままだと聞いていた。ビル全体も廃墟のようで大都会の場末の一隅に、ぽっかり空いたエアポケットのような場所だった。

打ちっ放しのコンクリートの階段を下り、半開きになったドアを開ける。そのとき、

「その方、種田正さんですね？」

いきなり背後から声がして、松岡は心臓が止まりそうなほど驚いた。声の主は杉下右京だった。

「嘘、だったんですね？」

右京と視線を交わした松岡は、一瞬にして自分が陥った罠に気づいた。松岡の足元には種田の死体が横たわっていた。

頷いた右京は松岡を静かに見て、それから一気に語り始めた。

「しかしあなたは確かめずにはいられなかった。事件から今まで、種田さんが思惑どおりに死んでくれたかどうか確かめる機会はなかったはずですからねえ。中村さん殺害を胸に秘め、その手段を思案していたあなたは、ある日後藤議員の活動を通して日雇い派遣に出会いました。多少の金銭で無関係の人間を一日中動かせるその仕組みに、あなたは今回の計画を思いついたんです。ワーキングプアによる議員殺害未遂事件と見せかけて、実は中村さんを殺害する計画です」

薫が後を続ける。

「偽サイトを通して自分と無関係の若者を三人集め、捜査を撹乱するため議員宛てに匿名の脅迫状を送りつけておいた」

「そして計画は遂行されました。種田さんには議員会館の後にもうひとつの仕事を命じてありました。別の観葉植物をここへ届ける仕事です。その鉢にもまた、爆弾が仕掛けられていました。あとは種田さんがそのスイッチを押すように仕向けるだけです。万事計画どおりに終わるはずでした。しかし内部犯行を疑うわれわれが現れたために、今度は後藤議員に疑いの目を導くようにしたんです」

右京によって自分の行為がひとつひとつ暴かれてゆくたびに松岡は、それがどこか他人事のように思えて仕方がなかった。そしてかろうじてこう問い返すことしかできなかった。

「私が、中村さんを殺そうとした理由は?」

「あなたが生まれた北海道のあの炭鉱の町にあります」

松岡は驚きのあまり声を詰まらせた。

「……どこでそれを?」

「炭鉱労働者は爪の間に入った炭粉を洗い流すためにとても入念に指先を洗う。あなたの手の洗い方を見てそれを思い出しました」

あの時……松岡は議員会館の洗面所で鏡越しに右京と目が合った瞬間の気まずさに思い至った。右京が続ける。

「きっとお父様もそうだったのでしょう。もちろんそれだけですべてがわかったわけではありませんが、後藤議員の父親、後藤真一氏を連想させるには十分でした」

「後藤議員はあなたが平凡なサラリーマン家庭で育ったと思い込んでましたよ。なぜ自分の過去を偽る必要があったのか」

薫が松岡の顔を覗き込む。後藤議員と井上良平との関係に気付いた捜査一課によって、後藤は詳細な事情聴取をされていたのだった。

「後藤真一氏は当時、消えゆきつつある石炭産業をなんとか守ろうと尽力していました。炭鉱イコール危険というイメージを払拭するために、最新の保安設備を導入しました。しかし不幸なことに早々に爆発事故が起きて五人の方が犠牲になりました」

薫が内ポケットから新聞記事のコピーを取り出して松岡の目の前に広げた。そこには炭坑の事故を報じる記事が大きく扱われており、事故で亡くなった五人の顔写真があった。その中のひとり、《小谷雄作》という男性を右京が指さす。

「この方はあなたのお父様ですね？」

「松岡というのはあなたのお母さんの旧姓だったんですね」

薫が記事のコピーをしまいながら訊ねた。

あの時、この事故が最新の保安設備の欠陥のために起きたなどということが明るみに出れば、炭鉱が閉鎖に追い込まれ、ひいては後藤真一の政治生命にも影響を及ぼす可能性がある。そう判断した中村が、事故の原因を作業員の不注意に帰すため工作したのだった。

——あの人が坑内でタバコなんか吸うはずありません！

不注意の罪を被せられた小谷の妻、すなわち松岡の母親は、泣き叫んでそれに逆らった。しかし、この事故の原因を偽装しにやってきた中村も、命をかけていた。

――私がここに来たのは事故の原因を探るためじゃない。これからあなたがどうやって生きていくか、息子さんをどうやって育てていくかを話し合うためです。私利私欲で言ってるんじゃないんです。どうかこれでご主人の命を、いえ、死に様を売ってください。それが多くの人を救うことになるんです。

そういって中村は札束を高く積み上げ、畳に額を擦り付けて土下座した。その金を受け取ろうが突き返そうが、声を大にして夫の無実を叫ぼうが、世間というものは世間の都合で判断を下すものである。地元にとっては救いの神である後藤真一に不利となるような声は、完全に抹殺されてしまったのだった。

「お父様は命を奪われただけでなく、その死までも汚されてしまったと、残されたご家族は思った」

自らの生い立ちに関する秘密に至るまで完膚無きまでに明らかにされた松岡は、打ちひしがれ項垂れながら心の底からの呟きを低く漏らした。

「あんな親父、どうでもいいんですよ」

「え?」聞き捨てならないせりふに耳を疑った薫が聞き返した。

「親父もこの男も弱いから利用されるんです」

床に転がった死体を、嘲笑うかのごとく顎で指した松岡に、薫の怒りが炸裂した。

「あんた！　人の命なんだと思ってんだよ!!」

薫の怒声にあらがうような松岡の叫びが、爆発で廃墟と化したバーの空間に響き渡る。

「弱い人間はね、いつもただ利用されて終わるんですよ！　生きてても死んでも同じ、なにもできないし誰も救えない。あの時のぼくみたいに」

炭鉱で生きる狭い社会は、小さな抵抗の声を抹殺したのみならず、そこにままならない生活に対する不満のはけ口を見つけたのだった。

――人殺し！　うちの人を返せ！

――人殺し！　町から出て行け！

そんな声が次第に大きくなり、やがてエスカレートして家の壁にイタズラ書きされたくらいではすまず、窓ガラスに石が投げ込まれたりもした。一家の大黒柱を失い、周囲の悪意にも堪えきれなくなった松岡の母は、やがてノイローゼ状態に陥った。

そしてある日、松岡が小学校から戻ってみると、暗い茶の間の天井からぶら下がっている母親が……。

「ひとつ、お聞かせ願えませんか」辛い過去をなぞる松岡の追憶を断ち切るように、右京が進み出た。「あなたが秘書になられたのは五年前、これまでにも復讐の機会はあったはずですが、なぜ今なのでしょう？」

暗い顔を上げた松岡は、スーツの胸ポケットから太い万年筆をとり出した。

「今年の初めに中村さんがくれたものです。公設秘書を五年務めると事実上政策秘書になる資格が生まれる。その祝いにと先代からもらったという万年筆をぼくに……」

その万年筆に目を留めたまま右京が言った。

「あなたに跡を譲るおつもりだったのですねえ」

「すぐに復讐を果たすつもりが、実際に会ってみると中村さんは驚くほど穏やかな人物で、優しさも厳しさも含めてぼくをずいぶんと可愛がってくれました」

「戸惑うままに五年が過ぎてしまったんですね」

右京の言葉に松岡は頷いて、手に握った万年筆を見た。

「これをもらった時、心のどこかに誇らしさを感じている自分がいました。その時気がついたんです。最初の目的を忘れかけている自分に。それが怖かった。ぼくの人生は復讐のためだけにありましたから」

「復讐のための人生はあなたにとって満足のいくものでしたか？」

静かに咎める口調の右京を向いて、松岡はきっぱりと言った。

「刑事さん、ぼくは後悔していませんよ。天井からぶら下がる母親を抱いた時、この手に刺さった重みと冷たさ……誰になんと言われようとも忘れるわけにはいかなかったんです！」

自分の広げた両手を見つめる松岡に、右京が右手の人差し指を立てて言った。

「最後にひとつだけ、あなたにお伝えしておきたいことがあります。あなたを秘書にしたいと言い出したのは、後藤議員ではなく中村さんだったそうですよ」

松岡はハッと右京を見上げた。

「後藤議員に聞きました。その時中村さん、たしかにこう言ったそうです。『これも運命かもしれません』って……」

薫が青ざめた松岡の横顔に語りかける。

「中村さんはあなたが何者であるか、ご存じだったのでしょうねえ。そしてあなたを受け入れたのも、中村さんなりの罪の償いだったのかもしれませんね」

松岡はしばらく両手に包み込んだ万年筆を見つめていたが、その掌に顔を埋めて最初はさめざめと、やがてがっくりと膝を折って冷たいコンクリートの床に突っ伏し、号泣した。

松岡を乗せたパトカーが走り去るのを見送って、歩き出した右京が薫に言った。

「かつて炭鉱にはカナリアが連れていかれたそうですよ」

「カナリア？」

「カナリアは普段、常に鳴き続けている鳥です。しかしガスに触れた途端、その苦しみのあまり沈黙してしまう。その様子で坑内の危険を察知するために連れていくそうです」

「ああ……なんだか哀れな話ですね」

ポツリと漏らした薫は、沈黙したカナリアが数知れず潜んでいそうな大都会の雑踏に、右京と肩を並べて分け入っていった。

第三話
「隣室の女」
相棒

一

東京都下の山林地帯で白骨死体が見つかった。発見者は熟年のハイカー夫婦で、届け出を受けた奥多摩署は殺人事件と見て捜査一課の協力を仰いだ。

捜査一課とともに現場に駆けつけた鑑識課によると、死体は遺棄されてから五、六年は経ており、死体と一緒に凶器と思しき包丁も見つかった。白骨死体が纏っていたサラリーマンっぽいスーツの襟に付いていた社章から、司水産という会社に問い合わせたところ身元の見当はすぐについた。東京支社勤務の男性がちょうど六年前に失踪していたのだ。男の名前は小森高彦。失踪当時三十三歳だった。そしてそのスーツの内ポケットから携帯電話も見つかった。

携帯電話の着信履歴から、岸あけみという女性が重要参考人として浮上した。任意同行で警視庁に連行されたあけみは、捜査一課の三人、伊丹憲一、三浦信輔、芹沢慶二による取り調べを受けた。

「『高彦さん、この間の旅行、とっても楽しかった。今度の連休は海を見に行こうね』復元した携帯のメールです」

伊丹がこれ見よがしの態度で読み上げる。

「岸あけみさん、あなたは六年前、勤務先のスナックの常連客、小森高彦さんと不倫の関係にあった」

捜査一課において取り調べの手堅さでは右に出るものがいない三浦が女性の正面に座って睨む。

「平成十四年九月十三日、小森さんはあなたと携帯電話で話したのを最後に消息を絶っています」

芹沢が事実確認をすると、伊丹が身を乗り出して問い詰めた。

「そして今回、白骨死体で見つかった。どう見てもあなたが関与してるとしか思えませんがねえ」

「わたし、なにも知りません」

長い黒髪を後ろで縛り、化粧も薄めで地味な印象のあけみが、まっすぐ前を向いて答えた。

「あなたのお子さん、父親は小森さんですよね？　つまりあなたは六年前、不倫相手の子供を妊娠した」

ずり落ちた老眼鏡を押し上げて三浦が言った。

「それが原因で捨てられ犯行に及んだんじゃないんですか？」

「まさか殺したりなんて……」

ジロリと顔を覗き込んだ芹沢の目を、あけみはおずおずと見上げる。

「では指紋を調べさせてもらえますか？　小森さんの遺体と一緒に、犯行に使われた凶器が発見されましてね」

ジリジリと獲物を追い詰めるような目をした伊丹に芹沢が乗じた。

「凶器の指紋とあなたの指紋、照合して疑いを晴らしませんか？」

「どうぞ」疚(やま)しいことはなにもない、というふうに両手を差し出したあけみだったが、心配はどうやら別のところにあるようで、「あのう、駿平の面倒はちゃんと見てくれてるんですよね？」と疑心暗鬼になっているかのように訊ねた。

「その点はご心配なく。ヒマな連中が相手してます」

伊丹がいやに自信たっぷりに答えた。


その頃、警視庁特命係の小部屋ではいつもと違う光景が繰り広げられていた。

「バーン、バーン！」

小学校就学前くらいの男の子が、おもちゃの拳銃で周りの大人を撃ちながら飛び回っている。

「あうっ、うう……なんじゃこりゃ！」

部屋の主のひとり、亀山薫が撃たれて倒れるジーパン刑事の役を演じる。調子に乗った男の子は入り口を振り返り、そこに立っている大人ふたりに向かって拳銃を突きつけた。

「悪者発見！　バーン、バーン！」

興味津々で覗いていた組織犯罪対策五課の大木長十郎と小松真琴が躊躇いながらも「うっ、やられた〜」と倒れる真似をする。

母親のあけみが取り調べを受けている間、子どもの駿平は預けられた部屋の居心地のよさにご機嫌だった。

「場所柄、このような遊びはいかがなものかと思いますがねえ」

この部屋のもうひとりの主、杉下右京がティーカップを持ち上げて子どもを見遣ると、脇で油を売っている組織犯罪対策五課長の角田六郎が、「まあ子どものやることだ、しょうがねえだろ」ニヤニヤと笑いながらパンダが付いたマグカップに口を付け「しかし、やっぱりこの子の母親が犯人なのかねえ？」と溜息を吐いた。

「しっしっしっ！　声がでかいですよ」

その言葉を聞きつけた薫が、慌てて唇に人差し指を立てる。首を竦めた角田が、今度は薫の耳元で囁いた。

「不倫相手の子を妊娠して、泥沼の果てにグサッとやっちまったのかもなあ」

「でも、お腹の子の父親殺したりしますかねえ？」とヒソヒソ声で薫。

「怒るとなにしでかすかわかんねえんだよ、女ってやつは」角田が訳知り顔で答えた。

「バーン、バーン、バーン！　おい、なんで倒れないんだよ？」

部屋を出て行こうと目の前を横切った右京だけが、銃口を向けてもなんの反応もないのに不満顔な駿平が訊ねる。

「防弾チョッキを着ています。あしからず」

にべもなく言われてちょっと勢いをなくした駿平を、薫が宥めた。

「ああ、しょうがない、しょうがない。防弾チョッキじゃな。よし、ミルク飲むか」

特命係の小部屋を出て鑑識課に赴いた右京は、山林で見つかった遺棄死体に関する資料を眺めていた。

「復元された携帯のメールによると、被害者は奥さんを北海道に残したまま……」

「単身赴任先で不倫を楽しんでいたわけです。その揚げ句に相手が妊娠。絵に描いたような泥沼ですなあ」

鑑識課の米沢守が、パソコンに向かって捜査一課から依頼された指紋照合の作業を続けながら答える。

「六年前、捜索願は奥さんから出されたわけですね？」

「この六年間、帰らぬ幻の亭主を待ち続けていたんでしょう。とても他人事とは思えません」

　愛妻に失踪されて幾年月、訳ありの過去を持つ米沢が大きな溜め息を吐き、「泥沼の末の殺人(コロシ)ではないようですねえ」と続けた。

「はい？」意外な言葉に右京は米沢を振り返った。

「不倫相手の指紋、凶器のものとは一致しませんでした」

　パソコンのディスプレイを指して言った。

　指紋照合の結果を受けて取り調べからようやく解放されたあけみは、芹沢に案内されて我が子を引き取りに特命係の小部屋にやってきた。

「ママ！」母親を見つけて駿平が飛びつく。

「お腹すいたでしょ？　帰ったらすぐご飯にしようね」

　特命係のふたりにお礼を言いながら、あけみは駿平の頭を撫でる。

「このおじちゃんにこれもらった」駿平は手にしたパンダのマグカップをあけみに差し出して、薫のほうを見た。

「気に入ったみたいなんで」薫が頭を掻く。

「すいません。駿平、お礼は？」

「亀ちゃん、ありがとな」

駿平はすっかり薫と友達気分である。

「おう、いい子だ」根っから子ども好きな薫は満面の笑みで答え、母親に向かって「可愛い坊ちゃんですね」と言った。

「わんぱくで困ります」

謙遜したあけみが駿平の手を引いて部屋を出ていこうとするところを、右京が引き止めた。

「ひとつ、よろしいですか？」

「なんでしょう？」

「六年前のメールの文面の中で、あなたは小森さんのことを〝高彦さん〟と呼んでいました。しかし先ほどの取調室では〝高彦〟と呼び捨てにしていました。なぜだろうと思いましてね」

――最後の電話でわたしのほうから高彦にもう別れようって言ったんです。子どもはひとりで育てようと思いました。中途半端な関係を続けるより、そのほうがいいと思って。先ほど取調室で三浦に答えていたあけみの様子を、右京はマジックミラー越しに見ていたのだった。

「なぜって……呼び方なんてただの気分です」

あまりに細かい右京の指摘に、不意を突かれたあけみが答えた。

「なるほど」

頷いた右京の脇を、あけみは駿平を連れて出て行った。

「最近ますます細かいっスねえ」

芹沢が右京に言い置いて、あけみの後を追った。

「彼女の言うとおりだと思いますよ。呼び方なんて相手への気持ち次第で変わるもんでしょう」

薫も右京の細かさに少々辟易しているようだった。

「相手への気持ち、ですか？」一方の右京はまだ納得がいかない様子で呟く。

「自分を捨てた男のこと、さん付けでなんて呼びたくないんじゃありません？」

「彼女は捨てられたわけではないようですよ。六年前、自分のほうから別れ話をしたとおっしゃってましたから」

取調室でのあけみの様子を聞いて、今度は薫のほうが納得がいかなくなった。

「子どもができたのに、男と別れた？」

呟く薫を置いて右京はスタスタと部屋を出ていった。そこへ入れ違いで角田が入ってきた。

「子ども、帰ったの？」

そう言うなり食器棚に向かった角田が叫ぶ。

「おい！　俺のマイカップ知らない？　あのパンダの……」

「ああ、子どもにあげちゃいました。すいませ〜ん」

右京を追いかけ部屋を飛び出しながらの薫の返答に、角田は大きなショックを受けていた。

二

右京と薫が向かったのは、小森の失踪当時あけみが勤めていたというスナックだった。

「最初に入れ揚げたのは小森さんだったけど、そのうちあけみちゃんのほうが本気になっちゃって。わたしはやめとけって言ったんだけどねえ」

その店のママ、細川洋子は小森とあけみの馴れ初めから知っているようだった。

「別れ話を切り出したのは岸あけみさんなんですよね？」

薫が訊ねると洋子は開店準備の作業をしながら答えた。

「まさか！　あの子、奥さんと別れてくれってずーっと小森さんに迫ってたのよ」

その答えに薫と目配せをして頷いた右京が訊ねる。

「小森さんの失踪当時、あけみさんはどんな様子でしたか？」

「様子もなにも、お店辞めちゃったから」

「辞めた？」

問い返した薫に洋子は仕事の手を止めて、

「電話一本で辞めるって言ってきたの。妊娠したから夜の仕事はもうできないって」

「子どもの父親について彼女はなにか？」

右京が重ねて訊ねると、洋子は昔を思い出して続けた。

「なんにも言ってなかったけど……小森さんしか考えられないじゃない。わたしね、どうするつもりなのか訊こうと思ってあけみちゃんのマンションまで訪ねたのよ。でももう引っ越しちゃった後で。そう、携帯にも何度も電話したけど全然出てくれないの。結局それっきり……あっ、そうだ！　あの子に会ったら伝えといてよ。お金受け取りに来てって」

「それはどういうお金でしょう？」と右京。

「あの子、最後の月のお給料受け取らないまま辞めちゃったのよ」

そう言い置くと、洋子はさっさとカウンターの掃除に戻った。

岸あけみは小森高彦の失踪直後に店を辞め、まるで逃げ出すように自宅も引き払った。かなり怪しい行動をとっているが、しかし凶器の指紋はあけみのものではない……ふたりはともかく、当時あけみが住んでいたマンションを訪れることにした。

ところがそのマンションはもうすでに建て替えられてテナントビルになり、一階には結婚相談所のようなものが出来ていた。

「まあ、マンションが残ってたとしても今さら犯行の証拠が見つかるわけないか」

ブツブツと薫が呟いていると、ふたりを認めた結婚相談所のおばさんスタッフが声をかけてきた。

「迷ってないでお入んなさいな、どうぞ」

躊躇っているふたりを強引に中に連れ込んだおばさんは、早速パンフレットを取り出して説明を始めようとしたが、

「こちらは以前マンションだったと伺いましたが、いつ頃このビルに建て替えられたのでしょう？」

そんな質問を繰り出す右京を見て、どうやら客ではないと悟ったらしく急に態度を変えた。

「あんたたち、幽霊見に来たの？」

「ゆ、幽霊？」

思わぬ反応に驚いた薫に、おばさんスタッフは声を潜めた。

「建て替える前ね、物好き連中がよく集まって、それで騒いだり写真撮ったりでね、迷惑ったらなかったのよ～」

「察するに、そのマンションで人が亡くなる出来事があったのでしょうか？」

「なに調べてんのよ、あんたたち」

右京の言葉に警戒心を抱いたおばさんに、「あ、ご協力お願いします」薫が警察手帳を示す。それを見てようやく事情が摑めたおばさんが続けた。

「自殺があったんですよ、六年前に。若い女の子の自殺。そいでみんな気味悪がって引っ越しちゃったの」

右京が身を乗り出す。

「六年前のいつ頃だったか覚えてらっしゃいますか?」

「あれはたしか……秋だったかねえ」

そう答えつつ、お茶を用意しようとするおばさんに辞意を伝え、右京と薫は結婚相談所を後にした。平成十四年の秋、小森高彦の失踪とちょうど時期が重なる。偶然なのか、奇妙な一致に驚きながら、ふたりは所轄署である奥沢警察署に急いだ。


そのマンションで自殺したのは横山慶子、当時二十二歳、派遣でコールセンターに勤めていた女性だった。死因は青酸カリによる中毒死だった。その事件を担当した三村刑事に確認したところ、自殺と判断された根拠は本人の筆跡で書かれた兄に宛てた遺書だった。

——ごめんなさい　もう耐えられない　兄さん　しっかり罪を償って

遺書にはそう記されていたという。

「どういう意味ですか？　その『罪を償って』って」

薫に訊ねられた三村が、当時を思い出して答えた。

「当時、彼女の兄は刑務所にいたんです。殺人罪で服役中でした。金銭トラブルで友人を殺害したんです。後でわかったことですが、横山慶子はこの事件のせいで、高校でひどいいじめに遭ったそうです。元恋人の話では就職先でも兄の噂が広まり、周りから白い目で見られていたと聞きました」

「それが自殺の理由ですか」

頷いている薫の脇で、検死報告書を見ていた右京が声をあげた。

「亀山くん」

右京の指さす先を見た薫が読み上げる。

「第一発見者、岸あけみ？」

報告書を覗き込んだ三村が、「マンションの隣室に住んでいた女性です」と付け加えた。

右京と薫は目を瞠（みは）らせた。

## 三

　意外な事実に驚いた特命係のふたりは、その足であけみの職場に赴いた。

「わたしの疑い、晴れたんじゃないんですか？」

　受付で呼び出されたあけみは作業着を着けたまま現れたが、予期せぬ刑事の訪問にあからさまに嫌な顔をして、ふたりを外に連れ出した。あけみの職場は湾岸の倉庫地帯の一角にあった。三人は玄関を出て材木などが積んである敷地脇の路地を海側に向かって歩いてゆく。

「すみませんねえ。新たにお訊きしたいことが出てきてしまいまして」

　歩きながら右京が慇懃に詫びると、薫がいきなり本論に入った。

「横山慶子さんについてです」

　あけみが不意に立ち止まった。薫が振り向き、続ける。

「覚えてらっしゃいますよね？　六年前、あなたが住んでいたマンションで自殺をした女性です」

　同じく振り向いた右京が、あけみの正面に回って言った。

「横山慶子さんの自殺は平成十四年九月二十日、小森高彦さんが失踪したわずか一週間後です」

「つまり、当時あなたの周囲の人間がふたり、立て続けに失踪と自殺をしたことになります」

右京の逆サイドから挟んで薫が言った。

「単なる偶然とは思えないのですがねえ」

あけみはふたりから顔を背けて、「そんなことわたしに言われても……」と遠くを見た。

「岸さん、あなたが自殺の第一発見者だったそうですねえ。あなたはその日、なぜ横山慶子さんの部屋を訪ねたのでしょう」

右京の質問にしばらく思案していたあけみは、顔を上げてきっぱり言った。

「高彦、あの人にちょっかい出していたんです」

「ちょっかい？」薫が訊き返した。

「タイプの女性を見かけると口説かずにはいられない人でしたから」

「つまり、こういうことですか？　小森さんはあなたとお付き合いしながら、同じマンションに住む横山慶子さんとも関係を持っていた」薫がひとつひとつ確認するように言った。

「どこまでの関係かは知りませんけど、高彦と連絡が取れなくなった時、あの人なら居場所を知っているんじゃないかって思ったんです。それで問い詰めようと部屋に行ったうおっしゃいましたね？」

「あなたの今のお話、疑問がひとつ」右京が右手の人差し指を立てた。「小森さんと連絡が取れなくなったために横山慶子さんに彼の居場所を尋ねようとした、あなたは今そうおっしゃいましたね？」

「え、ええ」あけみは質問の意味するところを理解し得ないまま頷いた。

「しかし取調室であなたは、小森さんにご自分のほうから別れ話をしたとおっしゃいました。その別れた直後の相手になぜ連絡を取る必要があったのでしょう？」

一瞬考えて、あけみは答えた。

「お金に困っていたんです。縁が切れる前にもらえるものはもらっておこうと思って」

すかさず右京が攻める。

「しかし六年前あなたは、当時勤めてらっしゃったスナックをお給料も受け取らずにお辞めになってますねえ。お金に困っていたのならば、いささか不自然な行動に思えますが」

あけみはまるでその問いに答えを用意していたように淀みなく答えた。

「お給料受け取るの忘れていました。その頃引っ越しやらなんやらでゴタゴタしていましたから」

「ああ、そういえば、横山慶子さん自殺直後にあなたはマンションを引き払ってますね」

　薫が口を挟むと、あけみはすかさず続ける。

「自殺があったマンションに住み続けるなんて気持ちが悪いですから」

「で、お店も辞められて就職なさった」薫が頷く。

「ちなみに横山慶子さんの自殺の理由はご存じですか？」

　右京が水を向けると、あけみは首を傾げた。

「では、お兄様が服役していたことは？」

　重ねて右京が問う。

「高彦に言ってやりましたよ。殺人犯の身内なんかかかわるもんじゃないって」吐き捨てるようにそう言うと、あけみは腕時計を見た。「そろそろ戻ってもいいですか？　仕事があるんで」

「お忙しいところ失礼なことばかりお訊きして。ありがとうございました」すまなそうに頭を下げた右京が、去って行くあけみを呼び止めた。「ああ、ひとつ忘れてました。六年前のお給料、取りに来てほしいそうです」

　あけみは一瞬キョトンとした目をしたが、やがて思い出したように、「わざわざどうも」と頭を下げた。

　右京はあけみの後ろ姿を見送りながら、「横山慶子さんの指紋、入手したいですねえ」と呟いた。

その夜、亀山家では食後のコーヒーを飲みながら、横山慶子の兄、横山時雄の事件のことを話題にしていた。

――神奈川県川崎市の工務店で従業員の男性が頭から血を流して死亡しているのが見つかった事件で、神奈川県警は十一日、同工務店の店員横山時雄容疑者を殺人の疑いで逮捕した。

妻の美和子がコピーしてきた当時の新聞記事を薫が読み上げた。

「原因は金銭トラブルだって。借金を踏み倒されそうになった横山時雄が被害者と口論の末、カッとなって灰皿で」美和子がサーバーからふたりのカップにコーヒーを注いだ。

「サンキュ」薫は記事のコピーをテーブルに置いた。

「事件が起きたのは平成十年七月八日」

「当時、横山時雄は妹とふたり暮らしだったみたいよ」

「えっ、両親は?」

「ふたりが小学生の時、立て続けに亡くなってる」

「兄ひとり妹ひとりで生きてたわけか」

「殺人は許されないけど、横山時雄もつらいだろうね。自分が犯した罪のせいでたったひとりの肉親が自殺しちゃって」

同情する口調で美和子が言うと、薫は遣り切れない表情で「まだ服役してんのか？」と新聞記事の首写真を指した。

「ううん、もう仮釈放になってる。模範囚だったんだろうね」

ふたりはしんみりと頷き合った。


横山時雄はビルメンテナンスの仕事に就いていた。翌日、早速その職場を訪れたふたりは、人気の少ない裏庭に導かれた。

「慶子の指紋を調べたい？」

いきなりやってきた刑事の唐突な依頼に、時雄は少なからず驚いた。

「ええ、どのようなものでも結構です。妹さんの遺品をお借りできないでしょうか」

右京が丁重に頭を下げると、しばし間を置いて時雄は声を落とした。

「慶子を疑ってるのは俺のせいですか？」

「はい？」右京が訊き返した。

「俺の妹だから同じ罪を犯してもおかしくない、そう思ってるんですか？」

時雄の瞳が急に暗い陰を帯びた。

「それは違いますよ。真実を明らかにすること、それが俺たちの仕事なんです。ぜひご協力お願いします」

　薫は強く否定し、改めて頭を下げた。

「あいつに関係するものはみんな処分しちまいましたよ。手紙も写真も全部」

「なぜ？」言い捨てた時雄に薫は理由を問うた。

「辛かったんですよ、手元に置いておくのが」

　時雄は過去を振り捨てるように言った。

「そうですか。では妹さんの指紋を入手するのはもはや不可能でしょうかね？」

　多少落胆した様子で右京が訊ねると、予想外の答えが返ってきた。

「いや、慶子の元婚約者ならなにか持ってるかもしれません」

「慶子さんは生前、婚約されてたんですか？」

　驚いた薫が訊き返す。

「俺のせいで駄目になりましたけど。相手の親に反対されて。慶子が自殺した後、後始末をしてくれたのは元婚約者でした。その後、俺に遺書を届けに来てくれて。その時初めて知りましたよ、慶子が俺のせいでどれほど苦しんできたか。だけど俺にはそんなこと全然言わなかったんです。なにも言わないままひとりで耐えて、耐えて……」

「とうとう耐えきれなくなって死を選んでしまった」

　辛い過去を掘り起こすように訥々と語る時雄の言葉を、薫が引き取った。

「だけどね、あいつは俺の代わりにずっと謝罪を続けてくれてたんです」

時雄は声を大にして言った。

「謝罪、とおっしゃいますと？」

右京が訊ねる。

「俺が起こした事件の遺族に、命日のたびに頭を下げに行って、そのたびに追い返されていたそうです」

誇らしいのと不憫なのがないまぜになって、時雄は声を詰まらせた。

「なかなか、できることではありませんね」

右京も感心して頷いた。

「ええ。そんなあいつが人を殺すとはとても思えません。あいつは俺なんかとは違うんです。全然違うんだ！」

時雄はそう叫んで唇を嚙んだ。

時雄から聞いた横山慶子の元婚約者は福井陽一という男性で、まだ結婚もせず、都内のマンションにひとりで住んでいた。

住所を探り当てて薫がドアチャイムを鳴らすと、中から優しそうな顔立ちの青年が出てきた。

「ちょっとよろしいでしょうか？」

薫が警察手帳を示すと、あらかじめ電話で用件を聞いていた陽一は「どうぞ」とふたりを部屋に招じ入れた。そして一旦奥の部屋に下がると、少し大きめの封筒を手に戻ってきた。

「失礼します」自分の指紋が付かないように、薫はハンカチを当てて袋の中身をテーブルの上に取り出す。

「慶子の写真と形見の髪留めです」

陽一は辛そうな面持ちでテーブルの上の物を見た。

「ありがとうございます」右京は一礼し、続けて「ところで慶子さんが亡くなられた際、遺体の身元確認はあなたがなさったと伺いました」と訊ねた。

「ええ、そうですけど……」

「それ以前に慶子さんから小森高彦という男性についてお聞きになったことはありますか？」

右京の挙げた名前を聞いて一瞬首を傾げた陽一だったが、

「いや……。婚約を解消して以来、一度も連絡は取っていませんでしたから。半年ぶりの再会はあいつが自殺した時です」

きっぱり否定した。

「そうでしたか」

当時のふたりの間柄を斟酌して右京が黙ると、陽一から話し始めた。

「今でも思うんですよ。あいつが死んだのはぼくが結婚から逃げたせいじゃないかって」

「逃げた？」薫が問い返すと、右京も不審な顔で訊ねた。

「あなたのご両親がご結婚に反対されたのでは？」

「それもありましたけど、結局はぼく自身が逃げたんです。慶子を愛していたのに。やっぱり怖かったんですよ、彼女の境遇を受け止めるのが」

陽一は正直に自らの非を吐露した。

四

福井陽一から預かった遺品を鑑識課に持ち込んだ右京と薫は、米沢に指紋の照合を頼んだ。どうか違っていて欲しい……暗に思う気持ちは右京も薫も変わらなかったが、ふたりの期待に反して横山慶子の指紋は凶器に付着していたそれと一致した。これで論理的には犯人は横山慶子ということになる。

「犯人はわかりましたけど、遺り切れないっスねえ」

特命係の小部屋に戻ってきた薫は、落ち込んだ声で呟いた。そこへ隣の部屋から角田が、「暇か？」といういつものせりふとともにやってきた。そして薫の顔を一瞥するなり、「なんだなんだおまえ、空気が湿っぽいなあ」とコーヒーメーカーのコーナーに直行する。

「なにかご用でしょうか？」

遣り切れなさを引きずって薫が応える。

「見て、これ。新しいマイカップ。可愛いだろ？」

先日、薫が駿平にあげてしまったカップの代わりに買ってきた新しいパンダカップを掲げて、角田はニヤリと笑った。

「いつも呑気でいいですねえ、課長は。悩みなんか全然なさそうで」

こんなときに無邪気にはしゃぐ角田を、薫はおちょくった。

「チッ、悩みはおまえらだよ。勝手なことしてないかどうか、定期的に報告しろって上層部から言われちまってさあ」

「そりゃ、ご苦労様です」

角田と薫のやりとりを余所に、いきなり右京が口を開いた。

「やはり気になります」

驚いて薫が振り返る。

「先ほど鑑識で確認しました。小森高彦の携帯電話に横山慶子の番号は登録されていませんでした」

「え？　付き合ってたのに？」

「そこです」右京は薫を指さした。「ふたりは交際していた。それを匂わせる発言をしたのは誰でしたか？」

　先生に指名された生徒よろしく、薫が答える。

「えーっと、岸あけみ」

「ええ、われわれは彼女ひとりの証言を基に捜査を進めています。しかし、もしその証言が事実ではなかったとしたら」

「ふたりは実は交際なんかしてなかったってことですか？」

「その可能性は否定できないと思いますよ」右京はそこで言葉を切り、左手の人差し指を立てた。「しかしここで疑問がひとつ」

「岸あけみはどうしてそんな嘘をついたのか」

　薫が右京の代弁をすると、角田が口を挟んだ。

「やっぱりその女が犯人なんじゃねえのか？」

「ちょっと待ってくださいよ。横山慶子と岸あけみはマンションの隣同士でしたよね」

角田の言葉を無視して、薫は自前の推理を始めた。「仮に、仮にですよ。小森さんを殺したのが岸あけみだったとしたら、横山慶子がその犯行に気づいた可能性もありますよね。だから口封じのために……」

「横山慶子もまた岸あけみに殺されたというわけですか？」

自分の推理に酔い始めた薫は、右京の間の手にまた気を良くして続けた。

「だとしたら、指紋のトリックも説明できます。岸あけみは横山慶子を殺した後、包丁に死体の指紋をつけた。その包丁を小森さんの死体を遺棄した場所まで持って行き……」

「凶器だけを後から捨てた。横山慶子の死因は青酸カリによる中毒死でしたね」

絶好調の薫を従えて、右京は席を立った。

ふたりは組織犯罪対策部に協力を仰ぎ、青酸カリの取引で捕まった売人に関する資料を総当たりした。いつも特命係を冷やかしている大木長十郎と小松真琴も助っ人に入っていた。

「これなんかどうっスかね？　五年前に逮捕された学生です。大学の研究室から青酸カリを盗み出し、ネットで売りさばいてました」

薫が資料の山から一枚を摘み上げた。

「顧客リストはありますか？」

「あっ、ここに」

薫が取り出したリストを、角田も肩越しに覗き込む。

「ないか、岸あけみの名前は。チッ」

薫が落胆の声を上げるのとほぼ同時に、どうやら右京がヒットしたらしかった。

「亀山くん」

手元の顧客リストの名前の欄を、右京の指先がなぞっている。

「細川洋子？　なんだっけ」右京の指が止まったところを見た薫が、記憶を辿った。

「あっ！」そう、あのあけみが勤めていたスナックのママである。

「繋がりましたね、岸あけみと」

右京のメタルフレームの眼鏡の縁がキラリと光った。


「あの頃のことなら警察に散々説明したわよ。第一、あんたたちが調べてんのは小森さんの事件でしょ？」

青酸カリのことを持ち出されて急に不機嫌になった細川洋子は、さも迷惑そうに特命係のふたりに接した。

「少々事情がありまして、再確認のためにお尋ねしています」

洋子の警戒を解こうと右京が穏やかに言った。

「あなたは六年前、闇サイトで青酸カリを購入した。それは事実なんですよね？」

「サイトの管理人が捕まった時、警察にも言ったわよ。ほんの出来心だって」

薫に問い詰められて、洋子は頰をプクッと膨らませた。

「出来心? 詳しくご説明願えますか」

右京が求めると、洋子はしぶしぶ説明した。

「あの頃、ちょっと自棄になってたのよ。借金は減らないし、男には逃げられるし、いっそ死んでなにもかもパーッて終わらせてやりたかった」

「しかしあなたは今、こうして生きてらっしゃる」

「あけみちゃんのおかげでね」

「はい?」

意外なタイミングであけみの名が出てきたので、右京が聞き返した。

「お店に届いた青酸カリ、あの子に見られちゃったのよ。それで問い詰められて……。あれこれ話を聞いてもらってるうちに気持ちも落ち着いてきた」

「それで自殺を思い止まったんですか?」

そう問う薫に、当時の気持ちを思い出しながら洋子は続けた。

「人生、踏ん張ればなんとかなるものね。早まらなくてよかったって、今じゃ心底思うわ」

「ちなみに不要になった青酸カリはその後どうされたのでしょう?」

右京が訊ねると、思わぬ事実が出てきた。

「捨ててもらったわ、あけみちゃんに」

洋子はケロリと言った。

「わたしが毒を捨てずに横山慶子さんに飲ませたっていうんですか？」

会社帰りのあけみを近くの公園に呼び出した右京と薫は、細川洋子から聞いた話をあけみに率直にぶつけた。

「いいえ、そうは申しておりません」あけみの早合点を右京は打ち消した。「ただ横山慶子さんがどのようにして青酸カリを手に入れたのか、その入手経路がいまだに不明なものですからねえ」

「店に届いた青酸カリがあなたを経由して横山慶子さんの自殺に使われた。そう考えると辻褄が合うんですよ」

薫が穏当な推測を述べると、あけみはわずかにガードをゆるめた。

「たしかにわたし、青酸カリを捨てずに持ち帰りました。自分が飲むつもりで」

「つまり当時、あなたは自殺なさるおつもりだった、ということですか？」右京が訊ねると、あけみは深く頷いた。

「ええ、高彦へのあてつけに。だけど部屋に置いといたら盗まれてしまって」

「盗まれた⁉　青酸カリがですか？」

意外ないきさつに薫が思わずワンオクターブ声を高めた。

「でも、警察に届けるわけにはいきませんよね。途方に暮れてたら数日後、横山慶子さんが自殺して……すぐに気づきました。わたしの部屋にあった毒が使われたって。引っ越しした本当の理由は変に疑いをかけられたくなかったからなんです」

「ちょっと待ってくださいね。どうして横山慶子さんはあなたの部屋に青酸カリがあるって知ってたんですか？」

頭が混乱してきた薫は根本の疑問をぶつけたが、「さあ、なぜでしょう」とあけみにあっさりかわされてしまった。

「もうひとつ、よろしいでしょうか？」さっさと切り上げようとしているあけみを、右京は右手の人差し指を一本立てて引き止めた。「横山慶子さんは本当に小森高彦さんとお付き合いされていたのでしょうか？」

「言ったはずです。どこまでの関係かは知らないって」

繰り返される質問に、あけみは苛立ちの色を露にした。

「あっ、そうでした」それには素直に謝った右京が、手を替えた。「では六年前、自殺するつもりで持ち帰った青酸カリを使用せず、部屋に置いておいたのはなぜでしょう？」

「妊娠に気づいたからです。もう自分だけの命じゃないって」

あけみは即座に答えた。

「なるほど、そうでしたか」右京はあけみの目をジッと見つめた。

「子どものために生きようって、そう思いました」

あけみの答えに何度も頷いた右京は、別れ際にまったく別の話題を振った。

「ところで、お受け取りになりましたか？　六年前のお給料」

あけみは一瞬、虚を突かれたように黙ったが、「まだです。忙しくて」軽く言い捨てて、「そろそろいいですか。息子の迎えの時間なんで」と急いで公園を去っていった。


夕刻、特命係の小部屋に戻った右京と薫は、それぞれ紅茶とコーヒーを淹れながら今日のあけみの反応について考えていた。

「部屋から青酸カリが盗まれたなんて、どう考えても無理がありますよ。俺はやっぱり岸あけみがふたりを殺したんだと思います」

薫は少々憤慨気味である。

「だとすれば、大きな疑問がひとつ」

「え？」

「横山慶子の直筆の遺書ですよ」

かった。

右京の指摘はその通りで、それが喉に引っかかった魚の小骨のように薫にはもどかしかった。

「もう一度お兄さんに確認しましょう。筆跡が本当に妹のものだったかどうか。もし横山慶子が無実なら偏見に苦しんで自殺した揚げ句、殺人の罪まで着せられることになりますからね」

「偏見、ですか」

右京が低く呟いた。


「たしかに遺書は妹の字でしたよ」

再び職場のビルを訪ね遺書の件を問うと、時雄はきっぱりと繰り返した。

「よーく思い出してくださいよ。大事なことなんです。もしかしたら妹さんは無実かもしれないんですよ」

遺書さえ誰かの偽装であれば、横山慶子の罪は晴れる。薫は真剣に再考を求めた。が、時雄は力なくこう言った。

「もういいです。改めて考えてみたら、思い当たることばかりでした」

「と、おっしゃいますと?」右京が聞き返す。

「あいつ、死ぬ何日か前に俺に面会に来たんです。その時言ってました。〝新しい恋人ができた〟って。今思えば、あれは小森という男のことだったんです。〝今度こそ幸せになれそうだ〟、あいつそう言って笑ってました。男に妻子がいるなんてこれっぽっちも思ってなかったみたいです」

「やっぱりふたりは付き合ってたのか……」

その事実に、薫は意気消沈した。

「最後に信じた相手に裏切られて、あいつは自分を見失っちまったんです。無実を信じてくれるのはありがたいですが、もう結構です」

不貞腐れるように言い捨てた時雄に、薫はどうしても納得がいかなかった。

「〝妹が人を殺すなんてとても思えない！〟あなたそう言ってたじゃないですか。あなたの事件の遺族に慶子さんはずっと謝罪を続けていた。そうも言いましたよね」

薫が激しく詰め寄ると、それを跳ね返すように時雄がまくしたてた。

「あいつ、毎月の給料の中から遺族に現金を送り続けていたんです。ろくに服も買わず、旅行にも行かず……そんな暮らしの中で、少しずつ精神は参っていったに違いありません。男に裏切られたのをきっかけに、あいつのなにかが壊れちまったんです。今はそう思います」

言い終えて肩を落とすと、時雄はもう話すことはない、というふうに踵を返して走り去った。

「やっぱり横山慶子が小森さんを殺したんですかねえ。自分を裏切った男を殺して自殺をした、それが真実なんですかねえ」

時雄の背中を見送った薫が悔しげに右京に訴える。一方右京は、いまの時雄の言葉からなにか重要な鍵をつかんだようである。

「自殺ではありません」

虚空を睨んでキッパリと断言した。

「え?」

「行きましょう」

右京は路上に停めてある車に向かってスタスタと歩き出した。

「行くって、どこ行くんスか?」

「横山時雄の事件のご遺族のお宅です」

「なんで……」

薫は右京を追いかけながら訊ねた。

「証明するためです。横山慶子が自殺などしていなかったという事実を」

なぜ遺族か、さっぱり分からないながら、薫は運転席に乗り込みアクセルを踏んだ。

## 五

「これで本当に最後なんですよね？」

また職場に訪ねてきた右京と薫を湾岸の空き地に導いたあけみが、海を背にふたりを睨んだ。

「お約束します」

右京が丁重に頭を下げる。

「で、なんでしょう？　わたしに話って」

「六年前の横山慶子さんの自殺について、やっと真相が明らかになりました」

薫がそう述べると、あけみの顔色が変わった。

「結論から申し上げます。横山慶子さんはやはり自殺なさったのではありませんでした」

それを聞いてすかさずあけみは、

「わたしが殺したとおっしゃるんですか？」

と鎌をかけるように言った。

「そうではありません。そもそも横山慶子さんは死んでなどいなかったんです」

右京のその言葉をどう捕えていいか分からず、声を詰まらせたあけみに、今度は薫が更に理解不能なことを口にした。

「六年前、あのマンションで自殺したのは横山慶子さんではなく岸あけみさんでした」

「なに言ってるんです？　岸あけみは、このわたしです」

　憤慨する女に、右京がトリックを解き明かす。

「いいえ、あなたの本当のお名前は横山慶子。十年前の殺人犯、横山時雄さんの妹、それがあなたです。お兄様が逮捕されてからあなたはずっと苦しみ続けてきました。学校ではいじめに遭い、結婚でも就職でもひどい差別を受けてきました。あなたは長いこと、ご自分の境遇と決別したかったのではありませんか？」

「そして六年前、そのチャンスを手に入れた」薫が続ける。「今までの人生を捨て、別人となって生きるチャンスを」

　あけみと名乗る女がグッと右京を睨んだ。

「証拠はあるんですか？」

　それには薫が答える。

「お兄さんの事件の遺族にあなたはずっと謝罪を続けていたそうですね。毎月の給料の中から少しずつ現金を送り続けてきた」

「しかしご遺族は封筒を開封することなく保管していました。これがその一通です。当然封筒には慶子さんの指紋が残っていました」

　右京は薫の手にあるビニール袋に入った現金書留の茶封筒を指した。

「一致しましたよ、あなたが任意提出した指紋と」

薫に続けて、右京が最後通牒を突きつける。

「お認めになりますね、ご自分が横山慶子であることを」

ふたりに背を向けてしばらく黙っていたあけみ、いや、横山慶子は大きな吐息とともに告白した。

「駿平のためなんです。犯罪者が身内にいるのって、十字架を背負ってるみたいなものなんです。人生の節目節目で背中に重くのしかかってくる。背負わせたくなかったんです。なんの罪もないあの子には」

湾岸に張られたフェンスの金網を摑んだ慶子の背中に、薫が言った。

「駿平くんのお父さんは元婚約者の福井陽一さんですね。婚約を解消した後もあなた方は交際を続けていた」

「六年前、陽一の赤ちゃんができたと知った時、わたしどうしていいかわからなくなりました。陽一は〝産んでくれ〟って言ってくれました。〝親と縁を切るからふたりで育てよう〟って。だけど、不安でした」

「生まれてくる子どももまた、自分と同じような苦しみを味わうかもしれない。あなたはそれが怖かった」

右京の言葉に、慶子は頷いた。

「だからあけみに相談しようと思って……」

「友達だったんですか？　あけみさんは」

薫のその質問には答えずに、慶子はぽつりと呟いた。

「嬉しかったなあ」

そうして薫と右京を振り向いて、初めて優しい表情を浮かべた。

「兄さんのことを知っても彼女が態度を変えなかった時。あけみも孤独な人でした。早くに両親を亡くして、兄弟も友達もいなくて、許されない恋をして。時々夜中に泣いていました」

その相手が小森だった。どうしても別れられない、別れるくらいなら死んだほうがまし……そんな話に付き合いながら、慶子はよくあけみを部屋に呼んでお酒を飲んだりもした。あの日、妊娠がわかった日、慶子はあけみに今度は自分の相談をしようとドアを開けた。

「そのとき、彼女は既に青酸カリで自殺を図っていたんですね」

右京の言葉に慶子はコクリと頷いた。

「自分は今まさに別人として生きるチャンスを手に入れた。そう思ったんですね？」

それも諾った慶子は続けた。

「あけみなら許してくれると思いました。わたしが彼女の人生を譲り受けても許してくれるって」

「そこであなたは陽一さんに連絡をし、岸あけみの遺体をご自分の部屋へと移した。そして急いでそれらしき遺書を認めて、横山慶子が自殺した、と警察に通報したんですね」

駆けつけた刑事が奥沢署の三村だった。その三村に慶子は「岸あけみと言います」と名乗ったのだ。隣には〝横山慶子と以前付き合っていた恋人〟として、福井陽一もいた。

「岸あけみの遺体は横山慶子として誰にも知らされずそっと荼毘に付された。あなたは確信していたのでしょうねえ、陽一さんさえ遺体を確認すればこのことは誰にも疑われずに済むと」

海を見て背中で語る右京の言葉を、慶子は全面的に認めた。

「兄さんは刑務所だし、親戚もとっくに縁が切れてる。きっとうまくいくだろうと思いました」

「しかし、あなたはご存じなかった。岸あけみが生前、不倫相手を殺害していたという事実を」

そう指摘する右京に、慶子はポソリと言った。

「知っていたら入れ替わったりしなかったのに」

その言葉にくるりと振り向いた右京が、慶子の本当の罪を暴いた。

「小森さんの事件を知ったあなたは、岸あけみの人生と一緒に彼女の罪までも引き受けてしまったことに初めて気づいた。そこであなたは窮余の一策としてある計画を立てた。すなわち本来の自分である横山慶子に小森さん殺しの罪を着せるという計画」

「あなた方もきっと納得してくれる。そう思いました」

俯いた慶子に、薫が畳みかける。

「正直に話せばよかったじゃないですか。〝自分は岸あけみじゃない、横山慶子だ〟――そう警察にひとこと言えばこんなふうに疑われずに済んだんですよ」

「来年、陽一と結婚するんです」

その言葉を聞いて、右京も薫も慶子の真意に触れた気がした。

「岸あけみとして摑んだ人生を絶対に手放したくない。手放したら駿平の未来はきっと変わってしまう。少しでもチャンスがあるならそれに賭けたかったんです」

「陽一さんも同じお気持ちだったのでしょうねえ。だからこそ、今回再び協力なさった」

右京は陽一を訪ねた時のことを思い起こした。陽一が取り出した写真と形見の髪留めは、本当は岸あけみの写真と遺品だったのだ。当然、髪留めから採取された指紋は岸あけみのものであり、それゆえに凶器の指紋と一致したのも当然のことだった。

「横山慶子を犯人に仕立てれば、警察も捜査を打ち切るだろうと思いました。だけどあなた方は納得してくれなかった。だから……」

その先は右京が引き取った。

「新たに協力者を作った。その人物とは、ほかでもない横山時雄さんだった……お兄様に全てを話したんですね」

妹である横山慶子は自殺した、そう思い込んでいた時雄は腰を抜かすほど驚いた。そうしてすでにもう〝岸あけみ〟として生き出した妹に六年前の真実と今回の計画を聞いて、腹を決めた。

「だからこそ彼はわれわれに嘘の証言をしたんです。妹が小森高彦さんと交際していたと。しかし妹を守ろうと発した彼の言葉が、逆にわれわれに真実を告げることになりました」

「え？」

なんのことかさっぱり分からない慶子に、右京は種明かしをした。

「われわれが横山時雄さんに妹の慶子さんについて訊ねたとき、彼はこうおっしゃいました『ろくに服も買わず、旅行にも行かず』と。けれども、陽一さんが遺品としてわれわれに渡した慶子さんの写真、その背景には海が広がっていました。どこか外国のリゾート地の海です。写真の日付けは二〇〇一年、横山時雄さんの事件の後です。事件以後、妹は旅行にも行ったことがないというお兄様の言葉は完全に矛盾していました。そのとき思いました。もしかするとあの女性は横山慶子さんではないのかもしれないと」

呆然として右京の言葉を聞いていた慶子は事の次第をすべて悟り、最後に独り言のように呟いた。

「またお兄ちゃんのせいだ。いつもいつもわたしの人生を邪魔する。なのにどうして憎めないんだろう」

そのとき、広場に積まれた木材の山の蔭から横山時雄が現れた。

「俺たちが呼びました。事実確認のために」

薫が言った。兄の姿にハッと驚いた様子の慶子だったが、一瞬後には兄に歩み寄り、

「バレちゃった、お兄ちゃん」と子どものように言った。

そんな妹の脇をスタスタと歩み過ぎて、時雄は右京と薫の前に進み出た。そしていきなり土下座をした。

「お願いします。見逃してください！」

「お兄ちゃん……」

地べたに額を擦り付ける兄の姿を見た妹は、継ぐ言葉を失った。

「犯人は横山慶子だった、そういうことにしてください。小森という男を殺した犯人はもうこの世にはいません。今さら真実を明らかにしたって、誰も幸せになんかなれやしない！　こいつの子どもを殺人犯の身内にしたくないんです。お願いです。見逃してく

ださい」

涙声で訴える時雄の傍らに右京はしゃがみ込んで、厳しい声で告げた。

「横山さん、あなたのお気持ちはよくわかります。しかし、このまま済ませるわけにはいきません」

そして立ち上がり、今度は慶子の正面に立った。

「慶子さん、あなたの行った成りすまし行為は公正証書原本不実記載、私文書偽造に当たります。これらは時効により罪に問われないかもしれません。小森高彦さん殺害事件も被疑者死亡のまま書類送検され、不起訴となるでしょう。しかし、あなたがその捜査を攪乱したことは、証拠隠滅の罪に当たる可能性があります。あなたのおやりになったことは、あなたが最も守りたかったはずの駿平くんを犯罪者の子どもにするところだったんですよ。慶子さん、もう一度本気で駿平くんのことを考えてあげてください」

右京の最後の言葉に、慶子は初めて腹の底から自分の犯した過ちに気付いたようだった。

「横山慶子として生きてください。本当の自分として生きてください」

そしてうっすらと涙さえ浮かべて訴えかける薫の言葉に、慶子は新しい力を貰ったような気がして「はい」と頷いた。その目には大粒の涙が宿っていた。

その足で四人は近くの公園を訪れた。そこでは駿平が陽一を相手にキャッチボールをしていた。

「あの子が駿平？」

遠目に見た時雄が妹に訊ねた。

「父親似だけど、笑うとお兄ちゃんそっくり」

母親に気付いた駿平が、満面に笑みを湛えて、「ママ！　ママ！」と駆け寄る。

「うまくなったね、駿平」

慶子がしゃがんでわが子の頭を撫でる。傍らにあの面白い刑事を見つけた駿平は、「亀ちゃん、キャッチボールしようぜ！」と薫のところに駆けてきた。それを見ていた時雄が前に進み出た。

「なあ、おじちゃんとやろう」

見知らぬおじさんだけど、新しい遊び相手を見つけた駿平は、ご機嫌で走ってゆき、ボールを投げた。それを受けた時雄も久しぶりに心から晴れやかな笑顔で「おお、いいね、いくぞ！」と球を投げ返した。

「あいつ、野球選手になりたいそうなんです」

陽一がはにかみながら右京と薫に言った。

「でもなれるかなあ？」

慶子は差し込む日差しの眩しさに、手をかざした。

「なれるといいですねえ」

右京が球を受ける時雄の背中に目を遣って言った。

「頑張れば、きっとなれますよ」

そう、きっとなれる。この人たちはきっと幸せになれる……薫は心のなかで繰り返し呟いていた。

第四話
「顔のない女神」

一

どこのラジオ局にもその局の看板となる女性ディスクジョッキーがいるものだ。顔が見えないだけに、聴き手はより想像を掻き立てられ、まるで自分だけのために耳元で囁いてくれているように感じる。日本でラジオ放送が始まって以来、そうした〝声の女神〟がいったい何人生まれ、そして消えて行ったことだろう。しかし、伊沢ローラほど長い間にわたって熱烈なファンを多く惹きつけてきたＤＪはそうはいない。

けれどもどんな番組にも終わりは来る。それは彼女がＤＪを務めるＪＰステーションの人気番組《伊沢ローラのネバーエンド》とて例外ではなかった。

――伊沢ローラの、ネバーエンド～

「ON AIR」のランプが灯ったスタジオに、独特なエコーがかかったローラの声が響く。

――暖かい陽気に恵まれた土曜日の午後、いかがお過ごしですか？　伊沢ローラです。十年前、この番組が始まった日からずっと赤坂のスタジオからお届けしてきた《ネバーエンド》も、ついに最終回を迎えました。さて、本日最初のお葉書は木下肇さん。「十年前死んでしまいたいと思っていた時、ローラさんの声を聞き、もう一日だけ生きてみようと思いました。以来ずっと《ネバーエンド》が心の支えでした。番組が終わってしまうなんて信じたくありません」木下さん、いつもありがとう。本日の一曲目は、悲しい時でも温かい気持ちになれる曲をお届けします。チャイコフスキーの「交響曲第五番第三楽章」です。

淀みないナレーションでスタートを切ったスタジオでは音楽が流れ始めた。

それとまったく同じ時刻、スタジオ近くにあるリハーサル室では、淀みまくった男のナレーショントレーニングが繰り返されていた。

——最近では、毒キノコは、楽に死ねるなんて、噂がありますが、それはおお、おおま、おおまちがいです。

口を尖らせ、額に汗をびっしょりかいているのは、警視庁組織犯罪対策五課長の角田六郎だった。

——先日はお年寄りが誤って口にしてしまう事件も起きましたが?

一方、真向かいに座り、角田の相方を務めているのは、デザイナーズブランドのスーツにノーネクタイでシャツのボタンを二つ目まで外した、いかにもこの業界の人間と思しき滑舌のいい男性だった。

「ここ！」

まごまごしている角田の脇から警視庁特命係の亀山薫が、台本の該当箇所を指さして教えている。

「ああ……」角田は黒縁メガネを押し上げて、台本の活字を必死に目で追う。

——これは、初めて、公表するのですが、その、毒キノコは、外見が椎茸に似ているため、間違って、食べて、しまったんです。たいへんきけ、たいへんきけんなので気をつけたた、だきたい……気をつけ、ただ、気をつけ、た……。

「ダメだ！」角田は自棄になって台本を投げた。

「課長〜、原稿読んでんのになんで詰まるんですか？」

薫は呆れた声で訴える。

「謎だよ」角田は吐き捨てるように言った。

「緊張ですね」

相方の男性、佐久間が医師のように診断を下す。

「昨日練習したんですけどねえ」

「大丈夫ですよ！　まだリハーサル始まって十分ですから。時間はたっぷりあるんでリラックスしてください」

申し訳なさそうに俯く角田を佐久間が元気付け、気分転換にと番組のモニタースイッチを押した。

——チャイコフスキーの「交響曲第五番第三楽章」でした。

スピーカーからは女性ＤＪの声が流れてきた。

「やっぱ課長には荷が重いんじゃないんスか？　警視庁を代表してインタビューなんて……なんスか？」

肩を揉もうとした薫の腕を角田は振り払った。

「ローラだよ！　伊沢ローラ。知らないのか？　俺、大好きなんだよ」首を傾げる薫を余所に、角田は今までとは別人のように目を輝かせていた。「あ～、癒やされるなあ」

「はあ」

それがいま流れている番組のＤＪのことと知った薫は、拍子抜けした。

「人気ＤＪなんだけどな、顔を一切出さないんだよ」

「へえ」

「ミステリアスだろう。そそられるだろう⁉」

角田は台本も忘れて興奮していた。

「声だけ美人だったりして」

薫が茶々を入れると、角田は真剣になって怒った。

「失礼だな。見た目もそそられるぞ」

「見たことあるんスか？」

「ないけど。わかるんだよ！」

ふたりのやりとりを脇で聞いていた佐久間が解説する。

「外見からＤＪとしてのイメージが限定されるのが嫌なんだそうですよ」

――わたしも昨日までの寒さですっかり厚着して、黒いスカーフまでしてきちゃったんですが、この陽気でさっきジャケットを脱いでしまいました。

薫は佐久間が淹れてくれたコーヒーを飲みながら、恍惚とした顔で聴き惚れる角田の傍らで、しばし流れる伊沢ローラの声に耳を傾けた。

――モーツァルトの「フルート協奏曲第一番第二楽章」でした。フルート協奏曲といえば、以前この曲を聴かせて栽培したという椎茸を食べたことがあるんですが、それがとってもおいしかったんです。そういえば、最近毒キノコによる自殺が社会問題になってますよねえ。あの毒キノコは椎茸に似ているらしいので、間違えずによく確かめて食べなくちゃいけませんね。

ここでも毒キノコの話題が出ている。薫は思わず角田と目を見合わせた。

スタジオでは最終回の放送も、そろそろエンディングを迎えようとしていた。防音ガラスの向こうからスタッフが見守るなか、ローラは最後のせりふに入ろうとしていた。

――十年間続けて参りました《伊沢ローラのネバーエンド》。いつまでも番組が続くようにと、ネバーエンド〝終わりがない〟という番組名をつけましたが、やはり何事にも〝終わり〟は訪れます。《ネバーエンド》は今回が最終回です。ラジオの前のあなたのお葉書にお応えする形でわたしが曲をセレクトしお届けして参りましたが、楽しんでいただけたでしょうか。来週からは全く新しい番組が始まります。どうぞそちらもお聴き逃しなく。それではさようなら。伊沢ローラでした。

「落ち着いて、落ち着いて。ねっ、『気をつけていただきたい』ですから」

リハーサル室を出て本番のスタジオに向かいながら、薫は依然として緊張の解けない角田を心配そうに見ていた。

「気をつけていただたきたい……」

「〝た〟がひとつ多いんですよ！」

そのとき、廊下の向こうから女性ふたりが並んで歩いてきた。すれ違いざまにふたりの会話の片言が聞こえてきた。

「それで、今後の予定は？」

「しばらく旅行にでも行こうかと思って」

答えた方の女性の声に、通り過ぎた角田が立ち止まった。

「まとまった休みってずっと取れなかったでしょう。ヨーロッパに行ってゆっくり考えて決めようと思うの」

「ちょっと！」

振り向きざまに、角田がその女性——ショートカットの髪に白いブラウス、首には黒いスカーフを巻き、同じく黒のタイトスカートという出で立ちの、街を歩けば必ず男達が振り返るであろう、すらりとした美人である——を呼び止めた。

「もう一回！」

「ちょ、ちょっと、か、課長！」

角田の常軌を逸した行動に、薫も慌ててしまった。

「もう一回、なんか喋って！」

「な、なんですか？」

その女性は当惑して声を上げた。

「やっぱり！　あんた伊沢ローラだね。いやあ、声でわかったよ！　ああ、想像どおりの美人だねえ！」

抱きつかんばかりの角田を押しとどめようとする薫の腕を振り切って、

「どうだ、おまえ！　俺の言ったとおりだろう」

「佐久間くん！」

もう片方の女性、神野(じんの)志麻子は困り果てた顔で傍に立っている同僚の佐久間を見た。

「ああ、そろそろ本番なんで……」

ローラから角田を引き離そうとするが、

「あの、写真！　記念写真一枚だけお願いします！」

なかなか引き下がりそうもない角田を見かねて、

「いや、あの、ちょっと、ちょっといいっスかねぇ？」

薫が懇願すると、志麻子は佐久間に目配せして、

「まあいいんじゃない？　番組も終わったことだし」

本番の緊張もどこへやら、角田は全身で大喜びした。

「いきますよ、せーのっ！」

## 二

伊沢ローラに無理強いして薫に携帯でツーショットを撮ってもらった角田は、ご機嫌でスタジオに向かった。もはや先ほどの緊張などどこへやら、もしかしたらこれから本番があるということさえ忘れているかもしれなかった。

そのとき、いきなり局員らしき男性数人がもの凄い勢いで廊下を駆けてきた。

「おい！　救急車は？」「もう呼んだみたいです！」などと、物騒なことを口にしている。なにやらただならぬ雰囲気である。

「どうしたんですか？」

そのうちのひとりを捕まえて佐久間が訊ねた。

「玄関で西田春香さんが刺されたんです」

息を切らして答えた局員は、そのまま走り去って行く。

「刺された!?」薫が反射的にその局員を追うと、「おいおいおいおいおい」慌てふためいた角田が後に続いた。佐久間は凍りついたように立ちすくんでいたが、われに返って一目散に走り出した。

正面玄関を出たコンクリートの上に、西田春香はうつ伏せになって倒れていた。警備員と局員がひとりずつ、屈み込んで怪我人にしきりに声をかけている。どうやら救急車も来たらしい。薫はその場を角田に任せて、犯人が逃げて行ったという方角に全速力でダッシュした。続いてやってきた角田と佐久間が怪我人を覗き込む。

「は、はる……春香!」

佐久間は真っ青になって叫んだ。

時を経ずしてJPステーションの玄関口は、駆けつけたパトカーや刑事たちでごった返した。その中には捜査一課の伊丹憲一と芹沢慶二の姿もあった。

「さすが特命係の〝カメ山〟だな。犯人を逃がしやがって、このノロマ！〝ウサギ山〟にでも改名しろ」

手ぶらで戻り、落ち込んでいる薫を見つけて伊丹が毒づく。

「黙って聞いてりゃあ！」

薫が食ってかかろうとした矢先、隣で芹沢が声を上げた。指さす方向には薫の上司、杉下右京がいた。伊丹が文句をつけようと進み出ると、

「俺が呼んだ」角田がポソリと言った。「部下の不始末は上司に責任取ってもらわないとな」

「いや、課長も一緒にいたでしょう……」

薫の抗議を遮った右京が、「ご安心ください。捜査の邪魔はいたしません」と断ってから、早速事件に介入する。「被害者の西田春香さんは、このラジオ局の人気ＤＪだったそうですねえ」

「ええ、出待ちするファンも多くて。一時間前から犯人がそこの植え込みに隠れていたようですが、警備の方もあまり気にしなかったようです」

説明する芹沢の耳を伊丹が摘んで引っ張った。

「おい、ペラペラしゃべってんじゃねえよ」

「すいません」

「ストーカーの犯行か」と角田。

「脅迫状のたぐいが届いてないか調べるぞ」

伊丹の号令に、案内役を買って出た角田を芹沢が押しとどめる。

「いやいや、課長、殺人は捜査一課の領分ですから」

「なに言ってんだよ。こっちはねえ、断腸の思いでラジオ出演断ったんだ。ここは現場にいた俺が指揮を執る。ついてこい！」

「たまたま来てただけじゃないですか」芦沢がぼやくが、角田は捜査一課のふたりを従えて意気揚々と歩み去った。

三人を見送った薫が右京に頭を下げた。

「すいません、部下の不始末で」

「課長から〝暇か？〟って電話がかかってきましてね……あの方は？」

壁を叩きながら失意を全身に滲ませている男を見て、右京が訊ねた。

「プロデューサーの佐久間さんです。亡くなった西田春香さんがＤＪをしていた番組の担当で、私生活でも恋人だったそうです」薫が答えた。

その佐久間を玄関脇にあるソファに呼んで、右京と薫は話を聞いた。たしかに西田春香は人気も高く出待ちされることがよくあったが、彼女の番組は月曜から金曜の生放送のみで、土曜日の今日は放送がない。彼女が出社していることは佐久間さえ知らなかったという。つまり犯人は佐久間も知らない情報を把握している熱狂的なファン、というよりストーカーの可能性もあるわけだ。

さらにこの建物には正面玄関と関係者出入り口のふたつがあり、西田春香はいつも関係者出入り口を使っていたのだが、今日になって関係者出入り口が故障し修理が入るので、夜六時以降は正面玄関を使うようにという通達があったという。佐久間からそれを聞いた右京はしばらく虚空を見つめて考えていたが、ふと壁に貼ってある新番組のポスターに目を留めて、「これ、西田春香さんですね」と訊ねた。そこには「ローラから春香へ」というコピーとともに、《西田春香のハッピータイム》という番組名が記され、その下ににっこりと笑っている春香の写真があしらってあった。項垂れていた佐久間が顔を上げてポスターを見上げる。

「ええ。ウチの局の看板枠をローラさんから引き継ぐので、あいつも意気込んでたんですけど……」

ポスターの写真を見る佐久間の目は、仕事仲間を見る目から、恋人を見る目に変わっていた。

「しかし、どうやらストーカーとは限らないようですねえ」

廊下を歩きながら右京が呟いた。

「え?」

「先ほどの佐久間さんの話によれば、関係者出入り口のドアが故障して午後六時以降は正面玄関を使うように通達があったのは、今日でしたよねえ」

そこまで言われて薫もそれが内部情報だと気がついた。

「局内に協力者がいるってことですか⁉」

「まあ、可能性ですが」

そういいながら歩いて行くと、《ネバーエンド》のスタジオの前に来た。薫が中を覗くと暗い部屋の中に女性がポツンと座っている。

「あっ、右京さん、伊沢ローラさん、いますけど」

一旦通り過ぎようとした右京だが、薫のあとについてスタジオに入った。

角田のおかげで少しだけ面識がある薫が、警察手帳を示す。

「警視庁特命係の杉下と申します」

かねてより番組のファンであった右京がいつもより丁寧にお辞儀をした。

「《ネバーエンド》が終了してしまうのは残念ですねえ。土曜の午後にふさわしい落ち着いた音楽と知性を感じさせる語り……まるでリッジウェイのハー・マジェスティー・ブレンドを思い出させる素晴らしい番組でした」

「紅茶にたとえております」薫が揉み手で解説を施す。

「あっ、申し訳ない。ご本人を目の前にしてこんなことを」

暗い表情のまま俯いているローラに、ちょっとはしゃぎすぎたことを恥じた様子で右京が謝った。

「あのう、犯人はストーカーなんですか？」

心配そうな目でローラが訊ねると、薫が身を乗り出して答えた。

「それがですねえ、まあ実行犯はそうかもしれないんですけども、実はラジオ局内に協力者がいる可能性があるんですよ」

「協力者？」

怪訝な顔で訊き返すローラに、薫が重ねる。

「なにか心当たりありませんかねえ。西田春香さんを恨んでた人物に」

さあ……と首を傾げるローラに、今度は右京がちょっと言いづらいことを訊ねた。

「ちなみにローラさんはご自分の番組枠を西田春香さんが引き継がれることに関してどのようなお気持ちだったのでしょう」

ローラは背筋を伸ばして正面を見つめたまま明瞭な声で答えた。

「恨んではいませんでした。ただたしかに悔しくはありました。でも仕方のないことです。会社の事情もありますから」

「会社の事情、ですか」

右京が鸚鵡返しに呟くと、ローラが急に嗚咽を漏らした。

「あっ、大丈夫スか？」

薫がいたわると、口元に手を当てたまま涙声で訴えた。

「わたしたち、周囲にライバルだと煽られてたから変に意識しちゃって……だからあの子になんにもDJとして伝えてあげることができなかった」

悲嘆にくれるローラをスタジオに残し、右京と薫は関係者ふたりに事情を訊くことにした。まずは廊下で捕まえた《ネバーエンド》担当のディレクター竜崎に、右京がローラの口にした「会社の事情」について訊ねた。

「ローラさん、ああ見えてすごく頑固でねえ。会社としてプッシュしたい曲もあるのに自分のスタイルに反するからって絶対に番組じゃ流さなかったんです。今時あんなDJいませんよ。あ、今日も最終回なのに〝反省会やるからスタジオで待ってて〟って言われてたんですけど」

濃い目のサングラスに髭を蓄えた竜崎は、いかにも業界人っぽい物腰で答えた。

続いて《ネバーエンド》の女性プロデューサーである神野志麻子を制作セクションのフロアに訪ねて、番組交替のいきさつを聞いてみた。

「たしかにローラ本人が番組降板を決めて、後継者に春香を指名しました。わたしはプロデューサーとして必死にローラを守ろうって上と戦ってたんですけどね。ローラも春香なら番組を譲ってもいいって思ったんでしょう」

「ではローラさんも喜んであとを任せたということでしょうか？」

重ねて右京が訊ねると、志麻子は小首を傾げて、

「まあ、それでも落ち込んでたとは思うんです。だから慰めるつもりで打ち上げに行こうとした矢先にあの事件が起きてしまって……」

答えたきり、やはりショックを受けたのかそのまま俯いてしまった。

三

「春香ちゃん……残念だったわね」

廊下ですれ違いざま、志麻子が佐久間の背中に声をかけた。振り返って志麻子を見た佐久間は血相を変えて、

「残念？　それで済む問題か！」

と志麻子を怒鳴りつけた。ハッとした志麻子が、

「ごめんなさい。言葉を選ぶべきだったわ」

項垂れて素直に謝ると、佐久間も気が咎めたようで、

「いや、こちらこそ」

小声で応えた。志麻子はわずかに佐久間と目線を交わしたが、いたたまれないようすで走り去って行った。

その光景を少し離れた場所で見ていた右京と薫が残された佐久間の前に歩み出た。

「どうかされました？」薫が声をかける。

「いや、なんでもありません」

足早に歩み去ろうとする佐久間を、右京が呼び止めた。

「事件に関係のあることでしょうか」

「佐久間さん？」

俯いた佐久間の顔を薫が覗き込むと、

「俺が悪いんです」

佐久間はそう吐き捨てて顔を背けた。


伊沢ローラと神野志麻子が帰り支度をして揃って正面玄関を出ようとするところで、薫が走り寄って呼び止めた。

「ああ、神野さん。お聞きしました、佐久間さんとのこと」

「ご婚約なさっていたそうですね」

後ろから現れた右京が問いかける。

「でも佐久間さんはそれを破棄して西田春香さんと付き合うようになったと」

薫の指摘に困惑して言葉が出ない志麻子に、ローラが助け船を出す。

「志麻子さんが春香ちゃんを恨んでたっていうんですか？」

その語気の強さに薫は言い訳するように言った。

「あくまで可能性の話ですから」

「志麻子さんはそんなことするわけありません！」

興奮するローラを、志麻子が押さえる。そして意を決して、

「たしかに以前は春香に対して恨みはありました。でも一緒に新番組をやることに決まって、そんな気持ちは吹っ切りました」そしてサッと頭を下げて「失礼します」と出口のドアに向かって駆けていった。ローラもそれに続き、玄関前に群がっている報道陣をくぐり抜けて、待機させておいたタクシーに乗り込んだ。

翌朝、特命係の小部屋では、出掛けにラジオ局に寄って聞き込みをしてきた薫がその結果を右京に報告していた。

「神野志麻子さん、最近も佐久間さんにしつこく復縁を迫ってたらしいんですよ。従って西田春香さんをよく思ってなかったのは間違いありませんね」

「そうですか。実はぼくも気になることがひとつ」

椅子から立ち上がった右京が右手の人差し指を立てた。

「神野さんのあのときの発言です。『打ち上げに行こうとした矢先にあの事件が起きてしまって』たしかに彼女はそう言いました。ということは、打ち上げは番組終了直後に

行われる予定だったのでしょう。つまり神野さんはそれに行こうとしていた。一方、竜崎さんによれば放送が終わったら局内で反省会が行われるはずでした。プロデューサーである神野さんはそれに参加しなくてもよかったのでしょうかねえ」

ちょうどその頃、都内の某住宅街のアパートで、木下肇というひとり暮らしの男が毒キノコを食べて自殺した現場から、西田春香の血液が付着したナイフや衣類が見つかった。

現場から帰ってきた鑑識課の米沢守から情報を得ようと早速鑑識の部屋を訪れた右京と薫は、米沢に導かれてパソコン画面の前に立った。

「これ、木下が立ち上げたサイトなんですが」

画面には《伊沢ローラファンサイト～『ネバーエンド』は終わらない～》と大きなフォントが躍っていた。

「見てください、ほら、ここ」

米沢がカーソルを動かして、木下の書き込みの箇所を出した。

——ローラさんのおかげでぼくは救われた。でも、番組が終わったら、今度こそ自殺してしまいそうだ。

薫が読み上げた。

「西田春香さんではなく、ローラさんのファンでしたか」

　右京の言葉に米沢が頷いて、

「同様の葉書が放送局にも届いてました」

　ビニール袋に入った葉書を取り出した。それを見て驚いた薫は、自分なりにこの状況を口に出して整理した。

「つまりローラさんの熱烈なファンだった木下は、番組を奪った西田さんを殺害し自殺……残る謎は木下がどうやってあの日、ラジオ局に西田さんがいたことを知れたのかですよね」

　頷いた右京が葉書に書かれた住所の下を指さした。

「ここに電話番号が書いてありますねえ」

　その番号を手がかりに着信記録を調べていた薫が、「右京さん！　ビンゴです」と興奮した声で小部屋に戻ってきた。

　事件当日の昼二時六分、局内の公衆電話から木下の家にかけた記録があったのだった。

「二時六分といえば、ローラさんの番組が始まった直後。あの音楽が流れている頃ですねえ」

　右京が薫から渡されたリストを見て言った。

「例の協力者の可能性が高いっスね」

「高いですね」

鼻息を荒くする薫に、右京も頷いた。

四

右京と薫はその足でJPステーションに赴き、伊沢ローラと神野志麻子に面会した。

「西田春香さんを殺害した犯人が自殺体で見つかったのはご存じでしょうか」

「ええ、ニュースで見ました」

薫の問いかけに志麻子が答えた。

「木下肇って男なんですけども、ローラさんの熱狂的なファンだったようです」

そう言って薫がビニール袋に入った例の葉書を差し出すと、ローラが驚きの声を上げた。

「あの人が？」

絶句した志麻子に右京が訊ねる。

「やはり覚えてらっしゃいましたか」

「よく葉書をくれる熱心なリスナーぐらいの認識だったんですが、まさか……」

呆れ顔の志麻子に薫が重ねて言う。

「でも、この内容、『ローラさんの番組が終わったらぼく、自殺します』って、随分過激ですよね」

「ええ。でもそれで思い余って春香ちゃんを襲う結果になるなんて、想像もしてなかったんで」

「その点についてぼくはいささか疑問を抱いています。もしもローラさんの熱狂的なファンで思い余って西田春香さんを殺害したのならば、自殺はしなかったのじゃありませんかねえ」

「どうして？」

右京の言葉の真意を測りかねて志麻子が問い返す。

「西田春香さんがいなくなればローラさんがＤＪを続投する可能性もあるじゃありませんか。それを見届けなければ木下の西田春香さん殺害の意味はなくなります。つまり木下が西田春香さんを殺害した動機は他にあるのではないかと」

「番組は継続されると聞きましたが？」

薫が口を挟むと意外な返事がかえってきた。

「それはローラに断られました」

薫は目を丸くした。その表情を見て志麻子が言葉を重ねた。

「人間の行動なんて予測できないものですよ。きっと木下さんも衝動的に春香ちゃんを殺したんじゃないですか？　それで事件後、ことの重大さに気づきとっさに自殺したのでは？」

「いえ、木下はあらかじめ毒キノコを用意していましたので、自殺に関しては計画的だったと思いますよ」

「じゃあ殺害も計画的だったんじゃないですか？」

「そこなんです！」志麻子の返答に右京は素早く突っ込んだ。「もしも殺害が計画的だったならば木下は土曜日ではなく、西田春香さんが確実にラジオ局に現れる月曜日から金曜日を狙うはずなんです」

「つまり殺害は計画的でなく、自殺は計画的だった」

薫が要領よくまとめる。

「そこで、ここから先はぼくの勝手な思いつきです。仮に木下肇が殺し屋だったとしましょう」

「殺し屋!?」志麻子が呆れた声を上げる。

「あくまでも仮説です。その木下に『西田春香を殺してほしい』と依頼した人物がいた。そして木下はその人物の指示どおり、あの日、あの時間、あの場所へ行き、西田春香さんを殺害した」

「ハハハハッ、おかしい。そんなことあり得るの？」

「ハハハ。ですから、あくまでも仮説です」

推論を笑い飛ばされた右京が自らも笑いに乗ずると、志麻子は冗談もそこまで、とでも言わんばかりにピシリと区切りをつけた。

「でしたらもうこの辺で。わたしたち大事な話をしてるので」

しかしそこで引き下がる右京ではない。「申し訳ない、あと三分で終わります」左手の指を三本立てて続けた。「もしその仮説が正しいとするならば、依頼者の特定には少なくとも三つの条件が必要になります。ひとつ目、木下肇の存在と連絡先を知る人物」

非の打ち所のない論理の進め方に、志麻子もつい乗ってしまった。

「ローラとわたしたち番組スタッフに絞られますね」

「ふたつ目、事件当日、二時六分、木下に電話をかけることができた人物」

「電話？」ローラが聞き返した。

「あの日の二時六分、木下の家にこのラジオ局の公衆電話から電話をかけた人物がいるんですよ」薫が説明を加える。

「そこでディレクターの竜崎さんに確認しました。その時間、ちょうど番組で曲を流している最中で、先に志麻子さんがスタジオを出て、その後がローラさん。そう証言してくれました」そこで言葉を切り、右京はふたりを交互に見た。「なんのために外にお出になったのでしょう」

「わたしはトイレに」

間髪を容れずにローラが答えた。

「神野さんは？」

薫が見遣ると、ちょっと間を置いて志麻子も答えた。

「わたしは電話がかかってきて」

「どなたから？」

薫が追い詰めるように訊ねると、志麻子は語気を荒げた。

「仕事相手です！」

そこへローラが場の雰囲気を変えるような冷静な発言をした。

「つまり刑事さんたちは、わたしたちのどちらかが木下さんに電話したとおっしゃりたいんですか」

「ご理解が早くてありがたい」

右京が大きなジェスチャーで礼を述べた。

「それで？　最後の三つ目の条件は？」

ちょっと不貞腐れて志麻子が問う。

「三つ目はその土曜日、西田春香さんがラジオ局にいたことを知り、それを木下肇に知らせることができた人物。恋人である佐久間さんでさえ知らなかった事実を知っていたのは誰でしょう」

思わせぶりに右京が訊ねる。

「わたしは知りませんでした」

まず、ローラが答えた。

「そうですか。じゃあ、神野さんは？」

「わたしだって……」

志麻子が言いかけたところへ捜査一課の伊丹と芹沢が割り込んできた。

「チッ、なんだ、おまえら！」

クライマックスを迎えようとしていたのに……薫が毒づこうとすると、

「それはこっちのセリフだよ。どけよ！」

伊丹が薫を突き飛ばして志麻子の前に立った。

「神野志麻子さんですね。西田春香さん殺害の件についてお伺いしたいことがあります」

「どうしてわたしが？」

それには芹沢が答えた。

「清掃員の女性が目撃してたんですよ。ラジオ局内であなたと西田さんが派手に口論しているところを」

「間違いありませんね？」

伊丹に問い詰められて、志麻子はしぶしぶ諾った。

「会社に言って春香を抜擢したのはわたしですよ。おとなしくしてればローラ以上のスターにさせてあげたのに」

別室で伊丹と芹沢に訊かれた志麻子は、口を尖らせた。清掃員の女性が証言するところでは、志麻子は西田春香に番組から外すと通告され、さらに後釜には佐久間を置くとまで言われて、興奮して春香に食ってかかっていたとのことだった。

「恩をアダで返されたと感じたあなたは、木下を使って西田春香さんを襲わせた」

「そんなことしてません！」

執拗に迫る伊丹に、志麻子は叫び声を上げた。

「あ〜あ、神野さん、佐久間さんをとられたことがよっぽど悔しかったんでしょうねえ」捜査一課から邪険に追い払われ、ワークパンツのポケットに手を突っ込んで廊下を歩いていた薫が右京を振り返ると、全く反対の方向に歩いて行く。「あっ、右京さん！出口こっちですけど」

薫がついて行くと、右京は廊下の真ん中にある公衆電話の前に立っていた。

「この公衆電話が木下との接点だったわけですね」

「ああ。えっ！　あ、そっか」

「どうしました？」

　薫は改めて右京にそう言われ、なにかに気がついたように奥にある部屋を指した。

「いや、いま人が出てきたあの部屋でリハーサルしてたんですよ、角田課長」

「ああ、毒キノコを使った自殺の件でしたね」

「二時からずっと」

「ローラさんたちのスタジオは更にその向こうでしたね……ということは、公衆電話まで来るにはこの廊下を通らなければなりませんよねえ」そう言いながら考えを巡らせていた右京が、ハッとなにかひらめいたかのように虚空を見上げた。「そのリハーサル室ですが、ドアは開いてませんでしたか？」

「ああ、開いてましたね」

　薫が記憶を辿って答える。それを聞いて、右京はパッと表情を明るくした。

「なるほど。大事なことがわかりました」

「え？」

「なぜ彼女があんなことを言ったのか」

　右京の眼鏡の奥の瞳が光った。

# 五

――そういえば、最近毒キノコによる自殺が社会問題になってますよねえ。あの毒キノコは椎茸に似ているらしいので……。

ローラをスタジオに訪ねた右京と薫は《ネバーエンド》の最終回の録音をパソコンで再生してローラに聴かせていた。

「これがどうしたんですか？」

ローラは怪訝そうに眉を顰めた。

「たしかに〝椎茸〟とおっしゃってますよね？」

右京が確認する。

「ええ、そうですけど」

「どうして毒キノコの外見が椎茸に似ていることをご存じだったのでしょう」

思いがけぬ右京の指摘に、ローラは一瞬言葉を詰まらせた。

「どうしてって……ニュースでよくやってるでしょ？」

「たしかにそうですけど、この番組がオンエアされた日にはまだやってなかったんです」

薫に言われてローラは顔色を失った。

「毒キノコが椎茸に似ていることを警察が公表したのは事件のあった日の翌日、つまりローラさんのこの発言の後なんですよ。本来ならば事件当日、われわれの同僚がラジオ出演してそのことを公にするはずだったのですが、事件が起きてしまったために出演を辞退しました」

右京に続けて薫が説明を重ねる。

「ただ、リハーサルだけは何回も繰り返してました。事件当日の二時からずっと、ここから公衆電話があるほうへ向かう途中にあるリハーサル室で。つまり生放送中のあなたがそれを知るためには、ここを出た二時六分頃、トイレではなく、トイレとは逆の方向にある公衆電話に向かう途中でそのリハーサルを耳にする以外ありません」

ローラはそれを、凍りついたような表情で聞いていた。

「その時、番組ではチャイコフスキーの『交響曲第五番第三楽章』が流れていました。ぼく、聴いてましたから。曲の長さは六分十八秒。スタジオを出て公衆電話へ向かい、誰かになにかを頼んで戻ってくるには十分な時間ですね」そこで言葉を切った右京はワンテンポ置いて、静かにローラに詰め寄った。「木下肇に電話をしたのはあなたですね？　ローラさん」

「西田春香を殺害するよう依頼しましたね？」

薫が追い討ちをかけるとローラは取り乱して訴えた。

「違います！　わたし、わたしは……たしかに彼に殺してほしい人がいると頼みました。でも春香ちゃんを殺してほしいなんて言ってません。わたしはあの日、わたしを殺して、と頼んだんです」

その衝撃的な言葉に、右京も薫もハッと息を飲んだ。ローラは涙を浮かべながら、しかし、しっかりした声で続けた。

「この十年、人生も恋愛もプライベートもなにもかも犠牲にして、ただリスナーの方々に素晴らしい音楽と楽しいお話をお届けしようと努力し続けてきました。でも番組が終わったら、伊沢ローラのこの声は誰にも届かない。伊沢ローラでなくなったわたしにはなんにも残らないんです。だから伊沢ローラのまま、番組終了と共に死のうと考えてました。そんな時、熱心なリスナーだった彼の葉書を見ました。そして番組が始まる直前に思いついたんです」

それは本当に咄嗟の思いつきだった、とローラは述べた。チャイコフスキーの「交響曲第五番第三楽章」がかかる間に廊下に出て、公衆電話で葉書に記された木下肇の自宅に電話をかける。

――あなたにお願いがあるの。わたしを殺してほしいの。

生放送の最中にいきなり憧れの女神から直接電話を貰っただけでも驚きなのに、その女神の口から異様な依頼を受けた木下は、当然ながら困惑した。

——あなたがわたしと同じ気持ちで嬉しかった。番組が終わったら死にたい……わたしも同じこと考えていた。だからあなたの手でわたしを殺してほしいの。こんなことお願いできるの、木下さん、あなただけなの。お願い！　あなたの手で伊沢ローラを終わらせて！

それこそ女神から〈殺し文句〉を聞かされた木下は、一瞬戸惑ったものの、「わかりました」と深く頷いた。

「そして木下さんは春香ちゃんをわたしだと間違えて……」

「間違えた⁉」

薫が奇声を発した。

「素顔のわたし、誰も知らないから……だから、木下さんには服装から髪形まで、外見の特徴まできちんと伝えて。なのに、まさか、春香ちゃんが似てる格好してるなんて」

途切れ途切れ言葉を紡ぎながら、ローラは掌で顔を覆って嗚咽した。「黙っててすいませんでした。わたしのことでこんなことになっちゃうなんて。ずっと本当のこと言えませんでした」

その夜、行きつけの小料理屋〈花の里〉に寄った右京と薫は、薫の妻の美和子と合流して夕食がわりの晩酌をしていた。

「で、そういう場合は殺人罪になるんですか?」

女将の宮部たまきがお酌をしながら薫に訊いた。

「いやあ、なにしろ殺意がないスからねえ。まあ、捜査一課では殺人罪以外の罪状で起訴できないか検討中みたいですけど」

「ほんとに死のうなんて思うかなあ」

隣の美和子はローラの言葉にちょっと懐疑的だった。

「まあ、そんだけ番組への思いが強いんだよ、うん」

薫が諭すように言うと、

「どうだかなあ? 薫ちゃんは美人の涙に弱いからなあ〜」

と言いながら、カウンターの上にあった薫の携帯を取り上げて写真のファイルを開いた。

「おまえ、なに勝手に見てんだよ!」

慌てた薫が携帯を取り返そうと手を出したが、それを逃れた美和子は角田とツーショットで写したローラの写真を画面に出して右京に訊ねた。

「右京さん、右京さん、この美人が伊沢ローラですよね?」

「ええ」

右京が頷いた。

「返せよ、おまえ！　夫婦でもな、やっていいことと悪いことがあるんだよ」

美和子は椅子から立ち上がり、しきりに薫の手を逃れて冷やかしてみせる。

「ほっほー、ほお〜」

「美和子さん！」

そのとき、ふたりの痴話喧嘩のようなやりとりをにんまりと見ていた右京の表情が、突然固まった。

「はい？」

「ちょっと携帯よろしいですか？」

伸ばした右京の手に、美和子は薫の携帯を渡した。

「亀山くん、この写真はいつ撮ったのでしょう？」

「え？　番組終了直後ですけど」

「事件が起きる前ですね？」

右京が確認すると、薫は訳が分からないまま頷いた。

翌朝、鑑識課を訪れた右京は、予め頼んでおいた画像を米沢から見せて貰っていた。

米沢はパソコンの画面で関係者出入り口の防犯カメラが捉えた出社時の伊沢ローラと神野志麻子の画像を出した。それから番組終了直後の角田と写した例の写真を示し、さらに退社時に正面玄関の防犯カメラに記録されたふたりの画像を映し出した。

「なるほど」

右京がその三つの写真を見比べているところへ、薫がやってきた。

「右京さん、確認取れました。神野さんがジャケットを脱いだのは、放送中にコーヒーをこぼしたからだそうです」

「やはりそうでしたか。この写真のおかげで今回の事件のからくりが見えました」

右京のメタルフレームの眼鏡がキラリと光った。

六

右京がJPステーションを訪ねると、ローラは思い出がたくさん詰まった《ネバーエンド》のスタジオにひとりでいた。

「番組継続のオファーを断られて、これからどうなさるおつもりですか？」

「DJを辞めます。辞めて伊沢絹江に戻ります」

スタジオ内を感慨深く見回しながら、ローラが呟く。

「そうですか。実は今日、お時間をいただいたのは、伊沢ローラさんに最後にいくつか確認したいことがあったからなんです」

右京は脇に抱えたノートパソコンを開いて《ネバーエンド》の最終回の録音を再生し

た。

——わたしも昨日までの寒さですっかり厚着して、黒いスカーフまでしてきちゃったんですが、この陽気でさっきジャケットを脱いでしまいました。

「あなたはこの中で『黒いスカーフ』とおっしゃっていますねえ。ですが番組が始まる前、つまりラジオ局にお着きになった時には首に巻いていませんでした」右京はローラの前に出社時と番組直後の写真を置いて示した。「この黒いスカーフは一体どこから出てきたのでしょう？」

「カバンの中に入れて持ち歩いていたんです」

ローラは即答した。

「ちなみにそれは今どちらに？」

「家のどこかに……」

思案顔で答えたローラに、右京が微笑みかける。

「あるでしょうねえ。しかしこの写真、よく見ると、これ、スカーフじゃないんじゃありませんかねえ」右京は能天気に笑っている角田の横に立つローラの首元を指し示した。「急遽、ストッキングのようなものを代用なさったんじゃありませんか？」そしてスーツのポケットからストッキングの実物を取り出した。そしてそれを自分の首に巻いて、写真を摘み上げた。「ああ、なるほど、この写真と同じようになりますねえ。なぜこのようなものを首に巻いたのでしょう？」

「寒かったんです」ローラはポツリと答えた。

「おやおや」右京は首からストッキングを外して訊ねた。

「では、なぜジャケットをお脱ぎになったのでしょう？」

その質問に言葉を詰まらせたローラに、右京は続けた。

「あなたは放送の中で、神野さんと同じ格好をする必要があったんじゃありませんか？

なんのために？　それは木下に自分と間違えさせて神野さんを狙わせるために。たしかにあなたは『わたしを殺して』と木下に伝えたかもしれません。しかしそれは計算どおりだったんです。木下が人違いするであろうことも含めて全て。あなたが本当に殺したかった相手は、神野志麻子さんだったんですよ」

ローラの目は虚ろに宙を泳いでいた。

「あなたの容姿はリスナーには知られていない。ですから神野さんの外見を克明に説明すれば、木下は人違いして神野さんを殺すだろうと考えた。ですが、その後、思わぬことが起きてしまった」

番組の最中にスタジオにいた志麻子は、誤ってコーヒーを自分の白いジャケットにこぼしてしまったのだった。大きなコーヒーの染みを必死に拭きながら「これじゃあもう着れないわ」とぼやく志麻子を公衆電話をかけた後スタジオに戻って目にしたローラはから。

顔色を変えた。白いジャケットを着ている……自分の目印をそう木下に告げていたのだ

「あなたは慌てたはずです。これでは木下がターゲットを認識できない。その時あなたの目に飛び込んだのが、志麻子さんのしている黒いスカーフでした。そして木下がラジオをどこかで必ず聴いているはずだと思ったあなたは、バッグにしまってあった黒いストッキングを首に巻いて本番に戻り、マイクに向かってこう言った」

右京はパソコンでその部分の音声を出した。

――わたしも昨日までの寒さですっかり厚着して、黒いスカーフまでしてきちゃったんですが、この陽気でさっきジャケットを脱いでしまいました。

「あくまで神野さんを伊沢ローラと思わせるために。たしかに狙いどおり、それは木下に伝わったようです。ところが西田春香さんが偶然にも黒いスカーフを巻き、あなたの説明した志麻子さんの服装と同じような格好をしていた。つまりこれは人違い殺人です。いかがでしょうか？　ローラさん」

「嘘よ、どうしてローラがわたしを……」

そのとき、スタジオの入り口で神野志麻子の呟きが聞こえた。ローラが顔を上げると、そこには薫に付き添われて志麻子が立っていた。

「神野さんにお訊きしたいことがあります。事件当日、ローラさんと打ち上げに行く予

定だったとおっしゃってましたが、あれはあなたの発案ですか？」

　薫が志麻子に訊ねた。

「いいえ、ローラに言われて……ふたりきりで打ち上げをしようって」

　それを聞いて右京が志麻子の前に進み出た。

「ぼくはそれに引っ掛かっていました。番組終了後、反省会をするつもりでローラさんは局内にとどまっていました。にもかかわらず、打ち上げを理由にラジオ局から先に神野さんを出そうとしていたんです。正面玄関で待ち構える木下に、ご自分ではなく神野さんを襲わせるために」

「でもローラがどうして？」

　まったく信じられないようすで、志麻子が問う。

「ローラさんをそうさせた理由は、恐らく神野さん、あなたにあるんじゃありませんか？」

　志麻子は急所を突かれて右京から顔を背けた。

「最初あなたは番組降板を決めて後継者に西田春香さんを指名したのはローラさんだとおっしゃっていました。けれどもその後、全く逆のことを口にした」

　伊丹に引っ張られて問い詰められたとき、志麻子はこう言ったのだった。

――会社に言って春香を抜擢したのはわたしですよ。

「神野さんの裏切りが許せなかったんですね？」

右京が訊ねると、ローラが椅子から立ち上がって穏やかな声で志麻子に語りかけた。

「志麻子さん、十年前、わたしの声が素晴らしいってＤＪの才能を見いだしてくれて、厳しく育ててくれて、とても感謝してました。だから素顔を隠せと言われても、名前を変えろと言われても、全部言うことを聞いて頑張ってきた。その結果、多くのリスナーが伊沢ローラを愛してくれた。すべて志麻子さんのおかげです。会社からなにを言われても番組を続けてこられたのは、あなたやリスナーの人たちがいてくれたから。だからあなたから番組から身を引けと言われた時、それはリスナーを裏切ることになる……最初は納得できるはずもなかった。《ネバーエンド》を終わらせるなんて、本当に自殺を考えるほどつらかった。それをどうにか耐えていたんです。どうにか納得しなきゃいけないって。でもあなたは、それを一瞬のうちに無にした。わたしを騙した」

「一体なにがあったんですか？」

薫がふたりの顔を交互に見ながら、ローラに訊ねた。

「《ネバーエンド》を終わらせたのは会社のためでなく、神野さん自身のためだったんです」

「なにを言ってるの？」

声を震わせて志麻子がローラに問い返した。ローラは志麻子の目をじっと見て言った。

「春香ちゃんと約束したんですよね？　わたしを降板させて番組を持たせるから、佐久間さんから手を引けって。どうしてリスナーを裏切るような真似をしたんですか？」

ローラが詰め寄ると、志麻子は狼狽した。

「誰から聞いたの？　春香？」

「あなたから直接聞いたんです」

「わたしが？」志麻子は耳を疑った。

「知りませんよね。わたし、あの事件の一週間前にあなたに電話したんです」

――もしもし、わたしですけど。

たしかにローラは受話器にそう語りかけた。けれどもその電話を志麻子はすっかり西田春香からと取り違えたのだった。

――何度も電話してこないでよ。だから番組の企画はわたしに任せて。ローラの後番組だからって変な意識いらないから。春香ちゃん、あなたはＤＪに徹してくれればいいの。とにかく約束だけは守るのよ。ローラを捨ててあなたを使ってあげるんだから。

――約束？

――とぼけないで。佐久間と別れるって約束よ。聞いてるの？　春香ちゃん？

そこでローラは無言で受話器を置いたのだった。

「あれは春香が……春香のほうから佐久間と別れるからローラの番組をって……」

必死の弁解を試みる志麻子を寂しげに見たローラは、首を振った。

「そうじゃない。声ですよ。どうしてわたしの声を間違えたんですか？　十年も一緒に番組を続けてきた、誰よりも長い時間一緒にいたわたしの声を、あなたは間違えた。一週間、憎しみを忘れようと思っても忘れられなかった。そんな時、木下さんの葉書を見て思いついたんです」

それを聞いて憤った薫が、脇から口を挟んだ。

「思いついたって……そのために全く罪のない人がひとり殺されたんですよ！」

「どうしても許せなかった。この十年、わたしはこの声だけで存在してたんです。それなのにあなたはわたしの声を、伊沢ローラのこの声を、間違えた。わたしから番組やリスナーも奪って、ついには声まで……」

深い悲しみに沈むローラに、右京が静かに語りかけた。

「伊沢ローラさん、いいえ、伊沢絹江さん。結局あなたは愛するリスナーを殺人の道具に使ってしまったんです。多くのリスナーに愛されたＤＪ伊沢ローラはあなたご自身が永遠に葬ってしまったんです」

その右京の言葉によって、ローラは自分の犯した罪の真実を悟ったのだった。

「わたしが、伊沢ローラを殺してしまった」

呆然と呟くローラに、右京は続けた。

「これから始まる伊沢絹江さんの人生は、途方もなく過酷で長いものになってしまいましたね」顔を上げてじっと右京を見つめるローラに、「行きましょうか」と促すと、ローラはコクリと頭を垂れた。そして志麻子に向かってポツリと言った。

「志麻子さん、ごめんね」

その穏やかな《女神の声》を涙で受け取った志麻子は、遣り切れなさに首を振って走り去った。

静かにハンドバッグを手にしたローラは、十年を過ごした古巣を一度だけ振り返ったが、そのまま背を向けて出て行った。

第五話
「希望の終盤」

一

その朝、いつものように亀山薫が警視庁特命係の小部屋に出勤し、たった二枚のみが掛けられた入り口の名札をひっくり返して掛け替えると、もう一枚の札はすでに黒い字になっていた。

「おはようございます。早いっスね」

その名札の主、薫の上司である杉下右京は紅茶のカップを手にテレビを見ていた。どこか旅館のようなところからの中継らしく、テロップには《龍馬戦》と出ている。

「りょうません？」

薫が読み上げると、すかさず右京が訂正する。

「《りゅうばせん》と読みます。将棋のタイトル戦です」

右京は衛星放送の将棋専門チャンネルをつけていたのだ。

「え？　右京さん、将棋、好きでしたっけ？」

「チェスと通じるところがありますからねえ」

なるほど、と薫は机の上にいつも置かれているクリスタルのチェスセットを見遣った。

テレビでは女性リポーターがその龍馬戦の解説をしている。それにより対戦者のプロフイールが明らかになる。かたや《竜王》《王座》そして現在対局中の《龍馬》の三冠を制する村田隆、十九歳。それに挑戦するは《名人》と《王将》の二冠を持つ西片幸男、三十五歳である。今日これから戦われるのは最終の第七局。これを村田が制すれば、史上最年少での防衛ということになる。しかも現在までの成績はともに三勝三敗という好勝負。それも第一局から三局が村田の三連勝、第四局から六局が西片の三連勝というとても珍しいケースであった。

「へえ、そうなんすか」

あまり将棋に興味のない薫が、通り一遍の受け応えをして新聞を開いていると、にわかに画面の中が騒がしくなった。なにやら女性リポーターが興奮している。と、カメラが切り替わった。画面の中で男性アナウンサーが血相を変えている。右京と薫が身を乗り出す。

どうも旅館の裏庭で人が倒れているようである。カメラやスタッフが駆けつけるとも う事切れていて、しかもそれは今日の主役、西片その人だというのだった。

驚いた右京と薫は、早速、青梅にある《寿々屋旅館》に赴いた。母屋は風格のある純日本風の造りであるが、横には新館と思われる鉄筋コンクリートのビルが建っている。警官や報道陣がひしめくなか、ふたりが母屋のロビーに入っていくと、その中央で関係者らしき数人が立ち話をしている。

「ひどい状態でしたね、西片二冠のいぶきの間」

腕にプレス関係の腕章をしている記者が漏らしたひと言が、通りがかりの右京と薫の耳に入った。

「一体誰が荒らしたんですかねえ?」

事務局の人間らしい男性が首を傾げている。

「ええ。あの掛け軸も盤も高価な物でしょうに。対局はどうなるんですかねえ」

記者の言葉を聞いた右京は、死体がある裏庭もそっちのけで、ずんずんと旅館の奥へ向かった。

「右京さん、現場は裏庭ですけど」薫が呼び止めると、

「ぼくは部屋を見せていただくことにします。現場鑑識は優秀な方たちばかりですから」さらに奥に足を踏み入れる。

それもそうだが……仕方なく薫も右京の後に続いた。

「どうも」

西片の部屋では鑑識課の米沢守がすでに調べに入っていた。米沢が小声で教えてくれたところによると、新館の屋上から裏庭に落ちて亡くなっていた西片は一見飛び降り自殺のように思えるが、殺人の可能性もあるとのことだった。なぜならば屋上には西片が

履いている靴ともう一種類別の下足痕が検出されていたのだ。屋上は一般には開放されておらず、従業員もめったに行かない。しかも屋上に出るドアのノブには指紋を拭き取った跡もあったというのだ。

ふたりは頷くと部屋のなかを見渡した。たしかに記者が言っていたようにひどい散らかりようだった。

「屋上から落ちたのに、なんでこんなに部屋が乱れてるんですかね？」

足の踏み場もない部屋を薫が爪先立ちで奥に入っていく。特にひどいのは床の間のあたりで、倒された花瓶の水が掛け軸と壁をびしょびしょに濡らしていた。その壁から少し離れたところに、ずいぶん立派な足付将棋盤が置かれていた。右京が盤の上の駒箱を手に取ったり、盤の四方を観察したりしていた。そして床の間の壁の水で濡れた跡と見比べて、あることに気付いたようで、盤を持ち上げて床の間の隅にあててみた。

「ははー。これ、元々はここにあったみたいですね」

薫が床の間の壁を指さす。ちょうど盤の高さの線から上が濡れていて、花瓶が倒れたときにはここに将棋盤があったことを物語っていた。

「それを何者かがここへ移動させた」

右京はもう一度、盤を元あった場所に移した。

「しかし、ここに置かれていたとすれば、この盤も濡れていたはずですが……」

盤を見てみても、どこにも濡れた跡はなかった。その時、いつものあの声が部屋に響いた。

「亀〜！　てめえ、ここでなにしてる？」

顔を上げると捜査一課の三浦信輔、芹沢慶二、それに声の主である伊丹憲一が立っていた。

「いやいや、なんか盗られた物でもないかなー、と思いましてね」

今日の薫は珍しく伊丹に下手に出ている。

「おめえの仕事じゃねえだろ」

「じゃ、一緒に調べますか？」

「一緒には調べねえ！」

いつものじゃれ合いが始まったと思いきや、

「ん？　なんか、いいにおいがするぞ」薫が伊丹をかわし、「あ、これだ！」と落ちていた扇子を取りあげた。

「被害者のもののようですね」米沢が黒いセル縁メガネに手を添えて推測する。

「チッ、犬かおまえは！」

伊丹が悪態をつくと、薫は扇子を広げてクンクンと鼻を鳴らす。

「誰かと違って鼻が利くんでね」

「警察犬に推薦してやろうか？」

またじゃれ合いが始まろうとするところへ、芹沢が声を上げた。手元には西片のものらしい財布があり、中には幾枚かの万札が入っている。

「先輩じゃれ合いはやめてください。それより財布、金はそのままみたいですよ」

「お～。物盗りの線は消えたね」

薫がそれを覗き込むと、

「おまえ、まだいるつもりかよ。出て行けよ、早く！」

伊丹はシッシ、と追い払う手つきをした。

そんなやりとりの傍らでは米沢がなにかを発見したようだった。

「おや？　ここにもありました」

「はい？」右京が訊ねる。

「指紋を拭き取った痕跡です」と、米沢が座卓を指さす。

「たしか、屋上のドアノブも拭き取られていたんでしたね」

右京の言葉に米沢が頷く。

「警部殿もそろそろ出て行ってください！」

三浦も痺れを切らしたように叫び声を上げた。

二

捜査一課の三人は、旅館にいる全員をロビーに集めた。

「……というわけで、屋上にも荒らされた被害者の部屋にも、指紋を拭き取った跡があり、しかも屋上には何者かの足跡がありました」

伊丹が捜査の経緯を説明する。

「つまり殺人の可能性が高いんです」

三浦のひと言にロビー中がどよめいた。

「そう考えると疑問がひとつ」

その声に皆が振り返った。

「警部殿～」

三浦の目線の先には右京と薫が立っていた。

「なぜ、被害者の部屋は荒らされていたのでしょう？」

右手の人差し指を立てたままの右京が歩み出た。

「それは被害者（ガイシャ）と犯人が揉めたからでしょう」

分かり切ったことを、とばかりに三浦が答えた。

「だとすれば部屋の様子から見て、かなり激しく揉めたことになります。死亡推定時刻は昨夜の零時から二時。その前にゆうべ、被害者の部屋から大きな物音を聞いた方、いらっしゃいますか？」

右京の質問に、先ほど立ち話をしていた事務局員らしい男性、山名悟が答える。

「みんな寝てますよ。翌日は大事な対局ですから」

それを聞いて皆が深く頷いた。

「だとすれば、その犯人らしき人物は本当に被害者と揉めたのでしょうか？　部屋で揉めた後、わざわざ新館の屋上まで行って突き落とすでしょうか？」

「たとえば、荒らしたのではなくて、なにかを探していた」

右京に答える形で薫が言った。

「財布は無事だったろ？」

文句をつけるような口調の伊丹に、

「だから財布以外のなんかだよ！」

苛立ち声で薫が応えると、伊丹は前に出て薫を突き飛ばした。

「ハイハイ！　その線も調べるからおまえとっとと出て行けよ、おら！」

「警部殿も捜査が進みませんから」

三浦に邪険にされた右京は、「これは失礼、ちょっと気になったものですから」と頭を下げてから、「亀山くん、行きましょう」と薫を連れて出て行った。

ふたりを追い払ってせいせいした捜査一課の三人は、再びロビーに集まった人々に向かった。

「えーっと、部屋を荒らしたのはきっとこれを履いていた人物です」

芹沢が下足痕とビニール袋に入ったこの旅館のスリッパを高く掲げた。

「つまり宿泊者か従業員の可能性が高いと思われます」

三浦が改めて言うと、ロビー中が再び大きくどよめいた。

「宿泊者って、今は龍馬戦の関係者しかいませんよ」

記者が進み出る。

「私たちが西片くんを殺したと言うんですか？」

和服を着た貫禄たっぷりの老人が不満気に三浦に詰め寄ると、

「うちの従業員がそんなことするはずありません」

旅館の女将が芹沢に抗議した。

「それを証明するために、皆さん、指紋を採らせてください」

気圧された芹沢が声を上げる。

「それと防犯カメラの映像も提供してください」

三浦が宿の関係者に頼んだ。

ロビーを追い払われた右京と薫が西片の部屋に戻ると、米沢が引き続き鑑識作業を行っていた。右京が先ほどの将棋盤を指して、「ここに拭いた痕跡はありませんでしたか?」と米沢に訊ねた。

「おや、よくご存じで。本来あるべき所にあるはずの指紋がありませんでした」

米沢が感心して言った。

「この将棋盤はかなり貴重な物でしょうか?」続けて右京が訊ねる。

「なんでも既に他界した名工による物だとかで、今では値がつけられないそうです」

「見る人が見ればわかるでしょうねえ」

右京に同意して米沢も深く頷いた。

「何者かがこの部屋を荒らしていて、この将棋盤を濡らしてしまった時、床の間から離して拭いた……つまり犯人はこの盤の価値が分かる人物かもしれませんね」

「これはなんですかね?」

現場から拾集され、ビニール袋に入れられた証拠品の中からメモパッドのようなものを摘(つま)み上げて薫が訊いた。

「図面用紙です。駒の配置を書く時に使います」

さすが右京、すかさず答える。

「じゃあ、これは?」

次に薫が手にしたのは、便箋と封筒だった。

「便箋と封筒です。手紙を書く時に使います」

「いや、それは俺だって……」

馬鹿にされて不満な声を上げた薫が、ん？　と変な顔をした。

「あれ？　このにおい」ちょっと思案していたが、「ああ、やっぱ同じにおいだ」と扇子を取り上げた。

「お香でしょうかね？」右京も鼻を近づけてみた。「米沢さん、お手数ですが成分を特定していただけますか？」

「了解しました。調べます」

米沢が扇子を受け取ると、右京は便箋と封筒も渡して、

「それからこれも。使われた形跡があります。五枚入りとありますが四枚しかありません。便箋も少し使った痕跡があります。その手紙、いつどこへ出されたのでしょうねえ」

「ストップ！　おい、ちょっと見てくれ」

旅館の一室で防犯カメラの映像をチェックしていた三浦が伊丹と芹沢を呼んだ。ストップモーションをかけたモニターには、旅館の門をくぐる男が映っている。

「こんな男、関係者にいませんよ」

芹沢が手元の資料を繰りながら言った。

「大野木亮、真剣師です」

脇から見ていた山名が断言する。

「真剣師？」

聞き返したのは天敵、亀山……とばかりに振り返った伊丹は牙をむく。

「てめえ、また勝手に来やがって！」

「真剣師とは賭け将棋で生活をしている人ですよ」

薫に答えたのは右京だった。

「ええ。それで素人を食い物にしている奴です。大野木は一応、奨励会の出身なんですが、奨励会の恥ですよ」

山名が吐き捨てると、重ねて右京が、

「奨励会とはプロの養成機関のことです」

と解説を施す。

「そんな男がゆうべ、なんでこの旅館に？」

首を傾げる芹沢の隣で、旅館の女将が声を上げた。

「ああ、この人、ゆうべ突然訪ねてきて、西片さんに取り次いで欲しいって言った人ですよ」

「それで昨日、西片は前夜祭を抜け出したのか」

得心がいったように山名が呟いた。

「前夜祭？」薫が訊ねる。

「対局の前日にそういうレセプションをするんです。ちょうど前夜祭の最中です」

山名がモニターに出ている時間を見て言った。

「つまり西片さんは前夜祭を抜け出して大野木さんに会っていた可能性が高いというわけですね」

右京が状況を整理する。

「怪しいな」

伊丹が芹沢に耳打ちした。

けれども三浦がさらに映像を早送りすると、大野木という男は被害者の死亡時刻よりもずっと前に旅館から出ていっている。そして再び戻ってきた形跡はなかった。

「この男の線はないか……」

三浦が残念そうに映像から目を上げた。

# 三

右京と薫は関係者に個別に事情を聞くことにした。まずは事務局サイドの山名である。

「今回の龍馬戦では記録係を務めてました」

改めて名刺を貰ってみると、《日本将棋連盟　五段　山名悟》とある。

「先ほど西片さんが前夜祭を抜け出したとおっしゃいました」

右京が訊ねる。

「ええ。でもまさか大野木と会ってたなんて……」

山名は大野木がこの会場に現れたことさえ、あり得ないという表情である。

「その後、西片さんになにか変わった様子はありませんでしたか？」

重ねて右京が問うと、

「さあ……彼は前夜祭に戻らなかったんで」

「戻らなかった？」

「西片二冠の場合、部屋で翌日の手を練る習慣があるんですよ」

「ああ、なるほど」

薫と目配せをした右京は丁重に礼を述べて山名と別れた。

次にふたりが呼び出したのは、日本将棋連盟の九段、里見二三一だった。最初にロビーで立ち話をしていた中の、和服を着た貫禄ある老人である。今回の龍馬戦では立会人を務めているとのことだった。右京はまず、被害者が前夜祭を抜け出したきり戻らなかったことを里見に持ち出してみた。

「ああ、部屋に戻って手でも練っていたんでしょう」

里見は山名と同じことを言った。

「しかし、見たところ駒はしまわれていました」

将棋盤の上に置かれた駒箱を右京は確認していた。

「手を練った後、しまったんでしょうなあ」

「もしくはゆうべに限って練らなかった？」

「かもしれません」

「だとしたら、なぜゆうべに限って……ゆうべに限って起きたことといえば？」

右京に指をさされて、薫が答える。

「大野木さんが訪ねて来た」

「それが西片さんの習慣を変えた、とは考えられませんか？」

右京にしてみればそう考えるほうが自然であるが、里見は言下に、

「ああ、考えすぎでしょ」

と言い、そのあとちょっと首を捻った。

「そういえば今回の龍馬戦は変わったことだらけだ」

「とおっしゃいますと?」

「前半は西片くんの三連敗、後半は村田くんの三連敗だ」

「たしかに珍しいタイトル戦ですねえ」

「なにより第一局の負け方がひどかった」

里見は思い返して顔を顰めた。

「ああ、あの最初の対局! あれにはぼくも驚きました」

将棋については満更でもない刑事を前に、強面の里見がわずかに表情を緩めた。

脇から将棋になんの興味もなさそうなもうひとりの刑事が訊ねる。

「なんかあったんですか?」

「西片くんは初日早々に反則負けをしたんですよ。それも二歩(にふ)という極めて初歩的な反則でね」

《二歩》とは、すでに歩兵が配置されている筋に、持ち駒から歩兵を打つことはできないという禁じ手である。

──申し訳ありません。私の負けです。みっともないことをしました。

その瞬間、西片は思い詰めた表情で頭を下げた。

「反則をしたら自分から言わなきゃいけないんスか？」

薫がこれまた見当外れな発言をした。

「いや、そんなルールはないが……将棋の道は武士の道と同じです。ルールはなくとも武士なら恥ずべきことはしない」

「すばらしいお考えですね」

きっぱりと言い切った里見に、右京が称讃の言葉を贈る。

「西片くんはそういう道徳に厳格な棋士でした」

里見は目を細めた。

「それだけに、その負け方が尾を引いて三連敗してしまったのでしょうかねえ」

右京の言葉に里見は深く頷いた。

「そうかもしれません。神経の細かい男でしたから。対局中に人が部屋に出入りするのも気にしてましたからねえ」

「そりゃ相当神経質そうですね」薫が口を挟む。

「だから大変なマスコミ嫌いで、畑くん以外の取材はめったに受けなかった」

「畑くん？」

「将棋新聞の記者でね」

里見は薫に答えた。

「なぜ畑さんの取材だけは受けるのでしょう？」今度は右京が訊ねる。

「同期でしてねえ、奨励会の」

「では畑さんもかつてはプロを目指していたんですね？」

「そういう人間が将棋の観戦記者には多いのですよ」

右京は納得顔で頷いた。

四

右京と薫が最後に呼んだのは、かつて棋士を目指していた将棋新聞の記者、畑一樹だった。畑には主に薫が聞き役を買って出た。

「亡くなった西片さんとは同期で仲が良かったと伺いましたが」

「ええ、まあ」

畑は複雑な表情で答えた。

「お気持ちお察しします」頭を下げてから薫が訊ねる。「大野木さんについてなにか聞いてませんか？」

「大野木のこと？」

畑は意外な名前を聞いたという顔をした。

「ええ。前夜祭の時に西片さんを訪ねて来たらしくて」

「そうなんですか」

するとI脇で聞いていた右京が鋭い指摘をした。

「いま、呼び捨てなさいましたね？　『大野木』と」

「まあ、彼も同期なんで」

意外な関係が明かされた。

「ではあなたと西片さんと大野木さんは奨励会の同期なのですね？」

右京が改めて確認をする。

「ええ。まあ中でもぼくら三人は特殊でした」

「特殊とおっしゃいますと？」

右京が訊ねる。

「本来、奨励会にいられるのは二十六歳までですが、ぼくら三人は二十九歳までいました」

「ああ、プロになるための対局に勝ち越すと二十九歳まで延長できると聞いたことがあります」

意外に将棋の世界を知っている刑事に、畑はちょっと驚いた顔をした。

「はい。でも二十九歳までに四段、つまりプロになれなければ奨励会は退会です。それでぼくも大野木も退会しました」

「で、西片さんだけがプロになり、あなたは記者に」

薫が言った。

「ええ。ぼくは運良く将棋新聞に採用されたので」

「そして大野木さんは真剣師になった」

「あいつは将棋を指すことにこだわり続けたんです」

畑の複雑な表情を観察しながら、「なるほど」と右京が頷いた。


同じ頃、にわか捜査本部と化した旅館の一室では、捜査一課の三人がやはり関係者から話を聞いていた。

「西片二冠を殺して得する人物？　そんな人、この中にいませんよ！」

山名の荒げた声が、部屋中に響いた。

「まあまあ、手続き的な質問ですから」

三浦が興奮する山名を宥める。

「ちなみに龍馬戦はどうなるんでしょう？」

脇から伊丹が訊ねる。

「どうなるって、なにが？」

山名はこの高圧的な態度の刑事にちょっと苛ついた顔で聞き返した。

「対局者が亡くなった場合、どうなるかということです」

「村田三冠の勝ちになりますが……まさか、村田三冠を疑うんですか？　そんなことで殺しませんよ！」

山名は一度収めた怒りを再び露にした。

「まあまあ、手続き的な質問ですから」

落ち着かせようと三浦が割り込んだところへ、米沢がやってきた。

「失礼します。お取り込み中のところ、すいません。被害者の客室の指紋を調べてたんですが……」

「えっ、だって拭き取られてたんじゃなかったんですか？」

芹沢が反射的に応えると、

「拭き残しがありました。その中にこの指紋が」

米沢は関係者リストのなかの一枚と、採取した指紋を並べた。そのリストの人物とは、村田三冠だった。

それを見て顔色を変えた三浦が、山名を振り返った。

「すいません、対局者が相手の部屋を訪ねることはあるんですか？」

「通常はありませんが……」

「村田三冠は今、自分の部屋ですね？」

啞然とした山名は、伊丹の問いにコクリと頷いた。

自室で待機していた村田に訊ねると、あっさりと認めた。

「行きましたよ。扇子をやめてくれって」

「扇子?」

三浦は意外な理由に首を傾げた。

「あおぐたびに年寄り臭いにおいがして気が散るんです。まったく、あんな盤外戦術仕掛けてくるなんて……」

村田はわずかに軽蔑するような表情で言った。

「盤外戦術ってなんですか?」

芹沢が訊ねる。

「戦いは将棋盤の上だけじゃなく、盤の外でも戦術があります」

「西片さんの扇子がそうだったということですか?」

伊丹は薫がクンクンと鼻を鳴らして嗅いでいた西片の扇子を思い出していた。

「将棋は人間と人間の戦いです。相手の手を読むと同時に心理も読む必要があるんです。だから、せめて最終日くらいはやめてくれと言いにいったんですよ」

「最終日ぐらい? ということは、つまり行ったのは昨日の夜?」

三浦が聞き返す。

「前夜祭の前ですよ」

「なぜ今までそれを黙ってたんですか？」

伊丹の問いに、村田はちょっとおどおどした声で答えた。

「もちろん、疑われるからですよ」


都内に戻った右京と薫は問題の真剣師に早速会いに行くことにした。大野木亮の居所は難なく見つかった。行きつけの町場の将棋道場にいたのだ。

「真剣師なんてもう今はいないよ」

初老の男性を相手に盤を挟んだ大野木は、全身に無頼な雰囲気を漂わせた男だった。

「しかし、皆さん、あなたをそうおっしゃってますよ」薫は脇に置いてある駒箱に敷かれた数枚の札を横目で見遣った。「どうやらお金賭けてるみたいですしねえ。違法行為ですよ」

「逮捕する気？」

「まあ、この金に手をつけなければ現行犯にはなりませんから」

くわえタバコの大野木は薫をジロリと睨み、不敵に笑った。

「灰が落ちますよ」

薫が灰皿を差し出すと、大野木はようやく口を開く気になったようだった。

「俺に西片のこと訊いても無駄だよ。俺は場末の賭け将棋師、西片はタイトルをふたつも持ったお偉い先生。住む世界が違う」

「昨夜、西片さんとお会いになりましたよねえ？　龍馬戦最終対局の前夜に」

右京が訊ねた。

「六年ぶりにちょっと会っただけだ」

「突然お会いになられた理由は？」

「突然じゃない。西片には電話してから会いに行った」

大野木は矢継ぎ早に質問を繰り出す右京を鬱陶し気に見た。

「電話、いつでしょう？」

「第一局の、初日。第七局まで勝負がもつれたら会いに行くと言ったんだ」

「なにしに？」

薫の質問には即答をさけ、少々考えてから間を置いて答えた。

「西片は……俺が遺した希望だ」

「はい？」

右京が問い返す。

「そんなあいつが二冠になって、龍馬戦の挑戦者になって三冠をとろうとしてる。そう思ったらどうしても会いたくなった」

やさぐれた大野木に、わずかに人間味が滲んだ。

「会ってなにを話されたのでしょう」

「話してない」

右京と薫は顔を見合わせた。

「六年ぶりに西片の顔見たら言葉が出なかった」

「六年前、西片さんとなにかあったんですか？」

「別になにも」

右京の質問にぶっきらぼうな調子で答えた大野木は、駒台から持ち駒を取り出し、盤に置いた。

「はぁ……負けたよ、投了だ」

対戦相手の男性がさじを投げた。

「毎度あり。またどうぞ」

大野木はタバコをグッと灰皿に押し付けると、駒箱に敷いた札を手にサッと立ち上がってそのまま道場を出ていってしまった。

「あ、あ、あ！」

唐突に眼前にした賭け将棋の現場に居合わせて、追いかけようとした薫の腕を右京が押さえた。

五

翌日、将棋連盟を訪れた右京と薫は職員にお願いして、パソコンに保存されている奨励会時代の西片二冠の成績を見せてもらった。意外なことに黒星が多い。職員によると、西片が頭角を現したのはプロになってからだという。大抵トップを争うような棋士は奨励会時代にはもう注目されるらしい。小学生で奨励会に入り二十歳前後でプロになるのが普通のこの世界においては、西片のように二十九歳でプロになるというのは奇跡に近い例外らしい。しかも西片はプロになった途端、人が変わったように勝ち星を挙げてすぐにトップ棋士になったという珍しい経歴の持ち主である。

「たしか、プロになるための対局がありましたね」

右京が訊ねた。

「三段リーグですね」職員はパソコンを検索して、当時の対局表を画面に出した。「西片二冠が二十九歳の時の三段リーグです」

「あっ、右京さん」

薫が画面を指さす。その対戦相手は大野木で、結果は西片の勝ちだった。つまりふたりは六年前にプロをかけた対局をし、そこで大野木は西片に引導を渡されたということになる。

右京と薫は続いてその対局の棋譜を見せて貰おうと、将棋新聞社に畑を訪ねた。生憎、畑は取材に出ていて留守だったが、代わりの記者が六年前の三段リーグの棋譜を出してくれた。

「ありました」

右京が西片と大野木の対局の棋譜を探し出し、指で確認しながら試合をなぞった。

「ひどい対局です。大野木さんが二歩で反則負けしています」

「ん？　二歩？」

薫が首を捻った。その負け方は、今回の龍馬戦第一局の西片の負け方と同じだったのだ。

「六年前も二歩、今回も二歩、偶然ですかね？」

薫が訊ねる。

「どちらも大野木さんがかかわっています」

「いや……、今回の二歩は西片さんと村田さんの第一局ですよ？」

「その日、大野木さんが西片さんに電話をしています」

「ああ、そうか。気が動転したんですかね？」

「はい？」

下らない感想を言ってしまった、と薫は頭を掻いた。

「いや、あの、大野木さんから六年ぶりに電話もらって……しませんよね、そんな電話くらいで」

「そうかもしれません」

「は？」

あてずっぽうで言ったことが上司の賛同を得て、逆に薫は驚いた。

「大野木さんの接触に激しく動揺する理由があった。それも三連敗するほど尾を引く理由が」

右京の眼鏡の奥の瞳が光った。

ふたりはその棋譜のコピーを持って、取材先近くの喫茶店で畑と会うことにした。

「ええ、この棋譜はぼくが取材したものです」

右京は意外に思い、聞き返した。

「しかし、あなたもこの三段リーグで戦っていたはずですが？」

「はい。でもまあぼくは早々と負け越して奨励会退会が決まってしまいましたから」

もう昔のことだからだろうか、畑は屈託なくあっさりと言った。

「それで早く手が空いたんで西片と大野木の対局を見ていたんです。そしたら将棋新聞の記者に棋譜を書いといてくれと頼まれて、それがぼくの初めての取材でした。その時思ったんです。棋士として将棋にかかわることができないなら、これからは記者としてかかわる道があるかもしれないと。それが観戦記者になったきっかけです」

「その時あなたは、西片さんと大野木さんのこの対局をご覧になったわけですね。この対局、大野木さんが二歩で負けていますが、それをどう思われましたか？」

右京が訊ねた。

「この三段リーグの対局表を見ればおわかりかと思うのですが、大野木もぼくと同様に早々と負け越しています。西片との対局の前にもう奨励会退会が決まっていた。つまりあの時、プロを狙える位置にいたのは西片だけだったんです。それも大野木に勝てばプロになれる。西片にはプロになってもらいたい。彼と同じく二十九歳まで奨励会にしがみついた者として、あの時ぼくはそう思いました。もしかしたら、いや、きっと大野木もそうに違いないんです」

「だからわざと二歩を指した」

薫は西片のことを『俺が遺した希望』だと言ったその横顔を思い浮かべた。

「刑事さん、お願いです、このことは……」

「もちろん他言はしません」

右京の言葉に畑は胸を撫で下ろしたようだった。そして、「西片の名誉のためにも」

と深刻な表情で付け加えた。

「はい。お忙しいところありがとうございました」

右京は丁重に礼を述べて畑を見送った。

「なんか気持ちはわかりますよね」

畑の背中を見ながら薫が溜め息をついた。

「はい？」

「いや、大野木さんがわざと負けた気持ちです」

「それが今回の事件に暗い影を落としているのかもしれませんねえ」

「大野木さんが西片さんに会った理由、ですか？」

「それも最終第七局の対戦の前夜に」

「まさか六年前の八百長をネタに強請(ゆす)ったっていうんですか？　でも今さらそんなことバラされても、大したスキャンダルにはならないと思いますよ」

右京は首を振った。

「心の問題かもしれません。それをいま公にされて、潔癖な西片さんが耐えられるかどうか。そういう問題かもしれません」

そう言って右京は喫茶店の席を立った。

「たしかに大野木さんはちょっといけすかない人でしたけど、でも言ってましたよね、西片さんは自分の希望だって。あの言葉だけは俺、信じられる気がするんですよねえ」

　薫は喫茶店を出て車に乗り込みながら言った。

　警視庁の鑑識課の部屋では、米沢が旅館から持ち帰った証拠品を机に並べて右京と薫に見せていた。

「旅館のスリッパを全て調べてみたんですが、屋上の砂埃が付着しているものはありませんでした」

「これは、お香ですね」

　机に並べられたビニール袋の中から右京がひとつを摘み上げた。

「はい。ご依頼いただいたので、調べて同じものを用意しました」

「ああ、本当だ。扇子と便箋についていたのと同じにおいです」

　薫がそれに鼻をつけてにおいを嗅いだ。

「〝龍脳(りゅうのう)〟という芳香性の結晶粉末です。龍の脳と書きます。龍馬戦にはもってこいですなあ」

　米沢が解説する。

「これは？　財布の中身ですか？」

　薫が摘み上げたのは十円玉がひとつずつ入ったふたつのビニール袋だった。

「いえ、被害者の死体のそばに転がっていました。事件とは無関係だとは思ったんですが、気になりまして」

「気になるとは、どういうことでしょう?」

右京が問うと、米沢は謎めいたことを言った。

「指紋が一切ないんです、二枚とも」

三人は顔を見合わせた。


その夜、小料理屋〈花の里〉では、今回の事件に関する記事を担当することになった薫の妻、美和子が右京と薫から取材していた。

「えーと、『いつも前夜祭を抜けて手を練っていた』……『手を練っていた』というのは翌日の作戦を練っていたということですよね?」

美和子はメモを取りながら右京に訊ねた。

「ええ、将棋を指しつつ」

「右京さんが将棋に詳しくて助かります」美和子が頭を下げた。「わたし、全然将棋知らないのに突然こんな記事任されちゃって。えー、で、他になにか西片さんの面白エピソードってあります?」

「はい、ダメ〜」

「はあっ!?」

「マスコミさんに話せるのはここまででーす」

薫が普段の鬱憤を晴らさんとばかりにとおせんぼをした。

プクっと頬を膨らませて不貞腐れる美和子を微笑み交じりに見て、右京が訊ねた。

「美和子さんのほうはなにか面白い取材ができましたか?」

「そうですね。かなり神経質な人だったみたいですね」

「対局中は人の出入りも気にしていたようですね」

「やっぱりそれだけ集中する人だったんですかねえ。心理戦を重要視する人で、顔色やしぐさで相手の心理を読み取ろうとするんだって」

やはり週刊誌の記者だけあって、人間臭い部分についての情報は手堅く得ていた。

「なんか、右京さんみたいですね」

先ほどから酒の肴を準備しながら黙って聞いていた女将の宮部たまきが口を挟んだ。

その意味深な目つきに右京が咳払いをする。

薫が元夫婦のふたりを交互に見て、笑みを漏らした。

「でもそれって自分との戦いかもね」

脇から美和子がしみじみ言った。

「お香を愛用していたのも、自らの気持ちを落ち着かせるためだったのでしょうねえ」

右京が賛同する。

「そうそう、においに敏感で十円玉でにおい消しとかしてたって」

美和子が思い出したように言うと、

「十円玉？」

薫が奇妙な顔をして問い返す。

「靴に入れてたんですって」

「なるほど、銅には雑菌を抑える効果がありますからねえ」そう呟いた右京は、突然なにかに思い至ったように杯をカウンターに置いた。そしておもむろに携帯を取り出して、

「美和子さん、お手柄です。これで全てが繋がりました」と会心の笑みを漏らした。そんな右京を三人はキョトンと見遣る。右京は気にせず、電話口の向こうの米沢に言った。

「杉下です。至急調べていただきたいものがあります。西片さんの靴です。死亡時に履いていた靴！」

## 六

あくる日、右京は将棋新聞の記者、畑一樹を寿々屋旅館に呼び出し、ふたりだけで屋上に上がった。

「西片さんがここから落ちて亡くなられた夜、何者かが西片さんの部屋を荒らしまし

た」

突然の、しかも事件の現場への呼び出しに、畑は警戒の表情で右京の問いかけに答えた。

「ええ、ぼくも見ました」

「その朝、あなたはこうおっしゃいましたね。『あの掛け軸も盤も高価な物でしょうに』と。そう、まるで将棋盤も濡れたようにおっしゃった。たしかに花器が倒れ、掛け軸が濡れていましたが、将棋盤は床の間から少し離れた所にあり、濡れた形跡はありませんでした。しかし、将棋盤が何者かに移動させられていることがわかり、それが気になって調べたところ、盤に拭き取られた跡があることが鑑識の調べでわかりました。そう、あなたのおっしゃるように盤は濡れていたんです。問題はなぜそれをあなたが知っていたかです。あの盤は見る人が見ればわかる貴重品だそうですねえ。それを思いがけず濡らしてしまったあなたは、反射的に床の間から離し慌てて拭いた。違いますか？」

「なんでぼくが盤を濡らすんです？」

「部屋を荒らしたのがあなただからです」

右京に向けた畑の背中がピクッと動いた。

「ぼくが西片を殺したって言うんですか？」

「いいえ、あなたは偽装しただけです」

右京が答えた。

「じゃあ誰が殺したんだ?」

そのとき、屋上に第三者の声が響き、畑は驚いて振り返った。そこには薫に付き添われた大野木が立っていた。

「西片さんは……自殺です」

右京のそのひと言に、大野木も畑も驚愕の表情を見せた。

「西片さんのご遺体のそばに十円玉が二枚落ちてました。西片さんの靴に入っていたものです。だから指紋はついていませんでした」

薫がビニール袋に入ったふたつの十円玉を示した。

「では、いつ、これが靴から落ちたのでしょう?」右京が、畑の正面に回った。「あなたが死体に靴を履かせた時です。つまり西片さんは屋上で靴を脱ぎ飛び降りたんです。脱いだ靴に遺書を入れてから」

「遺書……」

その存在を初めて知った大野木が驚きの声を漏らした。

「靴の片方から西片さん愛用のお香が検出されました」

右京が大野木を見て言うと、薫がそれに続けた。

「彼、封筒にもお香をつけてたんですよ。手紙の送り先がわからないはずです。手紙じゃなくて遺書だったんですからね」

「話していただけますね？　西片さんが飛び降り自殺をした夜、一体なにがあったのか」

右京の言葉に、それまで呆然としていた畑が顔を上げた。

「あの夜、ぼくは、翌日の最終対局に備えて夜遅くまで棋譜の整理をしてました。そんな時、西片から電話があったんです。『見てほしい物がある。新館の屋上にいる』そんな電話でした。どういう意味か訊ねようにも西片はそのまま電話を切ってしまった。嫌な予感がしたぼくは部屋を飛び出し、急いで屋上に向かいました。手すりの脇に一足の靴が揃えて置かれていました。そしてその片方の靴の中に、遺書が入っていたんです。ぼくはその場でそれを読みました」

西片の遺書にはこう書かれていた。

――私の将棋人生は奨励会に入った時ではなく、六年前、三段リーグで大野木と対局した時に始まりました。その時私は既に二十九歳、彼との対局に勝たねばプロにはなれず、奨励会を退会しなければならぬ状況でした。その対局は大野木が二歩の反則負けをし、早々と決着がつきました。そう、私は彼に星を譲られたのです。その時の私は屈辱よりも喜びを感じていました。苦しみがやって来たのはプロになってからです。あれは大野木が勝手にやったこと、その分プロとして真摯に打ち込めばいい。そう思い、打ち込めば打ち込むほど自分は偽りのプロだという思いに苛まれました。私と大野木の対局を見届けた畑が観戦記者となり、私の周りで目を光らせていたことも重圧でした。それでも懸命に将棋を指し続ければいつか罪悪感も消える、そう信じてタイトルを重ね、念願の三冠目に挑もうとした矢先……第四十六期龍馬戦第一局の当日、大野木から六年ぶりに連絡がありました。その電話で彼から「俺のことを覚えているか？」と問われ、私は怯えました。やはり大野木も覚えていた。六年前のことを忘れてはいなかった。そう思った瞬間、頭が真っ白になり、その後の言葉は一切耳に入りませんでした。同時に私は決心しました。この龍馬戦を私の最後の対局にしようと。この対局を終えたら潔く棋士を辞め、全てを公表しようと。しかし、その龍馬戦最終局の前夜である今夜、大野木が私の前に現れました。彼はなにも言いませんでしたが、私は察しました。私はこれまでも棋士でいてはいけない人間だったのです。彼を目の前にしてやっと私はそれに気づきました。私にはもう、最後の一手ですら指す資格はないと。これまで将棋を愛してくれた多くの人々を裏切り続けていたことを、命をもってここに謝罪します。最後に畑へ、六年前のことを知るきみに、これを公表してほしい。六年前、われわれの対局を見届けてくれたように。

　畑から遺書の内容を聞いた薫が、思わず声を漏らす。

「そんな……それくらいのことで、なんで自殺なんて……」

目を丸くする将棋音痴の刑事に畑が嚙み付いた。

「それくらいのことじゃない！　勝負の世界に生きる棋士にとって、一度でもした不正がその後どれほどの傷になるか。ましてそれがプロになるきっかけとなった対局だったら、どれほどの……。それでも、ぼくにとって西片は希望だった。彼の終盤を汚したくなかった、絶対に。そのためにも自殺だと思われてはいけない。西片の部屋が荒らされていたら事件だと思ってもらえるかもしれない。そのまま犯人がわからず、迷宮入りになってくれれば……」

そう思った畑は、西片の靴を脇に抱え、屋上のドアノブに付いた自分の指紋を拭き取った。そして一階に下りて裏庭に回り、西片の亡骸に靴を履かせた。それから急いで西片の部屋に行って、いかにも何者かが部屋を荒らしたような偽装をしたのだった。

「なんで、なんでいまさら西片を追い詰めるようなことをした！」

一通り語り終えて肩を落とした畑は、いきなり顔を上げて大野木を罵った。

「追い詰めるなんて、そんなつもりは……あの時は本当に胸がいっぱいでなにも言えなかった、それだけだ」

真実を知った大野木の目には涙が溜まっていた。

「六年前、八百長した奴がこんなタイミングで現れれば、棋士なら誰だって追い詰められる」

さらに畑からなじられた大野木は、「八百長なんかしてない！」と怒鳴り声を上げた。そして意外なことを口にした。「六年前、たしかに俺はあの対局の前に負け越してクビが決定してた。そのショックは大きかった。でも西片はプロかクビかの瀬戸際、だからこそ俺は気持ちを切り替えて対局し、手を緩めちゃいけないと思った。だが、そう気負いすぎたのかもしれない。それで思わずあんな初歩的なミスを……。それが真実だ。六年前の真実だ」

「そんな……じゃあ西片は六年もの間、なにに怯えなにと戦ってたんだ？」

畑はあまりの皮肉な運命に言葉を詰まらせた。

「西片さんは自殺でした。しかし畑さん、現場を偽装し捜査を混乱させたことは立派な公務執行妨害です。全てを彼らに話してください」

右京の指さした先には捜査一課の三人が立っていた。

「遺書は公開されるんでしょうか？」

畑は最後の気がかりを口にした。

「遺書を公開しなければならないという義務はありません」

正確な言葉で畑に答えた右京は、後を捜査一課に任せてドアに向かって歩いて行った。

それに続いた薫は、伊丹とすれ違いざま畑に向かって言った。

「こんな奴らでもね、西片さんの名誉は最大限守ってくれると思いますよ」

「うるせえよ、俺たちをなんだと思ってんだよ！」

伊丹は薫を追い払う仕草をすると、

「さあ、話を聞かせてもらいましょうか」

と畑と大野木を促した。

「でもやっぱり俺にはわかりませんよ、彼らの気持ちが」

旅館の見事な庭を横切りながら、薫が呟いた。

「棋士は皆、純粋なのでしょう。あまりに純粋すぎたのかもしれません」

「それでも自殺なんかすべきじゃなかった」

「そのとおりですねえ。自分の人生を読みすぎて、読み違ってしまったのかもしれませんん」

見上げると青梅の山々の向こうに、静かに夕日が落ちていった。

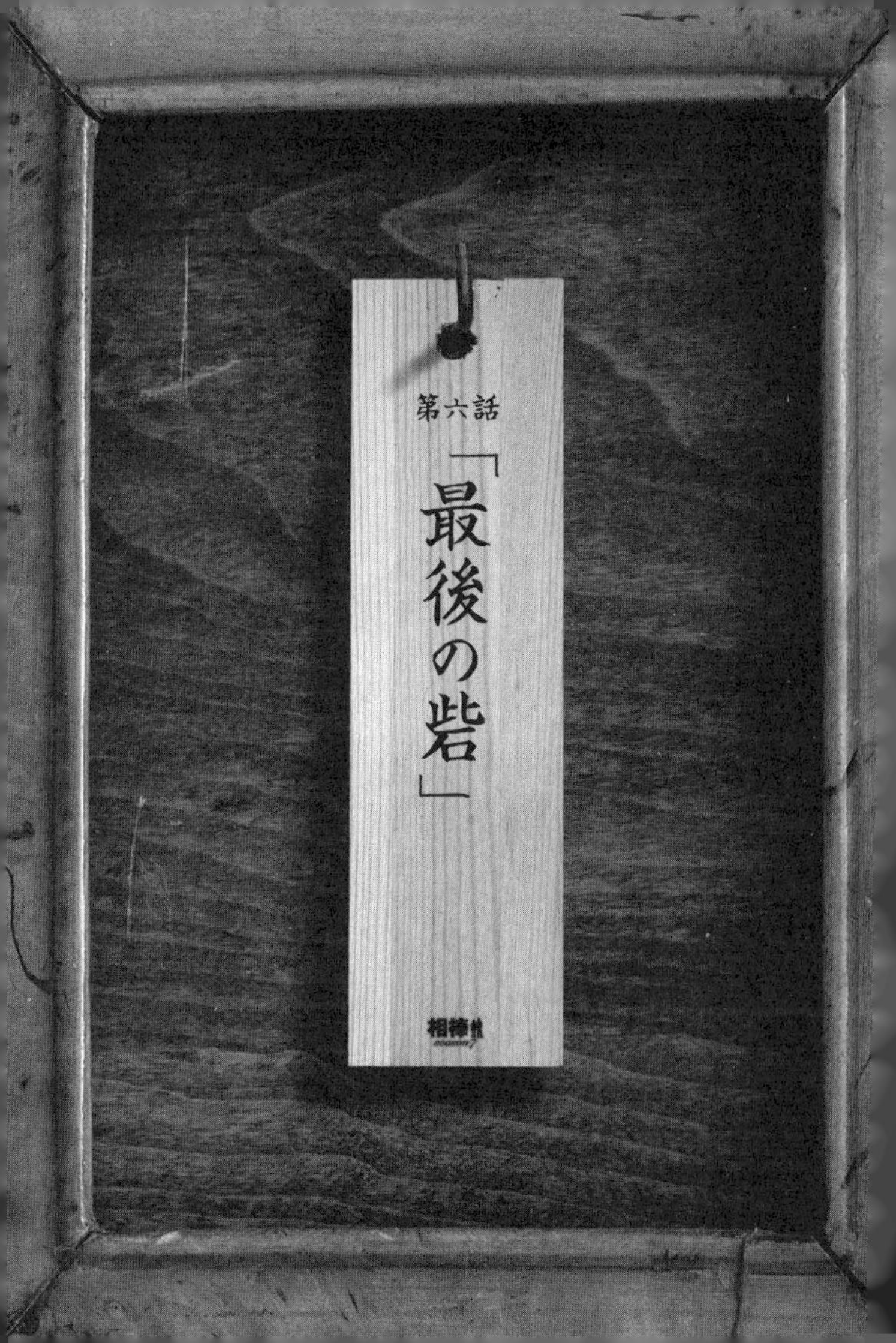
第六話
「最後の砦」

一

夜の闇に鋭利な刃物が不気味に光る。

都内大田区で連続して起こった通り魔事件は、いずれも未明、路上を歩いている女性の背後からスクーターで近寄り、切りつけてそのまま逃げ去るという同じ手口であることから、同一犯の可能性が高いと見られていた。

時を経ずしてある青年が被疑者として北川署に連行された。辻正巳、三十六歳。ふたつの事件現場からさほど離れていないマンションに住む独身男性である。しかし、辻は頑なに犯行を否認し、取り調べは三日目に入っていた。

「何度でも訊くぞ、凶器の刃物はどこへやった?」

この事件の担当となった刑事、野村修司の苛立ちも頂点に達していた。同様に被疑者、辻の疲労もすでに限界を超えていた。

「こいつが去年起こした事故の記録を持ってきてくれ」

脇にいたもうひとりの刑事は野村に命ぜられるまま部屋を出た。それから野村は辻の顔にライトを浴びせて黒いスクーターの写真を机に置き、これまでにも執拗に浴びせてきた言葉を、粘っこい口調で繰り返した。

「去年こいつで起こした事故の話、もう一度しようか。酒場で愚痴こぼしてたそうだなあ。慰謝料をがっぽり請求されて頭にきたって。被害者の女がムカつくって。女を憎んでたのか？　女だったら誰だってよかったのか？」

今にも机の上に突っ伏して眠りそうなところをギリギリで堪えていた辻の口から小さな声が漏れた。

「す……すいません」

そのひと言で、野村の表情がパッと和らいだ。

「そうだ、話せ。もうこうして三日だ。おまえも疲れたろう？」

野村は労わるように辻の背中をさすった。ところが、

「ト、トイレ……」

それを聞いた瞬間、野村の顔が鬼のような形相に変わった。

「トイレだあ⁉　ふざけるな！」

野村は辻の椅子の背もたれに片足をかけ、力いっぱい蹴飛ばした。床に倒れる間際に、辻は窓の桟でしこたま後頭部を打った。ゴンという鈍い音がした。それにも構わず、野村は仰向けに倒れた辻に馬乗りになった。そして内ポケットから辻の首写真を出して突きつけ、

「おまえは見られてるんだよ。この男に間違いないって被害者も証言してるんだ！　お

い、起きろ」

野村は辻の胸倉をつかんで激しく揺さぶった。しかし、瞳孔が開き一切反応のない辻を見て、野村は突如青ざめた。

「お、おい！」

首筋の動脈に手を当ててみる。が、脈はなかった。野村は辻の身体から飛び退いて震えた。そして倒れた脇に血が一滴落ちているのに気付き、慌ててポケットからハンカチを出した瞬間、なにかに思い至りハッと顔を上げて壁のマジックミラーを睨んだ。その裏側には取調監督官がいるはずだった。そのときドアがバタンと開き、取調監督官の下柳努巡査部長が現れた。一瞬躊躇（ためら）った野村だが、そのままハンカチで床の血の痕を必死で拭き始めた。

「あっ、ちょっと！」

思わず下柳は声を上げた。

「取調監督官ですか」

特命係の杉下右京は、鉄板を挟んで向かい合った小野田公顕（こうけん）の手先を見るともなく見ながら聞き返した。

お好み焼きでも食べない？　と、警察庁官房室長の小野田から携帯でランチの誘いを受けた右京は、いつもながらの強引な誘いに辟易しながら、小野田に付き合うことにしたのだった。

「そう、取調監督官。取り調べに規律違反がないか監視する警察官ね」

小野田は金ベラを使って几帳面にお好み焼きを四等分しながら答えた。

「たしか来年の四月から施行される予定でしたね」

「うん。今はそのテスト期間中」

「取調監督官は規律違反と判断すれば、取り調べを中止させる権限を持っているはずですが」

「そう。だから取り調べに問題はなかったんじゃないかしら」

小野田が指しているのは、北川署で亡くなった被疑者のことだった。よりによってこの北川署では、件の取調監督官制度を試験的に実施していたのである。北川署の署長からは死因に直結するような暴力的な取り調べはなかったとの報告が本部にあがっていた。

「万一違法な取り調べがあり、それを取調監督官が止めなかったために被疑者が死亡したとしたら、大変ですねえ」

小野田は正確に四等分したはずのお好み焼きをしげしげと見つめ、少しでも大きいと思われる一片を選んで自分の皿に取りながら、

「おまえは嫌な想像をするねえ」

としみじみ言った。

「取調監督官制度は頓挫し、取り調べの録画、録音、弁護士の立ち会いといった声が大きくなるかもしれません」

右京も自分の皿にお好み焼きを取り箸をつけた。

「あら、それを避けるために作った制度なのに……」

「それを避けるためにぼくにこんな話をなさってる」

ひと口頬張って、右京が訊ねた。

「ううん、これは食事中の雑談」

やはりこの人は食えない……右京は上目遣いに小野田を睨んだ。

小野田にそんな話を聞かされれば、なおさら首を突っ込みたくなるのが杉下右京である。早速部下の亀山薫を伴って、問題の北川署に赴いた。

「えーと、すいません。スクーター通り魔の取り調べ担当の方は？」

刑事課のフロアで薫が声を上げた。するとグレイのブルゾンを羽織った刑事が立ち上がり、こちらにやってきた。

「本部の方ですか？」

「あ、ええ、まあ」

本部、と言われればそうだが……躊躇いつつも薫が頷くと、その刑事、野村は勇みがちに重ねて訊いてきた。

「検視官の資格をお持ちの？」

右京が脇から「ええ、持っていますが」と前に進み出た。偽りはない。

それを聞いて納得した野村は、「お待ちしてました。こちらです」と急ぎ足でふたりを霊安室に導いた。

「辻正巳、三十六歳。スクーター通り魔の被疑者です」

右京は遺体の顔から布を外した。

「傷のようですねぇ」

唇の端に五ミリほどの切り傷の痕があった。

「それは初めからあった傷で……」

野村は言い訳めいた口調で答えた。続いて右京は遺体の下唇をめくってみた。歯茎にまだ生々しい傷があった。

「出血したばかりのようですが……」仔細に観察した右京は野村に正面から向き合い、「解剖すべき。それが検視官としての結論です」と宣告した。

「そんな！　話が違うじゃないですか」

野村は慌てふためいて抗議の声を上げた。

「話が違う、とは？」

右京が怪訝な眼で野村を見ると、

「えっ、事件性がないことを証明しに来たんじゃないんですか？」

聞き捨てならないことを堂々と言う。そのひと言で、右京にはカラクリのすべてが見えたようだった。

「なるほど、そういう検視官が来る予定でしたか」

そのとき、霊安室の鉄の扉が音をたてた。振り返るとそこには主任監察官の大河内(おおこうち)春樹が立っていた。

「あなた方がなぜここに？」

解せない顔で大河内は右京と薫を睨む。

「そういうあんたは誰だ？」

ぞんざいな口調で誰何(すいか)する野村の背後から、薫が小声で忠告する。

「言葉に気をつけたほうが……監察官ですよ」

「か、監察官!?」

野村は思わぬ大物の登場に狼狽した。

「今回の取り調べについて調査するために来ました」

大河内は冷徹な声で野村に告げると、右京と薫の方を見て、

「あなた方は速やかにお引き取りください」

と有無を言わせぬ口調で命じた。

廊下に出た薫は、先をスタスタとゆく上司の背後に問うた。

「どうします？　正規に調べる人が来ましたけど」

「われわれは、われわれの捜査をするだけです」

「ですよね」

薫は胸がすく思いで後に続いた。

二

警視庁に戻った右京と薫が鑑識課の米沢守を訪ねると、米沢は明かりを落とした部屋で青い蛍光ペンライトを持ち、なにかを調べていた。

「取り調べの報告書ですか？　死亡した被疑者の」

背後から右京が声をかけると、ハッと驚いた米沢が特殊なグラスを外して顔を上げた。

「え、ええ」

「大河内監察官から報告書に改ざんの跡があるかどうかの鑑定を依頼されたわけですね？」

図星を指された米沢は、いつもなら嬉々として状況を説明するのだが、今日はなにやらよそよそしい。おそらく上部からの圧力がかかったのだろうと察した右京は先回りをする。

「では、われわれが勝手に見てしまったということで」

「あっ、助かります」

米沢は安堵の溜め息をついた。

右京は「失礼」と断って報告書を読んだ。

「米沢さん、これは？」

薫が証拠品の並んでいる棚を指す。

「ああ、それは亡くなった辻正巳さんのものです」

「あ、勝手に見ちゃってます」

薫も勝手を心得た顔で証拠品の中から腕時計の入ったビニールの小袋を取り上げた。

「ん？　止まってますね」

薫からその時計を受け取った右京は隅々まで観察した。

「金属面のここ、ガラス面のここに傷がありますねえ」

「どっかにぶつけて止まっちゃったんですかね」

薫もその傷を確かめる。

「この傷ですが……」

最後まで言わずに右京が米沢に目を遣ると、

「もちろん調べます」

米沢は目配せして応えた。


特命係の小部屋に戻った右京と薫は、ホワイトボードを使って事件の事実関係を整理してみた。報告書によると、死亡した被疑者、辻正巳には事件発生当時のアリバイはない。さらに押収された辻のスクーターは黒で、ふたりの被害者の供述とも合致している。

「でも黒いスクーターなんて珍しくないですよ。それに事件があったのは夜ですから、黒く見えただけかもしれませんし」

薫の意見には右京も同意した。そこで薫が根本的な疑問を呈する。

「なんで辻さんは任意同行されたんですかね？」

「ふたり目の被害者が辻さんの写真を見て、犯人に間違いないと供述しているそうです。しかし、犯人はフルフェイスのヘルメットを被っていました」

「じゃあどうやって顔を見るんですか？」

薫のこの疑問も至極順当である。

「さらに報告書には気になる記述がありました。二十三日十七時二十分、これは辻さんが任意同行された日時ですが、辻さんの時計はその十分前、すなわち二十三日の五時十分で止まっていました。しかも時計は傷だらけです」

「直前になんかあったんですかね？」

右京は軽く頷き、最後に重要な指摘をした。

「報告書にはさらに、三日間の取り調べ時間が記されていましたが、中には十四時間以上取り調べた日がありました」

「えっ⁉」

薫が絶句した。

北川署では大河内が野村と下柳から事情を聴取していた。

「『取り調べは適正に行われた』と報告書にありますが、間違いありませんね？」

大河内はふたりをグッと睨んだ。

「間違いありません」

野村が強い口調で即答した。

「下柳巡査部長」

大河内の冷たい声に一瞬おののいた下柳は、

「はい、間違いありません」

と言って俯いた。

「ではひとりずつ聴取します。まずは取り調べを担当した野村警部補」

下柳が部屋を出て行くと、早速大河内が問い詰めた。

「十四時間以上取り調べてる日がありますね。本来一日八時間を超える取り調べは規則違反です」

「署長の許可を得ています」

野村は眉ひとつ動かさずに答えた。

一事が万事、そんな感じの野村は大河内の鋭い突っ込みにも臆するところなく、極めて通り一遍の返答に終始した。

ところが下柳のほうは違った。

「あなたはどちらを向いて仕事をしていましたか？　取調監督官は取り調べる警察官のためではなく、取り調べられる被疑者のためにいるんですよ」

そこですでに激しく動揺していた下柳は俯いたまま歯を食いしばり、一字一句を絞り出すように言った。

「でも、私も、警察官ですから」

犯行時間のアリバイがなかったとはいえ、スクーターが黒かったというだけでは辻を犯人と特定する根拠にはなりえない。ましてや犯人はフルフェイスのヘルメットを被っていたのである。右京と薫は被害者に直接会って、供述の詳細を聞くことにした。

被害者の加奈は都心のオフィスビルで働いていた。受付で呼び出すとふたりを近くの公園に連れ出した。

「ええ、襲われた時は暗かったです」

薫の指摘を加奈は認めた。

「じゃあスクーターが黒だったかどうかは……」

「でも、黒く見えたんです！」

「黒く見えた、ですか」

明らかに加奈は、自分の証言に固執していた。

「あなたは犯人の顔も見ていますよね？」

今度は右京が訊ねた。

「襲われた時、犯人にぶつかってヘルメットの目の部分が一瞬見えて……」

「つまり、目の部分だけ？」

薫が問い返すと加奈はおずおずと頷いた。

「それで、どのように供述をしたんですか？」

右京が穏やかに訊ねた。

「似顔絵描いたとか？」

薫の言葉に加奈は首を振った。

「刑事さんに写真を何枚か見せられて、犯人に似てると思う人を指してくれって……」

右京は薫と目を見合わせた。


次にふたりは辻の住んでいるマンションを訪ねた。

「ああ、ここですね」

薫が先導してそのマンションに入ろうとすると、背後から聞き覚えのある声がした。

「困りますね、勝手な捜査は」

振り返ると捜査一課の三浦信輔が、そしてその後ろに同じく捜査一課の伊丹憲一と芹沢慶二がいた。

「鼻が利きますねぇ～」

芹沢が呆れ声を上げる。

「そういうあなた方は？」

「なんでおまえらが辻さんのマンションにいんだよ!?」

右京と薫が続けざまに問う。たしかにここは捜査一課が出る幕ではないはずである。

「とにかく、おまえらはかかわるな」

伊丹はボソリとそう言い置くなり、マンションの中に消えた。

「あらっ、なんか今日はえらく淡泊ですね」

　薫が拍子抜けして首を傾げる。それには訳があった。そもそもこの件に彼らが乗り出してきたのは、刑事部長の内村完爾の命によって、辻が今回のスクーター通り魔事件の犯人だという裏付け捜査をするためだった。辻が真犯人であり、死亡前に自白したことにすれば、そういう被疑者に対して警察が暴行を働く理由がないという論が成り立つ。それは極めて本末転倒な話で、特に正義感だけは人一倍強い伊丹のプライドをひどく損なうことだった。

　伊丹たちがマンションの住人や管理人に聞き込みを始めたのを見届けた右京と薫は、彼らと重ならないように地下駐車場に行ってみた。

　ふたりが辻のスクーターの停めてあったあたりを調べていると、外から駐車場にやってくる青年がいた。

「すいません。警察の者ですけど、このマンションの方ですよね?」

　薫が警察手帳をかざして訊ねると、スタジアムジャンパーを着たその青年は戸惑いがちに立ち止まった。

「この人もこのマンションの人なんですけど、面識ありませんかね?」

　薫はフライトジャケットのポケットから辻の写真を出してその青年に示した。

「ああ、逮捕された人」

青年は即座に答えた。

「なぜそう思うのですか？」

脇から右京が訊ねると青年は意外な顔で、

「いや、だって、パトカーに無理矢理乗せられるのをここで見たんで」

と口を尖らせた。

「無理矢理？」

薫が聞き返す。

「ええ。結構、強引でしたよ」

「ほお」薫は少し考えるように間を置いてから、「じゃ、普段のお付き合いっていうのは？」と訊ねた。

「それは、ないですね」

「そうですか。どうもありがとう」

薫が頭を下げると、青年はスタジャンのポケットに手を突っ込んで駐車場を出て行った。

「無理矢理って言ってましたけど、任意同行のはずですよね」

薫は首を傾げながら、辻のスクーターが停めてあった場所にしゃがみこんでみた。

「ん？　これ、辻さんのスクーターのタイヤの痕ですかね」

薫の指さす先にはコンクリートの上に擦れた黒いタイヤの痕が着いていた。それを見て右京が独り言のように呟いた。

「タイヤ痕は犯行現場になかったのでしょうか？」

「報告書にはなんて書いてあったんスか？」薫が訊ねる。

「タイヤ痕の記述はありませんでしたねえ」

「じゃあ、現場で採取できなかったんですかね」

ふたりして解せぬ思いを残したまま、その駐車場を後にした。

「なんだか捜査がずさんな気がしますよねえ。それにマズイですよ、任意なのに強引に車に乗せちゃ」

警視庁へと戻る道すがら、薫は野村のやりかたを非難した。

「たしかにマズイですねえ」

「完全な違法捜査ですよね」

そこで右京が突然立ち止まり、薫を振り向いた。

「そんな違法捜査を、もしぼくがしたとしたら、きみはどうしますか？」

「は？　いや、だって……えっ？」

右京の問いかけに意表をつかれた薫は返答に窮した。

「では下柳さんはどうだったでしょう。野村さんの違法な取り調べを目撃したとして、同じ署で働く警察官が一切の仲間意識を捨てて職務に当たれるでしょうか」

「仲間意識、ですか……」

問いかけだけを残し、先を歩いていく右京の背中を見て、薫は呟いた。

三

北川署では大河内による野村と下柳への事情聴取が続いていた。青ざめた顔で部屋を出てきた下柳と、入れ替わりに呼ばれた野村が廊下ですれ違った。

「また呼ばれたよ、監察官に。まいったなあ……。久しぶりに見舞いに行けると思ったのに」

野村が聞こえよがしに独りごちる。

「見舞い?」

弱々しい声で下柳が問い返した。

「ああ、入院しててなあ……お袋が」

野村はこのひと言が確実に下柳に届いたのを見届けてから、「野村です、失礼します」と部屋のドアを開けた。

そのわずか後、警視庁本部に呼び出された下柳は、刑事部長の内村と参事官の中園照生の前に立ち、ガチガチに緊張していた。

「下柳巡査部長、呼び出された理由はわかるね？」

中園が意味深な響きを込める。

「はい。いえ、あの……」

下柳はどう答えたらよいか分からずに、ひたすら俯くばかりだった。

「いやあ、杉田署長が心配していてねえ。きみがどうも気に病んでいるようだと」

中園は少しでも下柳の緊張をほぐそうと明るい口調を装ったが、それも逆効果だった。

「気持ちは察するよ。取り調べ監督中に被疑者が死亡したんだ。責任を感じて当然だ」

内村が後ろ手を組んで下柳の脇に立った。「だが、それはもうきみだけの責任ではない。きみを取調監督官に任命した警察全体の責任だ。つまり今後、きみの不用意なひと言が警察全体の責任問題になる。全国二十数万人の警察官全員の、だ」そこで内村は一旦言葉を切って下柳を見た。慰めているのか脅しているのか判然としない内村の一言一句に、下柳は震えている。「下柳くん、警察の威信を守る最後の砦になってくれ。このとおりだ」内村はそこで四十五度腰を折って頭を下げた。中園もそれに倣って深々とお辞儀をした。

下柳はますます追い詰められた。

今回の捜査方法には数々の疑問点がある。そのことを質（ただ）そうと、右京と薫は北川署に赴き、野村を屋上に呼び出した。

「辻正巳さんを無理矢理車に乗せた。そういう目撃証言がありました」

あからさまに迷惑そうな顔をしている野村に、薫が訊いた。

「そんな証言、なんの証拠にもなりませんよ」

「ではタイヤ痕はいかがでしょう？　辻さんから押収したスクーターのタイヤと現場から採取したはずのタイヤ痕は合致しましたか？」

詰問する口調の右京に、野村は「なぜそんなことを？」と問い返した。

「報告書にその記載がなかったもので」

「現場からタイヤ痕は採取できなかったんです」

野村もしらばっくれた顔で答えた。

「現場は二カ所ありましたよね？」

薫がさらに追及すると、野村が苛立った声をあげた。

「二カ所とも採取できませんでした」

「二件目では犯人のスクーター、一度止まってますけど、そのブレーキの痕跡もなかったんですか？」

薫は細部にわたって突っ込んでみたが、

「ええ、残念ながら」

しれっと言い置いて、野村は去っていった。

「ホントになかったんスかねえ？　タイヤ痕。ちょっと現場へ行ってみましょうか」

頑なに拒絶反応を示す野村の背中を見送りながら、薫が右京に言った。

「すでに一週間以上が経過しています。タイヤ痕が残っていたとしても判別は難しいかもしれませんね」

「じゃあ、米沢さんに頼んで、ここの鑑識に問い合わせてもらいましょうか」

右京はそれに無言で頷きつつ、

「その前に行きたい所があります」

とすでに歩き出していた。

「どこへ行くんですか？」

薫が訊くと、右京が思わせぶりに答えた。

「辻さんのマンションへ。ちょっと気になることがあります」

その頃警視庁では、こめかみに青筋を浮かべた大河内が刑事部長室のドアを叩いていた。

「記者発表をなさると伺いましたが、本当でしょうか？」

刑事部長の内村とサシで向かい合った大河内は、声を震わせて詰め寄った。

「これ以上時間をおくと、なにか隠蔽したのではないかと勘ぐられる」

一方の内村は、なに食わぬ顔で後ろ手を組み窓の外の風景に目を遣った。

「野村警部補と下柳巡査部長を聴取した結果、重大な事実を隠しているという心証を持ちました。遺体を解剖しようと考えています」

解剖、という言葉に内村の顔がピクリと引きつった。

「解剖の必要はない。検視も済ませた」

「検視？」

思ってもみなかったことに、大河内は聞き返した。内村は秘密裡に検視官の資格を持っている部下の中で、口が堅くて言うことを聞く人間を北川署に派遣していたのだった。

「検視の結果、事件性はなかった」

「それでも解剖はします。失礼します」

ジロリと振り返って睨みつけた内村と目も合わさずに、大河内は刑事部長室を出た。

バタンとドアが閉まったあと、内村はデスクの上の電話を取った。

「小野田官房長に繋いでくれ」

無愛想な声で交換手に伝えると、グッと天井を見上げた。

時を置かずして記者会見が開かれた。集まった報道陣に向かい、マイクを握った中園が事務的に発表用の文書を読み上げた。

「先日起きた北川署内での取り調べ中の被疑者が死亡した件について、警視庁の監察官が調査をした結果、被疑者に対して違法な取り調べはありませんでした」

「ホントかよ、それ」

会場がざわめいた。

「えー、脳こうそくによる脳卒中という検視報告を受けました。よって警視庁は解剖の必要性はないと判断しました」


記者会見の模様を特命係の小部屋のテレビで見ていた薫が、素っ頓狂な声を上げた。

「脳卒中？」

そこへ米沢が入ってきた。

「北川署の鑑識に訊きました」

「スクーターのタイヤ痕は？」

薫が手にしたコーヒーカップをテーブルに置いて訊ねた。

「二件目の犯行現場で採取されたそうです」とそこまで口早に報告し、「では、私はこれで」と部屋を出て行こうとした米沢を、右京が呼び止めた。

「もうひとつお願いしたいことが……」

右京は左手の人差し指を立てた。

内村から電話を受けた小野田は、直ちに大河内を警察庁の自分の部屋に呼びつけた。

「おっしゃってる意味がわかりかねます」

大河内は小野田に反発し、頑なに口を結んだ。

「だからね、解剖はもう少し待ってって言ってるの」

椅子をくるりと横に回し大きく足を組んだ小野田は、ソフトだが有無を言わせぬ口調で命じた。

「官房長、これはチャンスです」

「チャンス？」

「警察に隠し事はないと知らしめるチャンスです」

「それはとても立派な考えだけど、でもチャンスを生かすにはタイミングがあるんじゃないかしら」

「……は？」

大きくはぐらかされた大河内は、怪訝な顔で小野田を見遣った。

「どういうことです!?」

同じ頃、刑事部長室では、伊丹が内村に噛み付いていた。

「言葉を慎め！」

脇に立つ中園が色めき立った。

「われわれの報告を待たずに記者発表するなんて！」

伊丹にしてみれば、警察の体面を保つためのみの裏付け捜査、というプライドを踏みにじるような仕事を命じられた上に、これでは二重の屈辱である。

「報告は受けた」

伊丹は後ろに立っている三浦を振り向いた。目を逸らした同僚を見て、すべてを悟った。裏切り者は捜査一課の中にいたのである。

「おまえたちの裏付けは大いに役に立った。ご苦労」

内村は一息にそう言い放つと、問答無用といわんばかりに捜査一課の三人に背を向けた。

ものすごい形相で振り向きもせず廊下をずんずん歩く伊丹を、三浦が必死に追った。

「おい、伊丹！　どんな報告しても結果は同じなんだ！　形だけの捜査だったんだ。それぐらいわかれよ！」

肩にかけられた三浦の手を振り払って、伊丹はまたひとり歩いて行った。

四

右京と薫は北川署に下柳巡査部長を訪ねた。

「スクーターのタイヤ痕？　それなら捜査担当の刑事に訊いてください」

廊下に呼び出して訊ねると、下柳はそそくさと逃げるように歩みを速めた。

「現場から採取できなかったと言われました。ホントになかったんですか？」

その背中に薫が投げかけた。

「取調監督官ならば鑑識資料を見られるはずですが」

右京が追い討ちをかける。立ち止まった下柳は唇を嚙んでグッとふたりを睨んだのち、

「あなた方に話す義務はありません」

と肩を怒らせて早足で去っていった。

「わかりやすい人。ここの鑑識倉庫にありますね」

薫が下柳の後ろ姿を顎でしゃくった。

右京は携帯の番号をプッシュして耳に当てた。

「大河内監察官ですか？」

外出先から北川署に戻ってきた野村は、入り口にたむろする報道陣に取り囲まれた。

「すいません、死亡した辻さんを取り調べたんですよね？　取り調べは適正に行われたんですか？」

「野村さん、答えてください。暴行は本当にあったんですか⁉　野村さん！」

「取調室でなにがあったんですか⁉」

マイクを突きつけ口々に罵声に近い大声で質問を浴びせる報道陣に背を向けて、野村は玄関に飛び込んだ。階段を上っていくと二階から下柳が降りてくる。軽く目礼だけして擦れ違おうとしたとき、

「タイヤ痕……」下柳が呟いた。

背を見せていた野村がビクッとして振り返る。

「タイヤ痕、採取してないって言ったんですか？」

下柳の顔は引き攣っていた。

「被疑者の死に事件性はない。記者発表も済んでる」

野村は溜め息をついて下柳を諭すように言った。

「本部の刑事がタイヤ痕のことを言い出した」

下柳の顔はすっかり青ざめている。

「大丈夫だ、俺がなんとかする」

野村はクルリと背を向け、その場から立ち去った。

その足で野村が向かったのは、証拠品室だった。スチール棚に積み重ねられた段ボールの中から《スクーター通り魔事件》のラベルが貼ってある箱を探し当てた野村は、急いで蓋を開けて封筒を取り出した。封筒を開けようとするところへ、背後から伸びてきた手が野村の腕をがしっと摑む。

「誰だ？　おまえ」

驚いた野村が振り返る。伊丹だった。

「タイヤ痕は採取できなかったんじゃないのか？」押し殺した声でそう言うと、伊丹は内ポケットから警察手帳を出した。「この件の裏付け捜査をしてる者だ」

「その裏付け捜査は終わったはずです」

入り口の方からまた別の声がして、ふたりはそちらに目を遣った。スチール棚の陰から大河内が現れた。

「そのタイヤ痕は私が押収します」

野村の手元からさっと封筒を奪い、部屋を出て足早に歩いていく大河内を、野村が必死の形相で追いかける。

「ちょっと待ってください！　捜査中の鑑識資料を持っていかれては困ります！」

絡み付いてくる野村の腕を振り切りながら、大河内は歩みを止めない。

「なにが捜査だよ。鑑識資料を隠すのが捜査か！」

野村の背後から伊丹が罵声を浴びせると、その声に反応した野村が立ち止まった。

「あんたには関係ない！」

「おめえみたいな警官がいると迷惑なんだよ！」

伊丹と野村の罵り合いに、うんざりした顔で大河内が振り向いた。

「とにかく！　私にはこれを調べる権限があります」

宣言してまた足を速める大河内を、野村は執拗に追った。

「いや、ちょっと、ちょっと……。待ってください」

そのとき、行く手をふさぐように下柳が顔面蒼白で立っているのが見えた。大河内も伊丹も、そして野村もハッと立ち止まる。

その下柳の背後から、右京と薫が現れる。

「知ってましたね？　あなたはタイヤ痕の存在を」

右京が静かに語りかけた。

「もう、全部話してくださいよ。取り調べで見たこと全部」

薫が懇願するように声をかけた。

「無理ですよ……」

項垂れた下柳は、しばし黙り込んだ後、ぽそりと呟いた。

「無理？」

聞き返した薫のほうを睨んで、下柳が声を荒げる。

「不祥事を報告しても、上層部は喜びません」

そのせりふに怒りを爆発させたのは伊丹だった。

「なに言ってる！　おまえ、取調監督官だろ！　だったらおまえ……」

伊丹から浴びせられた言葉を振り切るように首を激しく振った下柳は、青ざめた顔でよろよろと人々から離れた。

「告発なんてしたら仲間を裏切ることになる！　貶めることになる。なら一体……、なんのための監督官なんだ⁉」

泣き叫んだ下柳は、血走った目で周囲を見渡した。一瞬時間が止まったような沈黙の中、下柳の右手が腰のベルトに伸びた。

「亀山くん！」

右京の叫び声と同時に、薫が飛び出す。

北川署に大きな銃声が響いた。


——先日取り調べ中の被疑者が死亡した警視庁北川署内で、今日、下柳努巡査部長三十五歳が胸から血を流して死んでいるのを同僚の警察官が発見しました。

特命係の小部屋のテレビを、右京と薫が暗い表情で見つめている。そこへ、米沢が明るい調子で現れた。

「失礼します、これ、志ん生。ありがとうございました。堪能しました」

「そうですか」

右京の目はテレビに向けられたままである。

――下柳巡査部長は自らの拳銃で自殺を図ったとみられます。

「ああ、最近多いですねえ。警官の拳銃自殺」

アナウンサーの声を聞きつけた米沢がテレビ画面に目を遣る。

――また、先日この署で起きた被疑者が取り調べ中に死亡したこととの関連性などは不明です。

そこで画面に映し出された下柳の顔写真に、米沢が過剰な反応をした。

「あれ……あれあれ、あれっ!?」

――遺書などはありませんでした。

「おやおや、この人、北川署の人だったんですねえ」

感慨深げに呟く米沢に、右京が振り返る。

「お知り合いでしたか」

「昨日、トイレで吐いてました」

「はい？」

昨日、内村に呼びつけられた下柳は、刑事部長室を出るなりトイレに駆け込んだのだ。洗面台にかがんで嘔吐しているところを、用を足しに来た米沢に目撃されたのだった。

「よっぽど苦しかったのか、泣いてましてねえ。診療所の先生呼びに行ったらいなくなっていて……」

「ずっと苦しんでたんですね」

米沢の話を暗い面持ちで聞いていた薫が、ぼそりと言った。

「はい？」

米沢が聞き返す。

「取り調べで不正を見てしまったことをずっと……」

薫はそう言うと項垂れた。

「それを伏せたことも、また、不正です」

右京が冷たく言い放つと、薫は低い声で呟いた。

「俺たちが追い詰めたんです」

「それだけのことをした人です」

上司のあまりに冷酷な言葉に、薫が嚙み付いた。

「俺たちの目の前で死んだんですよ！」

すると右京は、部下に諭すように、また突き放すように言った。

「彼は、警察官なんですよ。そして、われわれも」

「強いですね、右京さんは。そして、正しい……」

薫は遣り切れない思いのまま、特命係の部屋を飛び出して行った。

ちょうど同じ頃、警視庁の廊下をやはり遣り切れない思いで歩いている男がもうひとりいた。

「おまえは刑事（デカ）だ。デカとして、自分の仕事しただけだ」

背後に三浦の声を浴びて、その男、伊丹は振り返りもせずに歩み去った。


一方右京は、米沢とともに鑑識課の部屋に向かった。

「二件目の現場（ゲンジョウ）から急発進する際に、タイヤが縁石に当たったようです」

タイヤ痕を写し取ったフィルムを光にかざした米沢は、それから押収した辻の黒いスクーターを顎で指した。

「このスクーターのタイヤに合致する跡はありませんでした」

「時計は調べていただけたでしょうか？」

右京が訊ねる。

「はい。この傷から紺色の塗料が検出されました。辻のスクーターのものではありません」

米沢はビニールの小袋に入った腕時計と、調査結果を記した書類を出した。

「では、もう一台のスクーターに使用されている塗料でしょうか？」

それは辻のものとは別の紺色のスクーターのことだった。最初に訪れたとき辻の駐車スペースの脇にたしかに停まっていたのを右京は覚えていたのだが、北川署の屋上で野村を追及した後、直感が働いてその日のうちに戻ったときにはもうなかったのである。

「可能性は大きいと思います」

頷く米沢に、右京は厳しい声で付け加える。

「そのスクーター、引き続き捜してください」

あったはずのものがなくなっている。些細なことが気になる右京は駐車場に据えられた防犯カメラの映像を調べ、たしかにもう一台スクーターがあったことを立証した。そしてそのスクーターの追跡を米沢に依頼していたのである。

「わかりました」

米沢は力強く頷いた。

## 五

「少し、よろしいでしょうか？」

右京が警視庁を出て帰ろうとするところに、野村が訪ねてきた。黙って頷くと、野村は外へ右京を連れ出した。

「タイヤ痕の照合をやめてください。下柳が命をかけて伏せた証拠です！」

夜の路上で向き合うなり、野村は必死の形相で右京に訴えてきた。

「タイヤ痕は辻さんのスクーターとは合致しませんでした」

右京がありのままの事実を述べた。

「きっと辻は盗んだバイクを犯行に使ったんでしょう」

野村の論は、あまりに強引である。

「なぜ犯人を捏造（ねつぞう）する必要があるのですか？　重要な証拠を隠してまで」

「なによりも早期解決」

「はい？」

「スクーター通り魔の被害者がすでにふたり。警察の威信にかけて第三の被害者は出してはならない……」

それは右京にとってはまったくもって理解に苦しむ論法だった。

「上部（ウエ）から圧力がありましたか」

「そんな中、地取り捜査で怪しい人物が浮かんだ。それが辻だった。奴は黒いスクーターを持ってた」

「黒いスクーターを持っている人は彼だけではありません」

「そのスクーターで事故歴もあった」

「事故歴と通り魔は無関係です」

「奴が犯人だって被害者の確認も取った！」

「あくまで可能性があるというだけの証言です」

野村の掲げる御都合主義の根拠に、右京は即座に、ことごとく反証を突きつけた。

「もうそれでいくしかなかったんだ!!」

論理に破綻を来した野村は、もうわめき叫ぶしかなかった。

「それが強引な任意同行、長時間の拘束、そして暴力的な取り調べをした言い訳ですか」

右京が冷徹に問い質す。

「まさか、あんなことで人が死ぬなんて……」

野村には自分の犯したことが、まだ理解できていないようだった。そんな野村に、右京は静かに問いかけた。

「なぜ警察官が市民を拘束して取り調べできるような大きな権限を持っているかわかりますか？」

野村がハッとして顔を上げた。

「警察官は自らを犠牲にして市民を優先するのが当たり前の人間だからです。大きな権限を持つ者は同時に大きな責任も持っているんですよ。下柳さん同様、あなたも苦しんだでしょうか。もしそうなら、ここであなたは変わるべきです。下柳さんの死を無駄にしないためにも」

右京の言葉にむち打たれたように、野村は項垂れた。

傍らの物陰で、同じく右京の言葉に深く打たれた人間がいた。薫だった。薫は玄関先で右京と野村を見かけ、気付かれないように街路樹の陰に身を潜めてふたりの会話を聞いていたのだった。

翌朝、米沢から捜索していたスクーターが見つかったこと、その紺色の塗料が時計の傷に付着していたものと一致したこと、さらに現場に残っていたタイヤ痕もそのスクーターのものと一致したという報告を受けた右京は、辻のマンションをひとりで訪れた。

マンションのエントランスを入る直前に、植え込みの陰から薫が現れた。

「米沢さんに聞きました」

右京は相棒の目をじっと見つめて言った。

「もうひとりの警察官を、追い詰めることになります」

薫は唇を嚙んで、胸を張った。

「俺も、警察官ですから。責任は果たします。捜査は最後までします」

そうして険しい表情で地下駐車場に足を踏み入れる右京の後に従った。

日下部裕。最初に右京と薫がこの駐車場を訪れた時に、事情を聞いた住人だった。ふたりはこの日下部を駐車場に呼び出した。

「辻さんが警察に連行された時、つけていた時計です」

右京が例の腕時計の写真を日下部の目の前に示した。

「紺色の塗料が検出されました。鑑定の結果、このスクーターの塗料だとわかりました」

右京は写真を一枚めくり、捜索で見つかった紺色のスクーターの写真を出した。

「ここに停めてあったスクーターですよねえ？　日下部さん」

薫が冷たいコンクリートの壁をぴしゃりと叩き名前を呼ぶと、日下部はピクリと眉を動かした。

「あなたはこのスクーターで辻さんに当たってますよね？」

最後に右京が辻の写真を出して、穏やかに訊ねる。

「あっ」

日下部はなにかを思い出した風を装って小声を上げた。

「なんでこの間、話聞いた時、黙ってたんスか？」

薫が問い詰める。

「黙ってたって……忘れてたんですよ！」

日下部は言いがかりをつけられたとでも言うように、口を尖らせた。右京と薫が黙ってジッと睨んでいると、さらに言葉を継いだ。

「本人も怪我はないって言ってたし。だから今まで忘れて……すみませんでした」

日下部は軽い調子でぺこりと頭を下げた。

「今日はそれを咎めに来たわけではありません」

「え？」

右京の意外な言葉に、日下部は顔を上げた。

「われわれがあなたに初めて会った時、あなたはこの駐車場に入ってきたところでした。その後われわれの聴取に協力してくれたあなたは、車にもスクーターにも自転車にも乗らずに駐車場を出ました。そんな時、ここでこのスクーターを見つけました。夜なら黒く見えるかもしれないと思いました。それが気になり、その日のうちにここに戻りました」

日下部は次第に青ざめていった。

「すると、ここにあったスクーターがなくなっていました」

薫が日下部の表情を確かめるように見た。

「それで、あの防犯カメラを調べてみました」右京は天井のコーナーに据え付けられたカメラを指さした。「あなたが乗っていったことがわかりました。時間はわれわれが去ったすぐ後です。つまりあなたはあの時ここにスクーターを乗りに来たんです。問題はなぜわれわれの前で乗らなかったのか?」

「俺たちが警察だと知ったからじゃないいんですか?」

薫の言葉に日下部は怯えた。

「それが気になり、あなたがスクーターで向かった先を調べました。このマンションを起点に調べました。オービスや街頭カメラなどの映像を駆使したところ、最終的に横浜・青葉台のカメラに映っていたので、その周辺の所轄署が捜索しました。結果、乗り捨てられていることがわかりました」

「いやいや、乗り捨ててたって、別にただ停めておいただけで……」

日下部のその苦しい弁解も、右京の次のひと言でとどめを刺された。

「二件目のスクーター通り魔事件の現場にあったタイヤ痕です。あなたのスクーターと一致しました」

## 六

「いいんじゃないかしら、そろそろ解剖しても」

自室に呼び出した大河内に、小野田はさらりと言った。そして啞然としている大河内を一瞥して、「これがタイミングというやつです」と付け加えた。

「最初から真犯人を逮捕した上で発表するおつもりだったんですか？　官房長はわかっていたんですか？　真犯人が別にいると」

深刻な表情で大河内が詰め寄ると、いつものごとく小野田は飄々とかわす。

「まさか。ぼくはねえ、誰が犯人でもよかったの。ただ杉下ならその真実をあぶり出しちゃうでしょ？　他の警察官のように隠蔽もせず、きみのように潰されもせず」

大河内は二の句が継げず、顔を赤らめた。

「ほら、解剖。早く手配しないと明日になっちゃうよ」

小野田に急かされて、大河内は所在なさ気に頭を下げると、そそくさと部屋を後にした。


「解剖する⁉」

同じ頃、北川署では署長に呼ばれた野村が驚きの声を上げていた。

「安心していい。あの被疑者は取り調べを受ける前に事故に遭っていたことがわかった。解剖で暴行所見が見つかってもそのせいにできる」

署長は野村の肩に手を置いた。野村は頭が真っ白になった。ただ、その白い頭の中に、右京の言葉がこだましていた。

——ここであなたは変わるべきです。下柳さんの死を無駄にしないためにも。

「一応きみには知らせてあげようと思ってね」

署長が明るい声で付け加えた。そのとき野村は、胃の腑から込み上げるような衝動に駆られて、思わず口にした。

「解剖結果を発表する時、俺のことも発表してください」

「ん?」

署長は野村を、奇異な眼で見た。

「俺が不適切な取り調べをしたことも。それが下柳の弔いになるとは思いませんが、せめて……」

険しい表情の野村の肩をポンポンと叩いて、署長が慰めるように言った。

「疲れてるようだね。無理もない。うちの署の大切な仲間があんな死に方をしたんだ」

しかし野村が、「だからその責任を俺に取らせてください!」と本気で言っているのが分かると、態度を豹変させた。

「そうだ。きみのせいで死んだんだ。きみが間違った被疑者をでっち上げたせいでね」

野村は体から力が抜けていくのを感じた。

放心状態で署長室を後にした野村の携帯が鳴った。病床にある母親からだった。

「はい。ああ。お見舞いに行けなくてごめん。テレビ? ああ、俺が映ってた? あれはなんでもないよ。母さん、俺は警察官だよ。正義に反することをするはずないじゃないか。大丈夫、ちゃんと発表されるから。俺はなんにもしてないって。心配しなくていいから。じゃ……」

電話の途中、涙で喉が詰まって声が枯れるのを必死に堪えていた野村は、電話を切るなり嗚咽した。そしてその声は次第に大きくなり、最後には壁に手を突いて号泣した。

警視庁では再び記者会見が開かれていた。

「先日、警視庁北川署で任意取り調べ中に死亡した辻正巳さんの司法解剖を、本日行いました。解剖の結果、脳卒中の原因は、先に発表した脳こうそくではなく、脳出血と判明しました」

中園の発表に、記者団は騒然とした。

「やはり取り調べの時になにかあったんですね？」

記者の質問には北川署の署長が答えた。

「取り調べの時ではなく、取り調べの前です」

中園がそれに付け加える。

「警視庁の裏付け捜査の結果、辻さんは任意同行に応じる前にバイク事故に遭っていることがわかりました」

「バイク事故⁉」

記者たちが一様に声をあげた。

「任意同行されて三日後に死亡したんですよ。なんで事故から三日も経って脳出血なんですか？」

ひとりの記者が激しい口調で詰問した。それには中園が故意に訥々とした口調をつくって答えた。

「いや、あの……急激な発作ではなく、三日かけて徐々に脳内に血液があふれたようで、これは医学的にもあり得るようです。大事故でなかったためか、辻さん自身も重く考えずに放置していたようで、警察としても知ることができませんでした」

「知っていれば任意同行はしませんでした」

北川署の署長もそれに加勢する。

「どうやってバイク事故がわかったんですか？」

先ほど詰問した記者が、再び訊ねた。

「えー、連続スクーター通り魔事件の被疑者が逮捕されました」

中園が続けて発表すると、会場がさらに騒めいた。

「新たに逮捕した被疑者については取り調べの後に改めて会見を開きますが、すでに自供をしております。その被疑者が辻さんとの事故を起こした事実を北川署の取り調べで先ほど自供しました。よって警察に過失はないと考えておりますが、関係者やマスコミの皆さんをはじめ、多くの方々に疑惑を与えてしまったことに関しては遺憾に思います」

その会見の模様を特命係の小部屋のテレビも映し出していた。右京も薫も画面を見ることなく、白々とした空気が部屋に流れた。

「二度とこのようなことがないように、来年四月から導入される取調監督官制度に十分反映させる所存です。この取調監督官が警察の信頼を守る最後の砦となるであろうことを皆さんにお約束いたします」

そこまで言い切ると、中園も北川署の署長も記者団の追い討ちを逃れるようにさっさと会場を後にした。

その夜、警察庁に呼ばれた右京は小野田の部屋でその部屋の主と向き合っていた。

「取調監督官ではなく弁護士が立ち会うか、せめてすべて録画、録音していれば辻さんの死因はわかったかもしれませんねえ」

「そうかしら?」

小野田は白を切った。

「少なくとも乱暴な取り調べはできなかったはずです」

直立不動で正論を述べるかつての部下に、小野田は言い含めるように語りかけた。

「ぼくはねえ、杉下、そんな些細なことで警察は揺らいではいけないと思ってるの」

「些細なことでしょうか」

小野田の言葉に、右京は強い反発を感じて声をわずかに震わせた。

「それはそうと、北川署はもうそっとしといてね」

「はい？」

「あっちはあっちでカタをつけたみたいだから」

小野田がしれっと言う。

「どのような？」

「取り調べを担当した警察官の異動、銃の管理者の降格……」

「自殺した警察官が取調監督官だったということは公表しないおつもりですか？」

語気を強めて右京が質す。

「必要ないでしょう」

「そうでしょうか」

「だって、警察はいつもそうでしょ？」

同意を求める小野田の眼をグッと睨み返した右京は、この人とはやはり相容れることはないだろう、と固く思いつつ、部屋を辞した。

北川署の署長室の窓……その向こうの漆黒の闇を背景に映し出された自分の姿を、野村は呆然と見つめていた。

「俺が取調監督官に？」

たったいま、署長から告げられたことだった。

「きみなら被疑者にとってもわれわれ警察にとっても最もよい取調監督官になれる、そう思ってね。ああ、これは処分でなく、辞令だからね」

署長はソファに深々と体を預け、一片の紙切れをピラピラと揺すってみせた。

これが、自分。これが自分の顔か……野村は初めて見るかのように、窓に映る自分の姿を凝視した。

「野村さんが人事異動されるそうです」

警察庁の出口で待っていた薫に、右京が伝えた。

「異動？　えっ、どこへ？」

「さあ……近々官報に出るとは思いますが」

横断歩道を渡りながら右京が言った。

「右京さんが違法捜査したら……」

道を渡り終えたところで薫が発した言葉に、右京は立ち止まった。

「きっとそうしなきゃならなかった……そういう事情があったんだって俺は考えると思います。右京さんは俺の上司で、相棒ですから」

噛みしめるように発した薫の言葉を受けて、

「だとするならば諸刃の剣なのかもしれませんねえ、警察官の仲間意識というものは」

重い言葉を残して先を歩いて行く右京の背中をしばし目で追っていた薫だが、やがてなにかを吹っ切るように、走って後を追いかけた。

第七話
「レベル4」

一

早朝の公園は気持ちがいい。生まれたての新鮮な空気を胸一杯に吸い込み、並木道を全力疾走してそのまま階段を一息に駆け上がる。心臓がバクバク高鳴るが、俺もまだまだ捨てたものではない。体を鍛えなくちゃな……。

亀山薫はこのところ体力づくりに余念がない。今朝も出掛けに妻の美和子から「続くねえ、薫くん！」とエールを送られたばかりである。

「おはようございまーす」

朝日が差し込む特命係の小部屋に出勤し木札を裏返すと、先に来て香ばしいモーニングティーを飲んでいる上司の杉下右京が、挨拶を返してからこう言った。

「少し様子が変わりましたかねえ」

「引き締まったでしょ。トレーニングの賜物ですね」

薫はTシャツをめくってわずかながらも六つに割れ始めた腹をさすった。

「外見もそうですが、少し様子が変わった気がします。うまく言葉では言えませんが」

「そうっスかね？」と応じる薫の顔は明るい。

「心境に変化があるとさまざまなところに違いが表れてきますからねえ、人間は。たとえばこのところ、きみの机は非常にきれいです。整理整頓が行き届いている」

「この間、要らないもの整理したばっかっスから」

「きみが自ら率先して机をきれいにするなんてついぞなかったことですよ。コーヒー豆がなくなりそうです。これも非常に不可解です。ぼくもきみも飲み物に関してはほとんど中毒症状を呈していますからなくなることを非常に恐れる。いつものきみならば、この倍の量が残っていても新しくコーヒー豆を買ってきていました」

「あはは……」

薫は笑いで誤魔化したが、内心やはりこの上司は鋭い！　と舌を巻いたのだった。


そんな平和といえば平和極まりない朝からスタートした特命係の一日ではあったが、それと同じ日、同じ都内の某所では身の毛のよだつような出来事が起こっていた。

――たったいま入ったニュースです。国立微生物研究所の高度安全実験室で研究員が一名死亡した模様です。

今日は終日これといった事件もなく、早目に仕事を片づけて自宅に戻った薫は、早速トレーニングウェアに着替えて部屋に設えてあるベンチプレス用のベンチに横たわってバーベルを上げていた。そこへ、テレビから由々しきニュースが聞こえてきたのである。

薫はバーベルをベンチに戻してテレビに見入った。

――詳しいことはまだわかっていません。現在警察が入って調査中とのことです。続報が入り次第お知らせします。

どうやら、たいへんな事態が起こったようである。美和子が帝都新聞の元同僚に電話で確かめたところ、国立微生物研究所の後藤一馬という研究員が死んだのは、殺人によるものだとのことである。犯人は同じ職場の研究員で、しかも殺害後、実験室から非常に危険なウイルスを持ち去ったという。このことは誘拐事件と同等の報道規制を前提に開かれた記者会見で発表された事実なので、一般にはまだ知らされていない。薫と美和子は顔を見合わせた。

翌朝、各紙朝刊では一面に大きくその記事を扱っていた。

「なるほど。〝殺害の上逃亡中〟としか書いてないねえ」

特命係の小部屋では隣の組織犯罪対策五課の角田六郎が、薫が淹れたモーニングコーヒーを飲みながら新聞を熟読している。

「下手に騒ぐとパニックですから。なにしろ持ち去られたのが殺人ウイルスらしいですからね」

薫は昨夜、美和子を通じて仕入れた情報を披瀝した。

「それにしても日本で《レベル４》の実験施設が稼働していたとは驚きですねえ」

新聞を置いて立ち上がった右京が、聞きなれない言葉を口にした。

「病原体の実験室には《レベル1》から《4》まであるんですってねえ。初めて知りましたよ」

コーヒーカップを手に、薫が言った。

「《Biosafety Level》略して《BSL》は1から4までのカテゴリーで区分されています。《BSL4》実験室は天然痘やエボラ出血熱のウイルスなど危険極まりない病原体を扱う最高レベルの実験施設です。ちなみにインフルエンザウイルスは《レベル2》」

さすがは博覧強記の右京、淀みない口調で薫と角田に説く。

「ずいぶんと昔に完成してた《レベル4》の実験室なのに、ずっと稼働させていなかったみたいだなあ」

角田が新聞の解説欄を指して言った。

「近隣住民の反対などクリアできない諸問題があって、稼働を見送ってきたそうですよ」

角田も薫も納得顔で頷いた。

この未曾有の大事件に際して、警視庁内には即座に大規模な捜査本部が設けられた。そしていま、すべての捜査員が参加する捜査会議がまさに開かれているところだった。

「名前は小菅彬、年齢三十五歳。東大医学部を卒業後、米国ワシントン大学でバイオ研究を修めたのち、帰国後は東大医科学研究所ウイルス感染分野で助手を務め再び渡米、ニューヨーク州立大学での研究活動の後、三年前に国立微生物研究所の研究員となり現在に至っています」

捜査一課を代表して伊丹憲一が逃走中の犯人のプロフィールを述べた。

「持ち去られたウイルスについて詳しい情報はあるか？」

参事官の中園照生が訊ねた。それには同じく捜査一課の三浦信輔が挙手して答えた。

「そのウイルスは、われわれ人類がまだ出会ったことのないウイルスであり、よってそれにさらされた場合百パーセント感染し、その強力な毒性により百パーセント発症。無論、治療法などなく確実に死に至るそうです。ワクチンも当然のことながらまだありません」

さらに捜査一課の芹沢慶二が付け加える。

「いわゆる空気感染だそうで、正確には『飛沫核感染』と言うんだそうですが、要するに極めて感染力が強く、場合によっては十数メートルの範囲が感染圏になってしまうような防御の難しいウイルスだそうです」

会議室中に緊張感が漂う中、刑事部長の内村完爾がだみ声で訊ねる。

「天才学者だかなんだか知らないが、テロ組織と繋がってる可能性はないのか？」

「はあっ、その点ももちろん考慮に入れて捜査を進めます」

部長の腰巾着たる中園がすぐさま応じる。

「どうやら今、首都東京が未曾有の危機にさらされていると言っても過言ではないようだ。首都警護の要でもあるわが警視庁の威信にかけて捜査し、速やかに解決しろ！」

内村が険しい顔で全員に檄を飛ばした。


ちょうどその頃、警察庁を防衛省大臣官房審議官の山岸邦充が訪れ、小野田公顕（こうけん）官房室長と向き合っていた。

「有事の際は意地を張らずに遠慮なく自衛隊（うち）に」

山岸がソファの背もたれにどっかり身を預けて、余裕綽々の態度で切り出した。

「治安出動ですか？」

小野田が上目遣いで睨む。

「テロ対策については自衛隊と警察が協力して行おうということになってるでしょう？」

「警察が要請すればの話でしょ？」

一瞬、火花が散りそうな間合いを、山岸が崩した。

「アッハハッ、ですから意地を張らずにと申し上げてます」

「まあ、なるべくなら自衛隊の手を煩わせるような大事にならずに事態が収束することが望ましいわけですから」

小野田のソフトな物言いに、山岸が牽制する。

「相変わらずそうやって既得権益を守ろうとなさいますが……」

「人聞きの悪いこと言わないでくださいよ」

小野田は冷笑してはぐらかした。

「いいですか？　長年警察庁から格下扱いされてきたわれわれですが今や〝省〟ですよ、防衛省」

山岸はふてぶてしく語尾を強調した。

「とにかく警察(うち)で手に負えないと判断されれば自衛隊(おたく)にお願いすることになるでしょう。でも大丈夫だと思いますよ。警視庁(うち)にも優秀なテロ対策部隊がありますから」

「フン……」

しれっと返した小野田を、山岸は鼻を鳴らして睨みつけた。

右京と薫は鑑識課の部屋に米沢守を訪ね、《レベル４》の実験室の随所に設置されているカメラのスチール映像を見ていた。まるで宇宙服のような防護服を身に着けた後藤研究員は、掻きむしるように襟元を掴み、自らフードをもぎ取ったのか剝き出しの頭部を床に押し付けて、もがき苦しんだ表情のままで亡くなっている。

「死因はガス中毒ですか？」

サポート室と呼ばれている、いわゆる危険ゾーンと安全ゾーンを隔てる滅菌処置を施す部屋の床に倒れて事切れている後藤の画像を見て、薫が訊ねた。

「いいえ、窒息です。高濃度のホルマリンガスを吸い込んだために劇症肺炎を起こし、呼吸困難に陥ったようです」

「ああ、ここからガスが噴射されたわけですね？」

写真に写っている天井のノズルを薫が指さす。

「地震や火災の際に空気滅菌をするための設備だそうです」

後藤は頭部に鈍器で殴られたような傷があり、通常ならば背負っているはずの酸素ボンベも外されていた。そしてサポート室の緊急通話機は壊され、扉はロックされたまま制御装置が粉々にたたき壊されていた。このことから、小菅はまず防護服を完全着用して実験室に入ってきた後藤をなにか重いもので殴りつけ、気を失ったところを酸素ボンベを外して実験室内に残して自らは出た。後藤が息苦しさに目を覚まし、慌ててサポート室に入ったところで両扉をロックして閉じこめ、そこにホルマリンガスを浴びせ殺害した、という推測が成り立った。

状況を説明する米沢の言葉を聞きながら、後藤の履歴書類に目を通していた右京が引っ掛かりを感じたようで、「陸上自衛隊？」と呟く。

「化学防護隊のアドバイザーをなさっていたようです。自衛隊は今、化学兵器はもとより生物兵器テロに対する備えも進めているようですから」

米沢が答えると右京は書類をもう一度確かめ、それから目を上げて虚空を睨んだ。

二

右京と薫は国立微生物研究所に赴き、後藤の死を最初に確認した同僚の研究員、長峰千沙子に面会した。白衣を着けて現れた千沙子は、学究の徒に留めておくには惜しいほどの、美形でチャーミングな女性だった。

「特命係っておっしゃってましたよね？」開口一番、千沙子は訊ねた。「それって、特別捜査チームってことですか？」

ええ、まあ……と薫が口ごもると、

「そうご理解いただいて構いませんよ。まあそれはともかく、昨夜のことをお聞かせ願えませんか」

千沙子の前に進み出た右京が、早速本題に入った。

「はい。ゆうべ九時すぎだったと思うんですけど、小菅がひとりで実験室へ入っていくのを見かけて、ちょっと嫌な予感がしたもので……」

「嫌な予感?」

薫が聞き返すと、千沙子は躊躇いがちに話し出した。

「数日前、小菅が気になることを言っていたんです。あのウイルスに日の目を見せたい、大暴れさせてやりたいって。『こんなちっぽけなアンプルに閉じこめておくなんてかわいそうだろ?』って。わたし、冗談だと思って、バカなこと言わないでくださいよ、って言ったんですが」

「なるほど。暗示めいたことをおっしゃったわけですね」

「ええ」

千沙子は右京に俯いて答えた。

「それで、ゆうべ小菅がひとりで実験室に入るのを見かけて、ちょっと怖くなって後藤に言いに行ったんです」

「どうして後藤さんに?」右京が訊ねた。

「後藤には小菅の言葉を報告してあったものですから」

「なるほど」

「で、後藤さんは小菅を追いかけて実験室へ入ったわけですね?」

今度は薫が訊ねた。

「そうです」

「その後、異変に気づかれたのは？」と右京。

「ふたりともちっとも戻ってこないし、主任の志茂田に相談して、わたしたちも実験室へ向かいました。そしたら、異常事態を知らせるブザーが鳴っていて、モニターを見たら倒れている後藤が映っていたんです。すぐに防護服を着てわたしもサポート室に入ったんですが……」

「その時すでに後藤さんの息はなく、小菅は姿を消していたんですね」

　薫の言葉に千沙子は頷き、そして続けた。

「警備に確認したところ、わたしたちが実験室へ向かっていたちょうどその時刻に、なに食わぬ顔をして出て行ったそうです」

「危険なウイルスともども……」

「ええ」

「しかし、どうして殺したのでしょうねえ？」

「え？」虚を突かれたように千沙子が右京の顔を見た。

「ウイルスの持ち出しを邪魔されたからといって、殺してしまうというのはどうも考えにくいのですが。それとも小菅彬と後藤さんの間になにか因縁があったのでしょうかねえ。その辺り、ご存じありませんか？」

「それが理由かはわかりませんけど、小菅は後藤に腹を立てていました」

「腹を立ててた？」

聞き返す薫に、千沙子が頷く。

「後藤はウイルスを処分するように所長に進言してたんです。危険すぎるからと。それが小菅の耳に入って……」

そのとき、千沙子の携帯が鳴った。ふたりに断ってそれを取った瞬間、千沙子の顔色が変わった。

「小菅です！」

驚いたのは薫も右京も同じだった。

「もしもし。小菅さん、今どこにいるんですか？」

千沙子は声を押し殺しながらも、語気鋭く詰問した。

──朝刊読んだ？

「はい？」

──姑息だよなあ。殺人容疑で逃亡中はいいけど、ウイルスのことは一切触れられてないんだぜ？

「バカな真似はやめて戻ってきてください！」

「失礼」

そのとき、右京の手が横から伸びてきて千沙子の携帯を奪った。

「もしもし」

――おや、誰だろう？　聞き覚えのない声だ。

「はじめまして。警視庁の杉下と申します」

――警視庁？

「率直にお訊きしますが、あなたは持ち出したウイルスで一体なにをなさろうとしているのですか？」

　直接そう訊ねる右京も大胆だが、動じずに受け答えする小菅もまた度を越えて大胆である。薫も千沙子も携帯からわずかに漏れる小菅の声に耳を澄ました。

――ゲーム、かな。

「ゲーム？」

――参加する？　杉下さんも。

　そのとき捜査本部では、通話中となった小菅の携帯の電波から、基地局を割り出していた。

「新宿局管内！　都庁を中心に半径三キロ圏内だ！」

　追跡していた捜査員が怒鳴る。それを聞いて中園が色めき立った。

「よし！　近くにいる捜査員全員にローラーかけさせろ！」

ローラーをかける……すなわち一斉に虱潰しに捜索する作戦である。

「奴はウイルスを持ってる。慎重にな！」

内村も興奮を隠せず、声を荒らげた。

「本部から巡回中の捜査員に告ぐ。被疑者は今も通話中です。新宿方面の捜査員は慎重に捜索を行ってください」

本部の指令は無線を通じて全捜査員に伝えられた。


その指令を新宿付近の道路を徐行する車のなかで聞いていた伊丹は、思い切り悪態をついた。

「ケッ、GPSでもついてりゃ別だけどよ、基地局がわかったぐらいじゃ捜せねぇっつーの。ここは東京だぞー。田舎の一本道じゃねえんだぞー。ったくよ、わかって指示出してんのかよ」

しばらく沈黙があった後、無線のスピーカーから中園の意地悪い声が聞こえてきた。

「わかってる。そんなことは百も承知で指示を出している。つべこべ言わずに捜さんかっ！　バカもんっ！」

伊丹は慌てふためいた。まさか無線がオンになっていたとは！

「おまえなにやってんだ！　このバカ！」

隣の運転席に座っている芹沢の頭をパシッと叩く。

「いやいや、あの、応答しようかと思ったんですけど、先輩がぼやき始めるから……」

芹沢が言い訳にもならない言い訳をした。無線は捜査本部に繋がっていて、すべて筒抜けになっていたのだ。

「伊丹」

そのとき、いま一番聞きたくない声がした。

「は、はいっ！」

内村だった。

「バカはおまえだよ！　バカ！」

「恐れ入ります。すぐに捜索を開始します。失礼！」

万事休すの思いで芹沢の手から奪ったマイクに向かって口早に言うと、慌ててスイッチを切った。

「ったくよー、おまえ！　どうするよ。部長にまで聴かれちまって……」

もう一度頭を叩こうと芹沢に向かって身構えたところ、

「あぁっ！」と芹沢が奇声を発して急ブレーキをかけた。

「チッ、なんだよ？」

伊丹が芹沢の指す方向を見ると、道の反対側の横断歩道のところで携帯を耳に当てている小菅の姿が見えた。伊丹は慌てて写真を取り出し、見比べてみるが、どうやら間違いない。

「マジかよ……」

睨んだ伊丹と小菅の目が合った。小菅はすばやく携帯を切り、走り出した。

「コラァ、待て、オラァッ!」

伊丹と芹沢も車を降りて猛ダッシュした。

三

——続きはまた後で。

そう言うなり小菅は話の途中で突然電話を切ってしまった。その後は地下にでも潜ったか電源を落としてしまったのか、一向にかからない。右京と薫は場所を研究所のオフィスに移し、引き続き千沙子から話を聞くことにした。

「外見はマールブルグ出血熱のウイルスですが、その毒性は数百倍と考えられます」

千沙子はパソコンの画面に電子顕微鏡で映したウイルスの姿を呼び出して説明した。萌芽した植物の葉っぱのような小さな双葉にくねくねと動くヒモのような足が一本ついている……ウイルスの形をひと言で表せばそんなところか。

「小菅彬がDNA操作によって作り出したわけですか」

右京がパソコン画面を熟視しながら言った。

「だから小菅は『わが子』と呼んでいます」

倒錯した奴だ、と薫は舌打ちしながら、

「こんなものが人工的にできるなんて」

と吐き捨てるように言った。

「月並みな言葉ですが、科学の進歩には目覚ましいものがありますよ。六年ほど前でしたか、ニューヨーク州立大学の科学者たちが自然界のものと事実上同一のポリオウイルスを合成したと発表していましたね」

「よくご存じで」

千沙子は右京の博識に舌を巻いた。

「そんなの兵器を作ってるのと一緒じゃないスか」

正義感の強い薫が当然のごとく憤る。

「ええ。実際ポリオウイルスを合成したのもペンタゴンが研究資金を提供したそうです。殺人微生物が本当に研究室で一から作り出せるものかどうか確かめたかったそうですよ、バイオテロ研究の一環として」

右京の言葉に、薫が憤りを通り越した呆れ声を出すと、千沙子が意外な事実を口にした。

「その研究に小菅は参加してたんです」

「なるほど、そうでしたか。そもそもこのウイルスの基になったマールブルグ出血熱のウイルス株をどうやって調達したのか不思議に思っていましたが、そちらのルートからかもしれませんね」

それで右京は得心がいったようだった。一方の薫は全然納得できないふうで、声を大にして千沙子に訊ねる。

「小菅がそんなもん持ち込んだ時、なんで黙ってたんですか？　こんな殺人兵器を作ろうとしてんの、どうして止めなかったんスか？」

「誘惑に勝てなかった……」

「はあ？」それは薫にはまったく理解の及ばない世界だった。

「ウイルス学者として高レベルの病原体も研究したかったんです。みんなそうです。せっかく《レベル4》の実験設備を持ちながらそれを稼働できないままなんて」

「宝の持ち腐れ……ですか？」

右京が多少の揶揄を滲ませて問い返した。

「まさか、小菅があんな真似するとは思いませんでした。実験室の中だけで、あの箱庭の中だけでこのウイルスは存在するはずだったんです」

計算が違った……そう言いたげに俯く千沙子を、薫も右京も冷たい視線で捉えた。

「小菅さんから連絡がありましたら、こちらの番号にかけ直してもらってください」

右京が内ポケットから名刺を取り出し、千沙子に渡した。

「早く捕まえてくださいウイルスがバラ撒かれたら大変なことになりますから」

別れ際に口にした千沙子の身勝手な懇願は、薫には極度に白々しく聞こえるだけだった。

一方、小菅を追跡していた伊丹と芹沢は、まんまとまかれてしまった。さすが知能犯らしく、小菅は逃げるにもソツが無かった。

右京と薫が研究室を出て車に乗ろうとしたとき、右京のポケットで携帯が鳴った。小菅からだった。

——杉下さん。ごめんね、ちょっと邪魔が入っちゃってさ。じゃあ手始めに東葉新線の山砥(やまと)駅に来てよ。そうだな、午後三時二十分。3・4番線ホームの待合室で待ってて。連絡するから。

「3・4番線の待合室に……」

右京が会話を引き伸ばそうとしたが、小菅はそこでいきなり電話を切ってしまった。

「亀山くん！」

「はい！」

ふたりは車に飛び乗った。どうやらゲームは一方的に始められたようだった。

昼下がりのこの時間、主として通勤用に使われている東葉新線のホームにはさほど人がいなかった。

ホームに入ってきた日本橋行きの電車内も空いており、立っている乗客がわずかに見られるくらいである。そのうちのひとりが、向かい側のホームの待合室をチラチラと窺いながら、苛ついた面持ちで携帯を取り出した。

「電車内で携帯電話はやめようね」

その男、小菅の背後から薫の手が伸び、手首をグイッと摑んだ。右京は呼び出し音が鳴っている携帯を手に掲げている。小菅は驚いた面持ちで、「杉下さん？」と呼びかけた。

「小菅さんですね」右京が対面する。

「こちらの怖い顔したお兄さんは？」小菅が顎をしゃくる。

「亀山くんです」右京が答えると、小菅を肘までがっしりと固めた薫が、「よろしくね、小菅さん」とニヤリと挨拶をした。

「3・4番線ホームで待っててって言ったじゃない」

小菅がまるでルール違反を抗議するような口調で言う。

「あなたはこちらの列車でいらっしゃると思いましたからね」

しれっと答える右京を、小菅は斜めに睨んだ。

「どうして？」

「手始めにぼくの顔を確認したかった、そうじゃありませんか？　こちらはそちらの顔を知っているのに、そちらはこちらの顔をご存じない。ゲームをするには不利ですからね」

「鋭い読みだね」

「安全を確保した上でぼくの顔を確認するには、ぼくをホームの特定の場所で待たせて隣のホームの列車から見るというのが最も合理的です」

さも納得したように数回頷いた小菅は今度は薫を睨みつけた。

「放してよ、亀山さん」

「そうはいかないね」

小菅は固められた肘から薫の腕を振りほどこうと力を込めたが、簡単には腕がほどけないことを実感した小菅は、動きを止めて不敵な表情を浮かべた。

「放さないと大惨事になるよ」

小菅はコートのポケットに突っ込んだもう片方の手を振り上げた。手には小さなアンプルが握られている。その手も押さえようとした薫と小菅は揉み合う形になり、周囲の乗客のうち騒ぎに気づいた数名がこちらを注視している。

「渡せ！」

押し殺した声で薫が威嚇する。

「潰れるぞ。ぼくは今、ウイルスのアンプルを握ってる。潰せば途端に車内は汚染される」

ふたりの間に割って入ろうとした右京は、動きを止めて車両内をざっと見渡してみた。空いているとはいえ一車両あたりに十数人はいる。

「亀山くん！」

右京は薫に目配せをして周りの乗客の存在に注意を喚起した。

「ブラフですよ！」薫が叫ぶ。

「潰すぞ！」

「亀山くん！」

小菅の目が真剣な色を浮かべているのを見てとった右京が、再び薫に呼びかける。

「十分な安全を確保したつもりでもなにが起こるかわからない。実際こんなんなっちゃってるし、丸腰で来ると思う？　最低限の備えはして来るさ。潰すよ、ホント。みーんな巻き添えだよ」

小菅が不敵な笑みを浮かべる。

「亀山くん、放してください」

「いや、でも……」

「放してください！」

右京の切迫した表情を読み取った薫は、しぶしぶ小菅の腕を放した。

ふたりからわずかに距離をとった小菅は、アンプルを握った手を掲げながら言った。

「杉下さんが侮れない人だって、よーくわかったよ。楽しいゲームになりそうだね。じゃあ、また……」

ニヤリと笑って小菅が電車から降りる。

――発車いたします。ご注意ください。

駅員のアナウンスとともに、ドアが閉まった。

「右京さん！」

薫が歯ぎしりをする。

「われわれだけならば賭けに出てもよかったかもしれませんが、無関係の人々を巻き添えにするわけにはいきません」

遠ざかるホームを余裕で歩み去っていく小菅を見て、薫が電車のドアに拳を叩きつけた。

# 四

鑑識課の部屋では右京と薫、それに米沢の三人が、捜査一課が持ち込んだ小菅のトランクを調べていた。まんまと小菅を取り逃がした伊丹と芹沢は、地下に下りる階段で一般人とぶつかった小菅が落としたトランクを、唯一の戦利品として持ち帰ったのだった。

「あのバカツートップめ。こんな鞄確保してきても役に立たねぇっつーの！」

薫が毒づく。それもそのはずで、トランクの中身はワイシャツやら下着、それに週刊誌や新聞など、まるで出張にでも出かけるかのような荷物ばかりが詰まっているのみだった。

「これはなんでしょう？」

右京がトランクの底部に付着している白い粉を指した。

「調べたところ、どうやらコンクリですなあ。パウダー状のコンクリート」

「なるほど」

右京が米沢に向かって頷く。とそこに右京の携帯が鳴った。

「あっ！　小菅ですか？」

薫が色めき立つ。けれども右京は「ええ」と答えたまま着信画面を一瞥してそのままテーブルの上に携帯を置いてしまった。

「えっ？　出ないんスか？」

　薫が訳が分からないという表情で右京を見た。

「ええ」右京は小菅の電話などよりこちらの方が大事、といわんばかりにトランクを仔細に眺め出した。

「いやいや、出ないと。ああっ！　なんで出ないんスか!?」

　着信音がとうとう止まってしまい、薫は声を裏返した。

「またかかってきますよ」

「そういう問題じゃないでしょう」

　しれっと言う右京に、薫は非難を浴びせた。

「さしずめ放置プレイといったとこですな」

　米沢がニヤリと笑う。

「冗談言ってる場合じゃないっスよ」

　薫は真剣に怒っている。右京は鳴り止んだ携帯を開き、留守電を聞いた。《伝言は一件です》という機械音声のあと、小菅の声が聞こえた。

――忙しいのかな？　また電話します。

　小菅はそれだけ言って電話を切っていた。

「本人もまたかけると言ってます」右京は平然としたままだった。

「だからそういう問題じゃないでしょう、もう。右京さん！」

　気を揉んでいるのは薫ひとりだった。

　薫は右京という人間が、上司として、いや、人としてますます理解できなくなっていた。あのあときっちり四度、右京は小菅からの電話を無視した。この時期、この状況の下でである。薫は痺れを切らすどころか、もう呆れてものも言えなくなっていた。

　夕方も五時を過ぎて、そろそろ夜の闇が都会を包み始めた頃、特命係の小部屋では右京がゆったりとした手つきで紅茶を淹れていた。そこへまた右京の携帯が鳴った。

「小菅ですよ。いい加減、出てくださいよ！　あれからもう五回もかかってきてるでしょ。なんで無視するんスか？」

「いずれ出ますよ」

　右京はポットをテーブルの上に置いてカップに口を付けた。

「俺が出ますよ」

　ついに我慢がならなくなった薫が右京の携帯を摑む。

「ダメ」右京は静かに制した。

「小菅を焦らしてどうしようっていうんですか？」

　薫が嘆き声を上げる。

「きみのほうがよっぽど焦れてますねえ」

「茶化さないでくださいよ！」

薫は怒りを露にしている。

「失敬」

右京はまったく平常心を崩さない。

「あっ！　切れちゃいました。もう、まったく！」

薫は悔しそうに吐き捨てた。


夜ももう十一時を回った頃、特命係の小部屋ではささくれ立った雰囲気が漂っていた。怒りを通り越して不貞腐れている薫。それをまったく意に介さず、暢気に読書をしている右京。このアンバランスな《相棒》同士がひとつ部屋の中でなにかを待っている。

「そろそろ、頃合いの時刻なんですがねえ」右京が本を閉じた。

「え？」薫が苛立たしげに問い返す。

「電話ですよ。次は出ます」

「もうかかってこないんじゃないスか？」

「だとしたらいささか困りますが」

「さんざん居留守使っといて今さら……」

薫は侮蔑の色さえ浮かべて独り言のように呟いた。

「いずれにしても次の電話にぼくは出ます。この時刻にかかってくるとしたら恐らく寝泊まりをしている場所からです。あえて隠れ家とでも言いましょうか。押収したバッグにウイルスがなかった以上、ウイルスはその隠れ家に保管されていると思われます。ぼくはその隠れ家を突き止めたいんですよ」

いきなり今までの不可解な行動に明快な根拠を与える右京の言葉を聞いて、薫の眉の曇りが見る見るうちに晴れていった。

「あ、だから昼間の電話には……」

「出ても、隠れ家からである確率は夜に比べればずっと低い。つまりその電話が発信された基地局を調べても無駄になる可能性が高い」

「ああ……」薫が深く頷いたとき、テーブルに置かれた右京の携帯が六度目の着信音を鳴らした。「小菅です！」薫は携帯を取って右京に渡した。

「もしもし」右京は携帯を録音モードに切り替えて、耳に当てた。

――やっと出た。

「申し訳ありません。いろいろと忙しかったものですからねえ」

右京がいけしゃあしゃあと白を切る。

――もうゲームを降りちゃったのかと思ったよ。

「とんでもない。まだ始まったばかりじゃありませんか。もっともすぐに終わらせるつもりですが。ところでゲームといってもいろいろ種類がありますが、あなたのおっしゃるゲームというのはシミュレーションゲームのことですかね？」

――当たり。

「ウイルスパニックを再現しようということですか」

――日本人は暢気すぎるよ。すぐそこに危機が迫ってるというのにのんびりしすぎだ。危機感のかけらもない。誰かが少し危機感を煽ってやらないとねえ。知ってるだろ？日本じゃ未だ《レベル４》の実験室を稼働させてないことになってるんだぜ。ないなら仕方ない。でもずっと前からあるんだ。今もし日本で天然痘やエボラの感染を疑うような患者が出ても、国内じゃ確定診断はできない。検査を外国に頼まなきゃならないんだ。診断が遅れれば遅れるほど被害は拡大するってのにさ。もちろん自然に天然痘やエボラが入ってくることはほとんどないだろうけどね。人為的に入ってくる恐れは十分にあるんだよ、今は。

「いわゆるバイオテロというやつですか」

――今の日本は病原体を撒かれたらひとたまりもない。

「日本人の危機感のなさについては同感ですが、しかしそれを煽る役目がどうしてあなたなのですか？」

――気づいた者が率先してやるべきだろう？　その手段を持っているのならば。

能弁に気取った理屈を吐く小菅の言葉を横から聞いていた薫は、とうとう堪忍袋の緒が切れたのか、「ちょっとすいません！」と右京の手から携帯を奪った。

「いいか！　おまえがテロリストの真似事なんておこがましいぞ！　おまえはただのイカれた人殺しだ！」

――ああ、亀山さん？　どうも。

「つまんねえ真似してねえで、早くウイルス戻せ！」

――あなたの説教を聞く気はない。

「なんだと、この野郎！」

息巻いて次第にボリュームを上げる薫の声に、小菅は嫌気がさしたようだった。

――これ以上話してたら場所を特定されちゃうね。じゃ。

そう言って小菅は電話を切った。

「切りやがった、クソ！」

すぐさま薫がかけ直しても、もはや携帯は繋がらなかった。

「電源切られました、すいません」

自分の短気を恥じる薫に、右京が訊ねる。

「今、何時ですか？」

「え？　十一時十三分ですけど」

薫は壁の時計を見て答えた。

「なるほど」

右京はなにかに納得して、深く頷いた。

五

「ああっ、課長、早く早く！」

特命係の小部屋に駆け込んでくる角田を、薫がじれったげに手招きしている。

「はいはい。お待たせ。ったくもう、俺はおまえらのパシリかよ！」

不服そうに呟く角田の手から地図を奪いながら、薫は平身低頭した。

「すいません。俺ら捜査本部で情報を取ろうと思っても取れないもんスからね。課長にすがるしか……」

昨夜の右京との長電話の電波を捜査本部が追跡したところ、基地局は品川だとの見当はついたらしいのだが、その情報は部外者たる特命係には当然ながら伝わってこないのだった。

「亀ちゃん！　コーヒー、もうなくなりそうだよ」

せめてもの代償を、と角田が薫のコーヒーを飲もうとしたところ、いつも切らしたことのない豆の瓶が底を尽きそうなのに気がついたのだった。

「ああ、はい」薫が困ったような顔で答える。

「わざわざ範囲を指定していただいたんですねえ」

右京が都内地図を広げてみると、品川を中心とした部分に赤い円が施されていた。

「暇だったからね」角田が自嘲気味に言った。

「この範囲のどこかに隠れ家が……でもどうやって見つけますか？」

薫が地図をなめるように見る。

「手掛かりはコンクリートですかねえ」伊丹と芹沢が持ち帰った戦利品のことを持ち出して、右京は歩き回りながら自説を講じる。「トランクの底のコンクリートですよ。普通どこかコンクリートの上にトランクを置いてもあんな風にパウダー状のコンクリートが付着することはありません。あれはまるで建設途中の粉塵舞うビルの床に置いたようじゃありませんか！」

「建設途中のビル！」薫が推理を敷衍する。

「しかし、建設途中のビルを隠れ家にすることはできないでしょうから、むしろ取り壊し中のビル、それもなんらかの事情でそのまま放置されているような……この範囲内に該当する物件はありませんかねえ」

右京は赤い円を指した。

「いや、でもそんな手掛かりじゃ調べようがないですよ。範囲が絞れたっていってもまだ広いですから……ん？　なんスか？」

そのとき、右京が携帯を取り出して録音を再生し始めた。

――日本で天然痘やエボラの感染を疑うような患者が出ても、国内じゃ確定診断はできない……。

昨夜の小菅のいけ好かない声が繰り返される。

「なにか聞こえませんか？」

右京がニヤッと笑った。

「あ！」「おお！」

薫も角田も気付いたようだった。小菅の声の後ろで、低い虫の羽音のような、いやもっと大きな音が聞こえた。

「ヘリコプター！」薫が叫んだ。

「……に間違いありません。しかもこれはタンデムローター式のヘリですよ」

「タンデムローター？」薫が問い返す。

「ローターが前後にふたつ配置されているヘリコプターですよ」

「軍用の輸送機みたいなやつか！」今度は角田が叫ぶ。

「まさにそのとおり。民間機ではありませんよ。ゆうべぼくがきみに時間を確認したとき、たしか十一時十三分と言いました。そんな時間にヘリコプターが飛ぶのは極めて珍しい。つまり、まれだからこそ特定するのは逆に簡単じゃありませんか？」

まるで手品を見せるような右京の推論に、薫も興奮した。

「そのヘリを特定して飛行ルートを調べれば……」

「ええ」

そこでふたりの目線が角田に集まった。

「ん？　また俺がパシリかよ」察した角田が露骨に嫌な顔をする。

「自衛隊を調べていただけませんか？」右京が頭を下げた。

「課長にすがるしかないんスから、正式な調べ事は、ねっ」薫は飲み始めたばかりの角田のコーヒーカップを受け取り、「はいはいはいはい、どうぞ、はい、行って！」と送り出した。


数十分後、角田が別の地図を手に戻ってきた。

「ドンピシャ！　自衛隊だった。飛んでたのは陸上自衛隊のＣＨ47Ｊってやつだ。今回の件で最悪のシナリオに備えて木更津駐屯地から市ヶ谷駐屯地まで必要物資を運んでたみたいだなあ」

角田が地図を広げると、先ほどと同じ赤い円の中に一本の赤い線が横切っている。それがその時刻に飛んでいたヘリコプターの航路だった。

「これでかなり範囲が狭まりましたねえ」右京が呟き、姿勢を正した。「では、改めて言います。この範囲内に先ほどの条件に該当する物件はありませんかねえ？」

　薫が頷いた。


　翌朝、まだ夜が明けたばかりの品川埠頭付近の倉庫街を、右京と薫が歩いている。ふと見ると……五十メートルほど離れた倉庫の扉を開けて出て来る男がいる。小菅だった。ばっちり目が合った小菅も、大急ぎで倉庫に駆け込む。

「小菅！」

　薫が猛ダッシュをかける。右京もそれに続いた。

　倉庫は地上に数階と地下にもフロアがあった。右京の咄嗟の判断で薫が地上階に、右京が地下に進む。

　やはりここは遺棄されたままの建物らしい。暗く荒廃した倉庫の中で、緊迫した捜索ゲームが繰り広げられた。

　結局、当たりを引いたのは薫だった。いや、ババを抜いたというべきか……三階のドアを開けた途端に陰に隠れていた小菅に角材のようなもので腹を殴られ、ひるんだところを押さえられる。瞬時に首筋に注入器を当てられた。

——ああ、俺です。三階です。来てください。

薫から携帯に連絡を受けた右京は、急いで階段を三階まで駆け上がった。ドアを開けると、ガラス窓で仕切られた小部屋に、立ったまま小菅に両手を頭上で拘束されている薫がいた。首には依然として注入器が突きつけられている。

「なるほど、こういうことですか」ふたりが立っているところから数メートルほど離れた位置で立ち止まり、右京は眼球のみを動かして素早く周囲の状況を探る。

「すいませんね」薫は敢えて軽く答えた。

「あれがあなたのかわいいお子さんたちですか?」

小菅の脇のラックに、試験管が数列にわたって斜めに立て掛けられていた。

「手塩にかけて育てました。少なく見積もっても一千万人の命を奪えます」

「あんた学者だろ? これが学者のすることか!」

薫が吐き捨てるように非難すると、小菅は首に押し当てている注入器をグッとめり込ませた。

「ぼくの生み出したウイルスなんですよ? その力を存分に発揮させてやりたいと思うのが親心じゃないですか。ねえ、おとなしく帰ってもらえません? さもないとぼくの子どもたちが亀山さんを殺すことになる。感染したら四十八時間でお陀仏ですよ」

「だからといって、はい、そうですかと引き揚げるわけにはいきませんねえ」

右京が、穏やかに答えた。

「亀山さんを犠牲にしてもぼくを捕まえる？」

「まあ、最悪の場合はそういう結果になる可能性もありますが」

「ありゃりゃ。冷酷な人だねえ」

小菅はふたりを見比べて冷笑した。

「合理的なの」薫が一見虚勢ともとれるせりふを吐く。

「しかし、亀山くんは犠牲にはならないと思いますよ。そうですね？　亀山くん」

右京と薫は目と目で合図しあった。右京の伝えんとすることは、正確に相棒に届いたようである。

「ええ、俺も学習しますから」

ニヤッと笑った次の瞬間、薫は小菅の片足の甲を思い切り踵で踏んづけた。そしてガードの空いている小菅の腹部に鋭いエルボーを繰り出した。蹲(うずくま)る小菅の手を右京が押さえ、注入器をもぎ取る。薫は後ろから羽交い締めにした。

そう、この場面はふたりが初めて出会った事件の冒頭で繰り広げられたシーンによく似ていたのである。

「ううっ……ふたりがかりなんて、卑怯だぞ！」

取り押さえられた小菅が、お門違いの抗議をする。

「どっちが卑怯だよ!」小菅を叱責した薫が、「『あの体勢で狙える急所は足の甲だけ』でしたよね!」ふたりの最初の事件で右京が言った言葉を繰り返し、薫はウインクした。

「ええ」

微笑んだ右京は、小菅に向かって引導を渡した。

「あなたのかわいいお子さんたちはぼくがお預かりしましょう」

薫の連絡でやってきた、捜査一課をはじめとするパトカー部隊に小菅を預けたふたりは、

「ご苦労。とっとと帰っていいぞ」

と伊丹に邪険に追い払われてしまった。

「うるせえ、バカ野郎。いちいち上から目線でもの言うんじゃねえよ」

薫は抵抗してみたものの、相も変わらぬ特命係の立場に甘んじて、右京と車に乗った。

「あーあ、おいしいとこばっか持っていきやがって。あいつらもう……」

運転しながら愚痴る薫の横で、右京はなぜか晴れぬ顔をしていた。

「どうやら覚悟していた行動のようですねえ」

護送車に乗り込む瞬間、右京と目が合った小菅が浮かべていた不敵な笑みを、右京は反芻していたのだった。

その頃、建物内に入った米沢をリーダーとする鑑識部隊は試験管の並んだラックを凝視していた。

「ＮＢＣ部隊（＊核兵器・生物兵器・化学兵器・放射能兵器を使用したテロ対策部隊）が来るまではケースには手を触れないように」

米沢の指示に全員が応える。

「なに笑ってる!?」

同じ頃、護送車の中ではニヤニヤと口を歪めている小菅を、三浦が叱責していた。

「そろそろ……かな」

そう呟いて歯を見せた小菅に、「なにィ!?」と伊丹が食ってかかった。

「亀山くん！　止めて下さい！」

いきなり右京に命じられ、薫は急ブレーキを踏んだ。右京を捉えていた胸騒ぎが、具体性を帯びて右京の頭に描かれたのだった。

薫はもと来た道にハンドルを切った。

その時……激しい爆発音が倉庫中に響いた。

六

爆発はまさに小菅がウイルスの入った試験管を並べ立てていたラックの中で起こった。爆風で試験管が粉々に砕け散った。

「うわあ！」

ガラス窓で仕切られた小部屋の中にいたのは米沢ら鑑識課を中心とした捜査員だった。彼らは一瞬、判断不能となったが、次の瞬間一体ここでなにが起こったかに思い至り、集団パニックを来した。

「ああ、ウイルスが！」

「どいてくれ！」

理性を失った捜査員が一斉に出口に向かってダッシュするのを、ひとり、体を張って阻止する者がいた。

「いやいやいや！　まずいです、まずいです！　もうこれは、これはまずいです！」

ドアの前に仁王立ちになり、両手を広げて通せんぼをしている男、それは米沢守だった。

「い、今、俺たちがやらなければいけないことは、ここ、ここを逃げ出すことではなく、ここを密閉状態にすることですっ！」

吃りながら訴える米沢に、興奮した捜査員が体当たりを食らわす。

「とにかく出ないと！　ここにいたら感染するぞ！」

その捜査員を跳ね返し、米沢は声を限りに叫んだ。

「わ、われわれは、われわれは……警察官ですっ！」

そのひと言で一瞬、沈黙が訪れたが、またすぐに騒然となった。

「今出れば間に合うんじゃないですか⁉」

脇からひとりが叫ぶと、米沢はほっぺたをブルブル震わせた。

「ダメですダメです！　大変強力なウイルスだと聞いてます。ダメです、絶対にいっ！」


「ば、爆発した⁉　う、右京さん！」

とりあえず現場の状況を聞こうと米沢の携帯に電話をかけた薫は、車を路肩に止めて叫び声を上げた。

——ＮＢＣ部隊の到着を待っているさなかでした。時限装置で爆発するように細工されてあったようです。もっとも爆発といってもごく小規模なもので怪我人はありませんでしたが、問題はウイルスが漏れ出したことでして。

「ウイルスが漏れたって……」薫の顔が硬直した。

――この部屋は汚染されました。現在隔離の応急処置を施している最中です。まあ、どれほど効果があるかわかりませんが。NBC部隊があと数分で到着しますから、あとは専門家に任せるしかありませんな。

普段と変わらぬ口調でまるで他人事のように話す米沢に、混乱した薫が言わずもがなの問いを発した。

「米沢さんもそこから出られないんスか？」

――思い出させないでください！

いきなり米沢が叫んだ。

「え？」

――今、その事実から目をそらしてるんですから。私、こうやって気丈に電話をしてますが……実はもう一杯いっぱいの状態でして……。

そこで言葉が途切れ、携帯の向こうからは脇に向かって怒鳴る米沢の声が聞こえてきた。

（泣くな貴様！　泣きたいのは貴様だけじゃないぞ！）

ついぞ聞いたことのない米沢の怒鳴り声が、現場の緊迫を物語っていた。

「まだ途中ということですか」

薫の携帯から漏れる音で米沢の報告を聞いていた右京が呟く。

「え？」

「彼の言うところのゲームですよ」

右京の顔が険しさを増した。


時を経ずして現場にはＮＢＣ部隊が入った。ウイルスに冒された可能性のある捜査員は、感染症患者隔離用の陰圧病室がある帝心大学中央病院に運ばれた。

警視庁の取調室では、小菅の正面に座った三浦が鬼のような形相で机を大きくふたつ叩いた。先ほど護送車の中で爆発の報告を受けたとき、もっとも興奮して小菅に殴りかかろうとしたのも三浦だった。

「安心しなよ。適切な隔離が行われてれば被害は局所的なもので終わるから」

その三浦をはじめ周囲の刑事たちから睨みつけられている小菅が、うんざりした様相でそっぽを向く。

「なんだと？」伊丹が凄む。

「もうひとつ安心材料。仮に多少の遺漏があったとしても爆発的に広がる心配はない」

「なんでだよ？」芹沢が訊ねる。

「毒性が強すぎるんだ、《わが子》は。感染者はウイルスを広範囲にバラ撒けるほど長く生きられないと思う。なんでも程度の問題だね。強けりゃいいってもんじゃない。フフ……」

不敵に笑う小菅の頬に、三浦のビンタが飛んだ。

「笑うな！　今度、歯あ見せたら、その歯へし折ってやるからな！」

「歯見せなきゃしゃべれないよ。それとも黙秘しろってこと？」

「なんだと、この野郎！」

身を乗り出して殴りかかろうとする三浦を、伊丹と芹沢が止めに入った。いつもと逆のパターンだった。

取り調べの様子をマジックミラー越しに見ていた右京の携帯が鳴った。米沢からだった。

——病院内での携帯の使用は御法度ですが、どうしてもお伝えしたいことがあってご連絡しました。もっとも隔離病室のここだったら携帯を使ってもさして問題はないとは思うのですが。

「前置きは結構です。伝えたいこととは？」

——妙なことを目撃しました。

それは検体のための採血が終わってしばらくしてからのことだった。防護服を着けた隊員が陰圧室に入ってきて、ある捜査員に治療を施すと見せかけ、首筋に注入器を当てて去っていったのを見たというのである。

「なにかを注入されたとおっしゃるんですか？」

――ええ。間違いありません。その後、彼の様子に変化が……もしもし？

異様な事態を聞いて一瞬押し黙って考えに耽った右京に、米沢が呼びかける。

「ああ、失敬。ちなみに米沢さん、あなたの体調は？」

――ええ、おかげで今のところすこぶる良好です。他もその一名を除いて特に変化はありません。

「なるほど、わかりました。すぐ折り返します。待っててください」

携帯を切った右京はマジックミラーの向こうの小菅を睨んだ。そしてつかつかと取調室に入っていった。

「ちょっと、出てってもらえませんかね……」

相変わらず邪険な態度をとる捜査一課の三人を突き飛ばして小菅の正面に座る右京の形相は、鬼気迫るものがあった。

「感染した人間がウイルスをバラ撒く状態になるまで、どれぐらいかかりますか？」

「なんだい？　藪から棒に」

斜に構えて面倒くさそうに答える小菅に、右京の雷が落ちた。

「つべこべ言わずに答えなさい！」

その鋭い怒声に取調室が凍りついた。さすがの小菅も姿勢を正して答える。

「体内に入った《わが子》は恐ろしいスピードで増殖する。一時間もすれば感染者には顕著な症状が表れ始めるだろうね。その状態になれば周りに感染するよ」

それを聞くと再び右京はグッと小菅を睨み、唖然とする捜査一課の三人を余所に、椅子を蹴って取調室を出ていった。

## 七

取調室を後にして階段の踊り場に出た右京は、すかさず携帯を取り出して番号を押した。

——はい、亀山です。

「今、どこにいますか？」

——すいません、まだ病院にいます。駐車場です。やっぱり米沢さんとの面会は無理でした。といっても心配だし、帰る気になれないもんスから……。

「きみがまだそこにいてくれて助かりました」

——え？

右京の言葉を解しかねる薫に、さらに理解し難い言葉が降ってきた。

「現在米沢さんの病室で発症寸前の者が一名います。おそらく残りは全員ウイルスには感染していません」

――ど、どういうことですか？

「詳しい説明はのちほど。とにかく一刻も早く発症寸前の一名を隔離しなければ、今度こそ本当に米沢さんたちも感染してしまいます。なんとかきみにその一名を隔離してもらいたいのですが、やってもらえますか？」

突然の右京のかしこまったもの言いに、薫は戸惑った。

――え、ええ。そりゃもちろんやりますけど。

「これはあくまでもぼくの推測に基づく判断ですので、関係機関を説得することは不可能でしょうし、また説得している時間もありません。今近くにいるきみにしか頼めないんです」

――わかりました。やりますけど、あの……隔離するったってどこへどうやって移せばいいんですか？

「いいえ、移す必要はありません。病室の中で隔離すればいいんです」

――病室の中で？

「まず防護服を手に入れてください。ただし予備の防護服など準備していないでしょうから、多少手荒な真似をしてもらわなくてはならないかもしれませんが。防護マスクで顔は隠れますから問題なく病室へ入ることができると思います。止められてしまったら万事休すですから、慎重に。本当はもう一着防護服を入手できれば安全を確保できるのですが、防護服を抱えていては怪しまれますから、きみが着て入る一着でやってもらわなければなりません」

そこまで聞いてようやく薫にも任務の内容が理解できてきた。と同時にそれが自分にとってなにを意味するかも。

——はい！

「さっきも言ったとおり、ぼくの推測に基づく判断です。つまりきみには相当のリスクを覚悟してもらわなければなりません」

——わかってます！

「時間の猶予があればぼくが行って自分ですべきなのですが……」

右京の心配も気遣いも手に取るように分かる。薫は携帯を握り直した。

——右京さん。

「はい？」

——こんな時にナンですけど、俺、これが右京さんとの最後の事件になると思います。

右京は耳から離した携帯を、意味もなくじっと見た。

——行ってきます。

そのひと言で携帯は切れた。

右京はひとつ大きく息を吸い、複雑な思いで携帯を閉じた。

ちょうど同じ頃……国立微生物研究所では千沙子の携帯にある男から連絡が入っていた。着信画面を見て早足で席を離れた千沙子は、人目を憚ってパーテーションの陰に隠れて小声で受けた。

「長峰です」

——間もなく採取した血液がそちらへ届きます。

「ええ、連絡がありました」

——《レベル4》実験室を稼働させていたおたくでしか検査ができないのが不幸中の幸いでした。なんとかして検査結果を陽性だと報告してください。

「無理です、そんなの！」

思わず大きな声を出してしまった千沙子は、周囲を窺った。

——無理でもやってもらわないと困る。こちらは病室内で全員発症させる手筈を整えました。検査結果が陰性では困ります。検査の結果は全員感染していた、いいですね？

「もしもし？　もしもし!?」

そこまで言うと男からの電話は一方的に切られてしまった。呆然とする千沙子をパーテーションの向こうから呼ぶ声がした。

「長峰、なにしてる。もうすぐ検体が到着するぞ」

主任の志茂田だった。

「はい！」

返事をした千沙子は、青ざめた顔で目を閉じた。

やがて検体が届いた。検体の入ったケースを受け取った志茂田が《レベル4》実験室用の機密性の高い防護服を着用して、サポート室に入ろうとしていた。同じく宇宙飛行士のような格好をした千沙子が後を追う。千沙子の手には医療用のメスが握られていた。

「ちょっと待ってください」千沙子は上司を呼び止めると、「肩のところが裂けています」と言いながら志茂田の防護服を確かめるふりをして、そっとメスで切り裂いた。

「なんだって？　着るときにちゃんと確かめたぞ」

「ほんの小さな裂け目ですから、急いでて見落としたんじゃありませんか。貸してください。わたしひとりでやります」

千沙子は志茂田から検体のケースを奪うと、サポート室のドアに向かった。その背中に志茂田が語りかける。

「着替えてくる」

「大丈夫です。ひとりでやりますから。主任が着替えて実験室に来る頃には分析は終わっていますよ」

「極力早く着替える」

「結構です。そんなことより自分の不注意を反省しててください」

そうまで言われると、志茂田も折れるしかなかった。

「すまんな、長峰」

「気にしないでください。失敗は誰にでもあります」

邪魔者を追い払うことに成功した千沙子は実験室に入ると、大きく肩で息をした。

十数分後、千沙子は実験室から出てくると防護服を脱ぎ、すぐさま携帯電話を手に取った。

「微研の長峰です。検査結果をお知らせします。全員ポジティブです。ええ、感染しています。そのままの状態で隔離を続けてください」

八

警察手帳を見せて陰圧病棟に入った薫は、感染症隔離病室を見て回った。ほどなくしてガラス越しの陰圧病室のなかに、項垂れて腰を下ろしている米沢を見つけた。米沢も薫に気付き、ガラスの脇に寄ってきた。薫はジェスチャーでこれから起こす行動を説明して、手を振った。

薫はまず急いで病棟の下調べをした。その結果、防護服を着た隊員を引っ張り込むには、汚物処理室が最も適当だとの判断を得た。それから廊下を通りかかる隊員に声をかけ、『多少手荒な』真似をしてその隊員を汚物処理室に閉じこめ、奪った防護服を身に着けた。

右京の言う通り、マスク越しには顔も分からず、怪しまれることなく陰圧病室に入ることができた。

「お待ちしてました。杉下警部から事情は伺ってます」

米沢が迎え入れる。

「あの人ですか？」

薫は奥のベッドに横たわり、引き攣った表情で荒い息をしている捜査員を指した。

「そうです」

とにかく時間がない。挨拶もそこそこに薫はその捜査員の傍らに進み、防護服のマスクに手をかけた。慌てて米沢が薫の腕を摑む。

「本当にいいんですか？　なんの確証もないんですよ。もし杉下警部の判断が間違っていたとしたら、あなたも感染してしまうかもしれませんよ、今ここで」

薫は米沢の肩をぽんぽんと叩いて言った。

「大丈夫ですよ。右京さんの判断は間違ってませんから」

「どうしてそんなことが言い切れます⁉」

米沢が言い終わるか終わらないかのうちに、薫はパッとマスクを外した。

「あ、ああっ！」

米沢のみならず、病室中の捜査員がどよめいた。

マスクを外してさっぱりした顔の薫は、ちょっと鼻を擦った。そして、

「何年あの人と相棒やってると思ってるんですか」

米沢の目をじっと見てそう言うと、捜査員たちに向き合った。

「皆さん、詳しい説明は省きます。協力してください。皆さんが助かる可能性がありま
す。いいですか、彼にこの防護服を着せます。何人かは見張って、何人かは手伝っ
て！」

薫の心意気に感じ入った捜査員たちは、その号令で直ちに動き出した。

感染した捜査員に手際よく防護服を着せた薫たちは、ようやくひと息つくことができ
た。

「彼になにか注入した奴は、これと同じ防護服を着てたんですよね？」

ベッドに横たわり、マスクの中で依然苦しそうに息をしている捜査員を指して、薫が
米沢に訊ねた。

「ええ。マスクで顔は確認できませんでしたが……」

そのとき、何気なく防護服を見ていた米沢の顔つきが変わった。

「あっ！　こ、これが、ありました！」

米沢は防護服の左足に付いている番号を指さした。

「こ、この番号？」

薫が捜査員の足を押さえて、《POLICE 115》と記されたラベルを指す。

「間違いありません！　この防護服を着てた人間が彼に注入したんですよ！」

「いや、着てた奴って」よく考えれば、その男は……。「あいつだ！」薫は一目散に出口に向かって走った。米沢が慌てて薫を押さえる。

「ダメ、ダメですよ。まだ出られませんよ！　完全に感染してないとわかるまでは！」

「いや、でも、あいつ、あそこにいるんですよ」

「いや、ダメだってば！」

米沢の言う通りだが……すぐそこに犯人がいて、しかも気絶しているのに！　歯がゆい思いで一杯の薫は頭を掻きむしった。

そのとき薫の携帯が鳴った。着信画面を見ると伊丹だった。なんだよ、こんな時に……。

「うるせぇぞ！」

携帯を取って開口一番怒鳴りつける。

——おめえの声のほうがうるせえよ。話は聞いた。無事か？

いつもと違って、伊丹はちょっと落ち着いた声を出した。

「余計なお世話だ、この野郎！　チッ、なんか用か!?」

いつもと変わらぬ調子の薫は、罵り声を上げる。

――そんだけ元気ってことはまだ無事だってことだな。おめえの間抜けヅラを見物できねえかと思って来てみたんだが、やっぱ中へは入れねえんだな。

落ち着いた声だが、やはり憎まれ口に変わりなかった。

「当たりめえだ、バカ！」吐き捨てた薫だが、次の瞬間なにかにハッと気付いたようだった。「おい、来てみたってどこへ？」

――病院に決まってんだろうが！

薫の顔が急に生気を帯びた。

「病院のどこだ？　いや、どこでもいい！　いいか、陰圧病棟汚物処理室に行ってくれ！」

――お、汚物処理室？

「伊丹！　頼む！」

――お、おう……。

なにがなんだかわからないが、宿敵の切羽詰まった頼みを伊丹は引き受けた。

陰圧病棟に入った伊丹は、薫の指示どおり汚物処理室を開けてみた。そこには小柄だがよく鍛え上げられた体つきをした男が気を失って倒れていた。二、三度頬を叩いてみたが反応がない。伊丹は脇のホースを手にして蛇口を開いた。冷たい水が男を直撃した。

「お目覚めですか？」

伊丹は警察手帳を示した。

「あ、いや、誰だかわからないが突然襲われて……」

弁解しようとした男を伊丹は組み敷いた。

「襲ったのは亀山薫。今病室にいるよ」

「病室？」

「てめえ、なに注入したんだ？　おい、コラァ！」

伊丹は男を締め上げた。

九

検査結果を全員ポジティブだと偽って発表した千沙子は、主任の志茂田とオフィスの片隅で小声で話し合っていた。

「気の毒だが全員……小菅の奴、なんてことしてくれたんだ、まったく。研究所(うち)もどうなるかわからんぞ」

志茂田が嘆いた。

「え？」千沙子が問い返す。

「そりゃあそうだろ。こっそり《ＢＳＬ４》実験室を稼働させてただけでも大問題なんだ。そこで殺人ウイルスこしらえて、そのウイルスで犠牲者を出したとなりゃ……あ、そうか、きみは今年いっぱいだったか。なら、あまり関係ないな」

「関係ないことないですよ。この研究所にはずいぶんお世話になりましたから」

千沙子はさすがに良心が咎めたのか、瞼を伏せた。

そのとき、千沙子に面会の呼び出しがかかった。

怪訝に思って一階に降りていくと、エレベーター前に刑事が立っていた。特命係、杉下右京。千沙子は表情を固くしてフロアに降り立った。

「お忙しいところ、どうも」右京が慇懃に頭を下げた。

「あまり時間は取れませんが」千沙子はつれなくあしらった。

「ええ、こんなさなかですからねえ」

「なんでしょう？」

「血液検査の結果はいかがでした？」

「全員ポジティブでした」右京の問いに千沙子は間髪を容れず答えた。

「ええ、先ほどそのようにあなたから報告があったと聞きました」

「ご存じだったのなら……」

千沙子は不快感を露にした。

「ですが、ぼくの得ている情報とはどうも様子が違うものですから」

「は？」

「ぼくのは生の情報です」そう言うなり右京は携帯を取り出してかけた。「もしもし」

――はい。

薫が出た。

「現在、中の様子はどうですか？」

――変化ありません。一名を除き、あとはピンピンしてます。

漏れ聞こえてくる音で、千沙子にもそれがなにを意味しているのか分かった。

「話しますか？」右京は携帯を千沙子に差し出した。首を振って拒む千沙子を見て、携帯をつなげたままで右京が続けた。「いま、陰圧病室の中です。あなたもご存じの亀山くんです。ご自分の耳で病室の中の様子をお聞きになったらいかがですか？　現場で感染し、あなたのおっしゃるとおり全員がポジティブという結果だったならば、そろそろ全員が発症していなければおかしいですよねえ。しかし、現在発症者は一名。その一名も亀山くんが見事に隔離しましたので、感染はそれ以上広がっていません。つまりあなたが関係機関に指示なさったようにそのままの状態で隔離を続けても無駄だということですよ。どうでしょう？　はっきりさせるためにもう一度分析していただけませんか？

検体は当然保管してありますよね?」

千沙子の顔色が見る見るうちに変わっていった。

「時間の無駄です」

「ええ、そのとおり。結果が陰性(ネガティブ)であることはあなたがよくご存じのことですからねえ。そもそも小菅彬がこの研究所から持ち出したウイルスは偽物だった……そういうことではありませんか? しかしウイルスが偽物だとわかってしまうと、ならば本物はどこだということになってしまう。それを防ぐために捜査員の一名に本物のウイルスを注入した。そのまま時間が経過すれば全員が感染し発症します。あたかも小菅彬が持ち出したウイルスによって全員が感染し発症したように見せかけられる」

右京はそこで言葉を切って、穏やかながらも有無を言わせない口調で千沙子を詰問した。

「本物のウイルスは今どこですか? 知らないとは言わせませんよ。あなたが関与していることは間違いありません。ネガティブであるはずの検査結果をねじ曲げてポジティブだと報告し、そのまま隔離を続けるように指示なさったわけですからねえ」

なおも俯いて沈黙を続ける千沙子に、とうとう右京も堪忍袋の緒が切れた。

「長峰さん! これはゲームではありませんよ! 現実に今、本物のウイルスでひとり死にかけているんです! 本物のウイルスはどこからやってきたんですか!?」

右京に叱責された千沙子は雷に打たれたようにビクッと身を痙攣させた。

「自衛隊です」

「自衛隊ですか？　ひょっとして殺された後藤さんも関与していたんですか？　たしか彼は化学防護隊のアドバイザーをなさっていましたね」

「元々、後藤が持ってきた話です」

思い詰めた顔をそらして千沙子が答えた。電話で偽りの検査結果を強要してきた男も、自衛隊の幹部であった。ようやく千沙子は真実を口にし始めた。

小菅の作ったウイルスを自衛隊に売る……そんな話を持ちかけた後藤は、こう言ったのだった。

――あのウイルスはたしかにあいつが作ったものだ。けど、あいつの所有物じゃない。いや、仮にあいつの所有物だとしても、ここに置いておいて役に立つか？　世間には公表できないウイルスなんだぞ、あれは。同じく世間に公表できないとしても、自衛隊ならば軍事機密というベールの陰で必ずあれを役に立てるはずだ。いや、ここに置いておくよりはずーっといい。そう思うだろう？　きみだって。親切心で言ってやってるんだぜ……。

『親切心』。たしかに後藤はそう言った。海外にフィールドワークに出たがっている千沙子の心を見通してのことだったのだ。アフリカでもアマゾンの奥地でも、一年かそこら自由に研究できるくらいの資金は調達できる……後藤はそれを餌に千沙子を誘ったのだった。

「報酬目当てで後藤さんの話に乗ったわけですね」

右京が問い詰めた。

「どうしてもフィールドワークに出たかったんです。マールブルグもエボラもまだ自然界での宿主（ホスト）は不明です。現地で研究活動をしたかったんです」

研究……右京はそのためにこれほどの罪を犯してしまった千沙子に軽蔑の目を向けた。

「誘惑に勝てなかった。さしずめそういうことでしょうかねえ。ちなみにフィールドワークへご出発の日時はもうお決まりなんですか？」

「来年早々に」

「そうですか。しかしそれはキャンセルしていただくことになるでしょうねえ」

何年かかって償える罪だろうか……右京の冷たい言葉に触れて、自らが直面している現実に思い至った千沙子は身を震わせた。

夜の都会を走り抜ける車に、右京と薫が並んで乗っている。

「ぼくの言葉だけを担保に行動してくれたきみに、感謝します」

ハンドルを握っている薫に、右京は言葉をかけた。薫は少々照れ臭そうに笑ってから訊ねた。

「本物のウイルスの出どころは自衛隊で間違いないんスか？」

「間違いありません。きみが襲ったＮＢＣ隊員ですが……」

「いや、襲ったって……そりゃないスよ」

「彼は予備自衛官であることが判明しました」

「予備自衛官？」薫が問い返す。

「普段は一般社会で仕事をしながら有事の際には召集されて後方支援を行う自衛官のことですよ。退職した自衛官が対象になり、本人の志願によって予備自衛官として採用されることになります」

「でも一般社会で仕事をしながらったって、彼は警視庁のＮＢＣテロ対応専門部隊の隊員でしょ？」

「ですからスパイと思われても仕方ありませんねえ」

　そのことは早速、警察庁と防衛省との組織上の葛藤となって問題化していた。小野田に呼び出された防衛省大臣官房審議官の山岸は、相変わらずのポーカーフェイスで白を切った。

「スパイとは穏やかじゃありませんねえ。彼はたしかに予備自衛官のようですが、まさか警視庁に勤務していたとはねえ。ハッハッハ……」

　笑って誤魔化そうとする山岸に、小野田がソフトだが鋭い詰問を浴びせる。

「採用の際に勤務先を確認なさらないんですか？　あり得ないでしょう」

「それについては偽りの申告を受けていたようです」

「天下の防衛省さんにしては間が抜けてますねえ」

　小野田は最大級の皮肉を込めた。

「なにしろ現場での話ですからねえ。まあ早速、採用担当を懲戒処分にしますよ」

　蛙の面にしょんべんとはこのことか。のらりくらりと官僚的に振る舞う山岸に、さすがの小野田も我慢の限界を超えたようだった。

「ひと言いい？」

　ソファにふんぞり返っている山岸の背後に回った小野田が、耳元に口を近づけた。

「はい？」

「〝省〟に格上げされたからって、少し調子に乗ってない？」

　その瞬間、山岸の顔色がサッと赤くなった。

　突然強く降り出した雨に、薫はワイパーをオンにした。

「しかし、小菅のゲームがとんでもないものを炙り出しましたねえ」

「ええ」

エンジン音に雨音が交じり、わずかに車内に沈黙が訪れた。

「右京さん……」

小さく溜め息をついて、薫が話しかける。

「先ほどの電話の件ですか？」

考えていることは、右京も同じだったようだ。

「すいませんでした。突然どさくさ紛れに。っていうか、右京さん、勘づいてたみたいだし……」

「その件は全てケリがついてからにしましょう。ぼくとの最後の事件はまだ終わってませんよ」

「え？」

十

警視庁に戻った右京と薫は、留置場に小菅を訪ねた。

留置係に鍵を開けてもらい、小菅の前に座った右京が小菅を睨んで言った。

「あなたの持ち出したウイルスは偽物でした」

「誰も発症しなかった？」

「いえ、残念ながら勇敢な警察官が一名死亡しました」

「一名？」小菅は怪訝な顔で問い返した。

「ええ」

「矛盾するなあ。だってぼくのウイルスは偽物だったんだろ？」

「ですから、あなたのウイルスでは発症していません」

「妙なことを言うなあ……ってことは、どこか別の所からウイルスが出現した？」

言葉とは裏腹に、小菅はどことなく嬉しそうである。

「ええ。あなたの真の目的どおり、それを炙り出すことに成功したんですよ」

右京のそのひと言で、小菅はニヤリと歯を見せた。

「そう。本物は自衛隊が持ってたろ？」

「やはりそれをご存じでしたか」

「あいつら、ぼくのかわいい《わが子》を勝手に売っ払いやがったんだ」

小菅は憎しみを込めて言った。

「後藤さんと長峰さん、だな」小菅の背後にいた薫が言った。

「ひどい奴らだろ？」小菅が振り向いた。

「わかっててどうしてこんな真似した？」

「《わが子》を奪還するためさ」

「なにい？」

「あのウイルスはぼくが生み出したんだ。他人の自由になんかさせない」

尋常でない目つきをしている小菅に薫が説いた。

「わかってたなら他にやり方あったろう」

「どんな？　稼働してないはずの実験室で生まれたウイルスだよ？　この世には存在しない子。その子がさらわれたって騒いだってとぼけられておしまいさ」

「たとえふたりがとぼけたって他の研究員はウイルスのことを知ってるだろ。事実、この世に存在してたことを！」

「ぼくが騒ぐことを研究所が許すと思う？　騒げば《レベル4》の実験室を稼働させてたことが世間にバレちゃうんだぜ。なんとしてもぼくを押さえ込もうとするさ。ましてやさらった相手が自衛隊じゃ、正攻法で太刀打ちできるわけないだろ」

「だからあなたはまず、長峰さんの危機感を煽ることから始めた。そうですね？」

右京が訊ねると、小菅はフンと鼻を鳴らして言った。

「彼女、相当焦ってたよ」

「その甲斐あって、あなたは後藤さんを実験室におびき寄せることに成功したんですね」

「後藤が来ても長峰が来てもどっちでもよかったんだけどね。もしかしたらふたり揃って来るかとも思ったんだけど、まあ、後藤でよかったよ。長峰だったら殺すのにちょっと躊躇したかもしれない。そもそも後藤がウイルスを売っ払った張本人だからね。その後あいつはそれが発覚しないように危険なウイルスは処分すべきだって所長に進言したんだ。とんでもない奴だろ？」

「だからって殺す必要があったのか？」

その薫の問いかけに答えたのは、右京だった。

「あったんですよ」

「え？」

「殺人事件を起こせば否応なく警察が介入する。そうなれば未承認の実験室が稼働していて、しかもそこで殺人ウイルスが作られていたことを紛れもない事実として世間に認識させられる。そのために殺人は必要だったんです」

自分の代弁をしてくれた右京を小菅は睨んだ。

「しかし、このゲームの本当の意図がよくわかったね」

「あなたが長峰さんに暗示めいたことをおっしゃったと聞いて、最初違和感を持ちました。なぜ彼女に打ち明けたのだろうと。そしてぼくたちが長峰さんにお話を伺っている途中、あなたから長峰さんに電話が入った。どうして逃亡中のあなたが長峰さんとコンタクトを取ろうとしたのか、これもいささか気になりましてね。ひょっとしておふたりは特別な仲にあるのかとも勘繰ったりしたのですが違っていました。長峰さんは後藤さんとつるんでいたわけですからね。しかし、長峰さんがあなたにとって特別な存在であることは読み取れましたので、あれこれ考えを巡らせているうちに先ほどほぼ事件の全容が明らかになり、あなたの真の意図に辿り着いたというわけですよ」

「警察にあなた方みたいなコンビがいるとは思わなかったよ」

小菅は再び不敵な笑みを浮かべて続けた。

「で？　自衛隊に捕らわれの身の《わが子》はどうなるんだろう？」

「恐らく廃棄処分になるでしょうねえ」

答えた右京に向かって、小菅はニッコリ笑った。

「奪還成功だ。もう誰も《わが子》を自由にできない」

「おまえもな」

と言った薫を振り返って、小菅はグッと睨んだ。

「いいや。だってぼくは彼らの生みの親だよ。いつだって彼らを生み出せる、そうだろ？」

そう言って高笑いしようとする小菅の鼻を、右京が折った。

「しかしその前に、あなたにはぜひともやるべきことがある」

「え？」

「人を殺めた罪を償うことですよ」

眼鏡の奥の右京の瞳が鈍く光った。

「ああ、そうだ。おまえはふたり殺したんだからな」

薫が追い討ちをかける。

「ふたり？　ひとりは自衛隊員が殺したんだろ？」

「いいや！　どっちもてめえの仕業だ。てめえのくだらねえゲームの被害者なんだからな！」

薫が恫喝すると、右京が深く頷いた。

償いはおそらく一生を費やすことになるだろう……右京の眼は小菅にそう伝えていた。

十一

小菅の意図もすべて暴き、防衛省には官房室長の小野田が自ら警察庁の精鋭を引き連れて乗り込むことになった。一件落着を見たふたりが特命係の小部屋に戻ってきたのは、もう夕刻が近づいた頃だった。窓からは西陽が射し込み、部屋中をオレンジ色に染めている。部屋に入ると右京は紅茶を淹れはじめ、薫は安堵の溜め息をひとつ吐いて机の端に腰かけた。

「三カ月前の渡航がきみになにを決意させたんでしょうねえ」

ポットから紅茶を注ぎながら、右京が訊ねた。三カ月前の渡航……それは友人の死をサルウィンにいる新妻に知らせるという辛い目的をともなっていた。

「右京さんにはかなわないな。なんでもお見通しですか」

薫が苦笑を浮かべた。

「当たってますか？　まあ、わかりやすいサインがありましたからねえ。帰国後急に始めたウェイトトレーニング、突如整理整頓された机、それからこれ」右京はコーヒー豆が底をついた瓶を手にした。「また行くんですか？」

薫は直立不動の姿勢をとった。

「はいっ。今度は本格的に」そして照れながら付け加えた。「いや、子どもたちとね……」

「はい？」

「約束したんですよ、必ずまた来るって。日本語を教える約束をしたんです」

「先生ですか！」

右京が感心して声を上げた。

「いやいや、生徒でもあります。彼らからは向こうの言葉を習います」

「なるほど」

右京は微笑んで薫を見た。

「でも……笑わないでくださいね。本当に教えてやりたいのは〝正義〟です。不正だらけのあの国だからこそ子どもたちには正義を知ってほしい。そのためにはちょっと行って帰ってくる、そんなことじゃダメだから。向こうに根を下ろすつもりじゃないと」

胸を張り、目を輝かせて真っ直ぐに希望を語る相棒の顔を、右京はちらと見た。が、眩しくてすぐに目を伏せた。

「誰が、笑うものですか」

力強く言ったつもりだったが、不覚にもこみ上げるものが語尾を震わせた。

「お世話になりました！」

しばしの沈黙ののち、薫がフライトジャケットの襟を正して大きな声で挨拶をし、深く腰を折った。

右京は手にしていたティーカップをテーブルに置き、静かに右手を差し出した。薫はその手をじっと見ていたが、やがて意を決したようにがっしりと摑んだ。

「で、なんて答えたんですか？」

暖簾を下ろした〈花の里〉で、宮部たまきが右京にお酌をした。今日ばかりはたまきもカウンターに座り、《相棒》が去った日の元夫にとことん付き合うつもりだった。

「なにがですか？」

右京はわずかに照れながら、杯を傾けた。

「〝お世話になりました〟って言われて」

「特になにも」

それだけ言うと右京は少し間をあけ、手にした杯を宙に浮かせて静かに呟いた。

「なにしろ初めてだったものですからねえ。いままでああいうことを言われたことがありません。彼の前に六人いましたが、みんななにも言わずにぼくの前から姿を消しました。最短は一日で、最長でも一週間もちませんでしたからねえ」

そうして一息に飲み干した杯に、たまきは黙って徳利を傾けた。これほど右京を身近に感じたのは、久しぶりだった。


亀山家には夫の突然の決断をめぐり緊迫した空気が漂っていた。リビングに流れる長い沈黙を破ったのは美和子だった。ひとつ大きな溜め息を吐いたかと思うと椅子から立ち上がり、いきなり携帯を握った。

「ああ、もしもし、お母さん？　わたし。美和子。あのねえ、わたし、薫ちゃんと別れることにしたから」

焦ったのは薫だった。

「おいおい……ちょっと、なに言ってんだよ！」

美和子から携帯を取り上げようと手を伸ばした。

「いや、だってそうでしょ？　単身で行くってことはわたしがいらないってことでしょ？」

「じゃあじゃあ……じゃあ行く？」

薫は上目遣いで美和子を見た。

「じゃあってなによ！　来てほしくないの？」

「いや、来てほしいけど」

「けどってなによ！」

「いや、過酷な場所だから嫌がるかと思って」

「嫌に決まってるでしょ」

「だろう？　だから俺は……」

「だから来てほしくないの？」

「いや、ほしいけど」

「だったら素直にそう言えばいいじゃん」

「だって嫌なんだろ？」

「嫌に決まってるでしょ！　だって突然そんなとこ行って、わー嬉しいなんて言うと思う？」

「だから俺は」

「でも来てほしいんでしょ!?」

「いや、来てほしいけど！」

シーソーのようなやりとりのすえ、ついに美和子は絶叫した。

「どっちなのー？」

「おまえこそどっちなんだよ！」

薫の怒声のあと、お互いに黙って睨みあう。

「ついてこい！」

薫は美和子を押し倒した。

翌日、警視庁刑事部は蜂の巣をつついたような騒ぎに包まれた。

「部長！」

内村がお茶を手に新聞を読んでいると、いきなり中園が慌てふためいて飛び込んできた。

「なんだ？　騒々しい」

内村はいつもの仏頂面でたしなめた。

「亀山が、辞表を提出しました」

「亀山が？　そうか」

聞き流した内村は再び新聞に目を落としたが、次の瞬間、事の次第に気がついて、おもむろに椅子を蹴った。

「なにぃィー？」


その一報を耳にした捜査一課の三浦と芹沢は、必死に伊丹を捜した。

当の本人は、屋上でひとりタバコを吸っていた。

「おい、伊丹、どうやらマジだぞ」三浦が言った。

「辞めちゃうみたいっスよ」芹沢が伊丹の顔を覗き込む。

伊丹はそのことを既に知っていたようで、苦虫を噛み潰したような顔で、中空に向かってプーっと煙を吐き出した。

「ま、関係ないけどね。おおかた、俺にはかなわないって悟ったんじゃないの？」

そう言い捨てると、ふたりと目を合わせることもなく、タバコを揉み消してぶらりと去っていった。

《警視庁　陸の孤島》と呼ばれた部署に長くいたせいか、挨拶まわりをすると言っても、そう訪れるところはなかった。けれどもこの人だけは……そう思って薫がやってきたのは、鑑識課の部屋だった。

「それじゃあ……」

米沢に丁重な礼を述べ、頭を下げて立ち去ろうとした時だった。

「あっ、ちょっ、ちょっと待ってください。ちょっと……待ってくださいね」

薫を引き止めた米沢は、いきなりズボンのベルトをはずしはじめた。

薫が怪訝な顔で見ていると、米沢は腰のあたりに手を入れて、錦繡のお守りを取り出した。

「これ、お持ちになってください。警察官になった時、母からもらったものです。これのおかげで無事にやってこれたと思ってます」

「いやあ、こんな大事なものもらえませんよ」

薫は頭を掻いて辞退した。すると米沢は微笑んで、

「いいえ、お返しですから」

と言った。

「お返し？」

「今回、亀山さんに命を助けてもらったんですから」

米沢の黒いセル縁眼鏡の奥の瞳が、ちょっと潤んでいる。

「うん……それじゃあ」

しばらく考え込んでから、薫はそのお守りを大事に両掌で包んだ。

最後に薫は、もう一度特命係の小部屋を訪れた。フロアの奥まったところにまるで物置のように設えられた部屋だったが、こうなってみるとなかなか悪くない場所だと思えた。右京はすでに去り、主のいない部屋は深閑としていた。部屋を見渡していると背後からどたどたと足音が聞こえてきた。薫はパッと振り向いて指をさす。

「おおっ！　暇か？」

十八番（おはこ）をとられた角田は、

「亀ちゃん、びっくりしたよ？、マジかよ!?」

と小さい目をまん丸にした。

「ええ……」ペコンと頭を下げた薫はコーヒーの棚に気がついて、「あっ、課長。次からは課長が買ってくださいね。ここ置いときますから」

空の瓶を掲げた。

「ああ、あの……」

角田が言葉を見つけられずにいると、

「じゃあ」

部屋を出ようとした薫が、思い出したようにドア口に戻る。

《杉下右京》
《亀山　薫》

ふたつ並んでいる木札は、右だけ赤い字のほうになっている。

手を伸ばして一瞬躊躇った薫だったが、左の自分の札を外してポケットにしまった。

「元気でな！」

並んで立ちすくんでいる隣の組織犯罪対策五課の大木長十郎と小松真琴の肩をポンと叩いた薫は、「皆さん、さよならー」とフロア中に届く声で挨拶をして走り去っていった。


通い慣れた廊下をひとり歩いてゆくと、背後からあの声に呼び止められた。

「おい！　元特命係の亀山ァ？」

「ケッ！」

立ち止まってゆっくりと振り向く。

「ケツまくるとはおまえらしいぜ」

ポケットに手を突っ込んだ伊丹が歩いてくる。

「なんとでも言え！」

「てめえなんかな、ジャングルの奥で死んじまえ！」

「へっ、そうなったら真っ先におまえんとこに化けて出てやるよ」

　薫は両手を胸の前でブラブラと振って見せた。

「おおー、上等だコラァ！」

「へへッ」

　しばらく睨みあっていたが、伊丹が捨てぜりふとともに踵を返した。

「とっとと行けよ、バカ野郎」

「てめえが呼び止めたくせして、なんだその言い草は！　おまえこそとっとと死ね！」

　いつものやり取りが終わってみると、いつになく静かな廊下がより静かになった。


「また独りになったねえ」

　警察庁の前の歩道を、小野田と右京が肩を並べて歩いている。

「ええ」

　右京が応えると、ふたりともしばらく無言で歩みを進めた。

「なにか食べて帰る？」

「いいえ」

　きっぱりと辞し、曲がり角で小野田と別れた右京は、じっと立ち止まってなにかを考えていた。それから携帯を取り出し、アドレス帳の一番頭にある番号を押した。

――はい。

「ぼくです」

――はい。どうしました？

「ひと言、言い忘れていました」

――え？

「どうか気をつけて行ってください。以上です」

振り向くと、都会の雑踏は今日も変わらず動いていた。

# 「完璧なツッコミ」の右京さんに、ボケてもらえたら

上田晋也（くりぃむしちゅー）

「相棒」を見るといつも思うんですよ、俺って浅はかだなあ、子ども用プールの水深くらいの浅さだなあって。

初めて見たのは、たぶん何年も前の年末だったんですけど、部屋の大掃除をしながらテレビをつけたら、「相棒」だったんです。子どもの頃から水谷豊さんの大ファンだったし、人気シリーズだと知っていたので、「ああ、これか」と見始めました。「こういう展開になるだろうなあ」と自分なりに想像しながら見ていたんですが、最後まで見たら、いわゆる「二転三転」、全然違いました。「わ、このドラマすっげーっ」と衝撃を受け、さかのぼって全部見て、以来、毎週見ています。

いつも「おそらくこういう展開で、こいつが犯人で」と予想しながら見ていくわけです。それが必ず覆（くつがえ）される。それでいて破綻してない。無理矢理だれかを犯人にしたという感じが全くなく、ああ、そうだったんだと納得させられる。自分の予想が裏切られた爽快感。そう、気持ちよく裏切られるんです。

犯人と思える人が出てきても、全然違う事情が裏にはあって、別な人が犯人で……その繰り返し。だから「俺って浅はかだなあ」なんですが、それがいいんです。

とにかくストーリーがすごいから、本にならないかなあと思ってました。本になれば、ミステリーの賞とかいろいろもらえるのに、と。それが出たと知って、「あ、やっぱりね」と思いました。

そしてもちろん、「相棒」は水谷さんの魅力です。

ドラマの水谷さん、つまり杉下右京ですが、全然ぶれないですよね。自分が正しいと思っていることに関しては、全くぶれない。そのぶれなさ加減が、僕の勝手な予想ですけど、水谷さんと重なるんじゃないかなあって。水谷さんも、自分が正しいと思った仕事とか自分の生き方とか、そういうことがぶれず、それが右京とバッチリあっている。もちろん遊び心といったものは、水谷さんのほうが右京さんよりずっとあると思います。でもドラマ全体を流れるしっくり感、説得力というのは、二人が重なる部分があってこそだと思うんです。

水谷さんには何回かお会いしてますが、すごく嬉しいことがあったんです。一年くらい前でしたか、テレビ朝日の楽屋なんですけど、僕は「シルシルミシル」という番組の収録があって、同じスタジオで水谷さんは「相棒」の撮影をしていらした。その少し前に水谷さんには「おしゃれイズム」という番組にゲストで来ていただいていて、そこでコンサートの話になり、「行かせていただきます」って言ったんです。でも水谷さんは社交辞令と思ってらしたらしく、僕が本当に伺ったことをとても喜んでくださったんです。

それでテレビ朝日のスタジオで、水谷さんが僕の楽屋にわざわざ挨拶に来てくださった。びっくりしました。しかも、完全に杉下右京の格好だったんです。「おしゃれイズム」でお会いした水谷さんと違って、杉下右京がちょっと入ってる感じでした。「上田さん、この間はどうもありがとうございました」っていう言い方が、僕に直接、杉下右京が話してるみたいだったんです。

なんていうかなあ、野茂英雄がトルネードでキャッチボールしてくれたみたいな感じです。小島よしおが俺だけのために全力で「そんなの関係ねえ」をしてくれたみたい、とか。あ、それは違いますね（笑）。とにかく、自分のためだけに杉下右京を演じてくださったように感じて、すごく嬉しかったですね。

杉下右京のような人にこそ、総理大臣になってほしいですよね。ここ数年「総理のぶれる発言」続きなのに対して、杉下右京はとにかくぶれないですから。彼の中では、法を犯していないかどうかが絶対です。法を犯した人は、政治家だろうがどんな偉い人だろうが、徹底的に追及する。

なってほしいなあ、総理大臣。でもそうなると、諸外国や官僚とぶつかってばかりになるかもしれませんね。杉下右京は正義の人だけど、正義はときに融通が利かない。「ライス大盛りにできません」の店みたいで、「いやいやそう言わず、少し融通利かせてよ」みたいな。

でも、その融通の利かなさこそが魅力なんですよね。今の政治を考えたりすると、融通性がないほうがいいのかもしれない。融通性があるから、ぶれてしまう。「融通性がある」と「ぶれない」の関係は、「やせたい、でも食べたーい」みたいなもので、両立はしないんですね、きっと。

お笑いコンビでいうと、右京さんは完全なツッコミ。亀山薫ちゃんがボケで、犯人もボケですよね。右京さんが「これはおかしいでしょう」「そこがおかしいでしょ」とツッコんで、破綻するところをついていき、犯人に白状させる。すごい完璧なツッコミの人です。ボケを一個も取りこぼさない。

だからこそ、右京さんがいじられ役になったり、ちょっとボケたところを見たいなという欲求が僕にはあるんです。昔、ドリフターズのいかりや長介さんが、加藤茶さんや志村けんさんにいじられると、子どもながらに笑えたし、いかりやさんの愛嬌も見えてきた。右京さんのそういうところも見てみたいんです。

「今週の右京さんって、ボケ的じゃない？」な感じ。神戸(かんべ)尊(たける)さんがツッコミに回ってリードしたり、右京さんがちょっと美人の犯人との恋みたいなことになって、揺れて自分を見失いそうになったり。あと、陣川警部補でも解けるようなことが解けない、とか。今後のシリーズでどうでしょうか。

右京さんは完璧な人ですが、抜けたところもあるはずなんです。だって、たまきさんとの結婚は、うまくいかなかったわけですから。そこには、なにかの破綻があったはずで、なぜ離婚したのかも知りたいですよね。そうすると、より右京の魅力が深まるような気が勝手にしてます。

もうひとつ杉下右京という人については、クールでドライに見えるけど、実はものすごい激情家じゃないか、と思います。頭がよくて冷静な人が、犯人に対して、「●●さん」などと声を荒げるときがありますよね。学生時代は気が短くて、感情の起伏が激しかった。それが社会に出て、抑えに抑えている。そういう人じゃないか、と。だから学生時代の右京をサイドストーリーみたいに出してくれないかなあ、なんて勝手に想像したりすることもあります。

僕が子どもの頃はビデオも普及しておらず、部活が終わったらチャリンコを一生懸命こいで帰って、「今日、絶対、あの番組見るぞ」って時代でした。今は録画しとけばいい、録り忘れてもネットで見ればいい、それもしなくても数カ月後にＤＶＤが出たら見ようという時代。なのに、水曜の僕は、「わ、早く帰んなきゃ」って気分になるんです。できるだけ帰るようにしますが、念のため録画もセットして出かけます。「相棒」にはすごく時間を費やしています。「相棒―劇場版―」も「鑑識・米沢守の事件簿」もちゃんと映画館で見ました。

シリーズの中で好きな話を選ぶのは、難しいですねえ。いくつもあるのですが、生瀬勝久さんの浅倉検事はすごく印象に残ってます（「相棒　警視庁ふたりだけの特命係」「相棒シーズン2上」）。たまに生瀬さんと仕事でご一緒しますが、あのイメージが強すぎて、ちょっと怖いですもん。それぐらい迫真の演技でしたよね。「バベルの塔」も大好きです（「シーズン5下」）。ココリコの遠藤章造くんが出ていて、うらやましい。でも僕は芝居できないですし、「相棒」への冒瀆になりますから、出演したいなんて思いません。あ、死体の役ならいいです。いきなり死体から登場なら、喜んで出演します。それで「相棒」に出させてもらったって、大声で言います。

寺脇康文さんにもかわいがっていただいていて、水谷さんの話をしたこともあるんです。

寺脇さんが「刑事貴族」で水谷さんと共演して、水谷さんは寺脇さんの「あこがれの人」で、最初は話しかけるのも恐れ多かった。だけど徐々に距離が縮まって、あるとき勇気を出して「僕、次のシーンでこんなふうなアドリブ入れようと思うんですけど、どうですかね」って話しかけたそうです。そうしたら水谷さん、寺脇さんを一分近くじーっとにらんだ、と。「うっわー、調子に乗ってアドリブなんて言って、こりゃ怒られるぞー」と思った一分後、水谷さんがすごく明るく、「オッケー」って言ったそうです。「あれは何の一分で、何を考えてのオッケーだったんだろう」って寺脇さんが言ってて、そして「ほんとに豊さん、いい人だよ」って話をしめたのが印象的でした。

寺脇さんは相棒を卒業されたわけですけど、新しい相棒ができてよかったです。僕、たまにギャグで言ってたんですよ、腑に落ちないボケをした人に対して。ちょっとしっくりこないボケをした人に、「ドラマ『相棒』に相棒がいないみたいなもんだろ」って。そんなことを何回か言ったことがあるくらい、新しい相棒どうなるんだろうなって、数週間、やきもきしてました。
お笑いもそうですが、相方によって性格が形づくられていく面もあると思うんです。だから今後、右京さんと神戸くんの性格が少しずつ変わっていって、新たな「相棒」の魅力になったりするのかなあ、なんて期待してます。

（うえだ　しんや／タレント）

# 相棒 season 7（第1話〜第9話）

***STAFF***

チーフプロデューサー：松本基弘（テレビ朝日）
プロデューサー：伊東仁（テレビ朝日）、西平敦郎、土田真通（東映）
脚本：輿水泰弘、櫻井武晴、岩下悠子、徳永富彦、渡辺雄介
監督：和泉聖治、長谷部安春、近藤俊明、東伸児
音楽：池頼広

***CAST***

杉下右京……………水谷豊
亀山薫……………寺脇康文
亀山美和子………鈴木砂羽
宮部たまき………益戸育江
伊丹憲一…………川原和久
三浦信輔…………大谷亮介
芹沢慶二…………山中崇史
角田六郎……………山西惇
米沢守……………六角精児
中園照生……………小野了
内村完爾…………片桐竜次
小野田公顕………岸部一徳

制作：テレビ朝日・東映

**第１話**　初回放送日：2008年10月22日、10月29日

## 還流

***STAFF***

脚本：輿水泰弘　監督：和泉聖治

***GUEST CAST***

瀬戸内米蔵 …………津川雅彦　小笠原雅之……………西岡德馬
兼高公一 ……………四方堂亘　京極民生………………織本順吉

**第２話**　初回放送日：2008年11月５日

## 沈黙のカナリア

***STAFF***

脚本：徳永富彦　監督：東伸児

***GUEST CAST***

松岡京介 ……………眞島秀和　後藤新次…………………大沢健
中村忠是 ………………磯部勉

**第３話**　初回放送日：2008年11月12日

## 隣室の女

***STAFF***

脚本：岩下悠子　監督：長谷部安春

***GUEST CAST***

岸あけみ ……………佐藤仁美　横山時雄………………湯江健幸

**第４話**　初回放送日：2008年11月19日

## 顔のない女神

***STAFF***

脚本：渡辺雄介　監督：近藤俊明

***GUEST CAST***

伊沢ローラ …………清水美沙　神野志麻子……………日下由美

第５話　　初回放送日：2008年11月26日

希望の終盤

*STAFF*

脚本：櫻井武晴　監督：長谷部安春

*GUEST CAST*

畑一樹 ………………蟹江一平　西片幸男………………水橋研二

大野木亮 ……………松田賢二

第６話　　初回放送日：2008年12月３日

最後の砦

*STAFF*

脚本：櫻井武晴　監督：近藤俊明

*GUEST CAST*

野村修司 ……………金山一彦　下柳努…………………鈴木浩介

第７話　　初回放送日：2008年12月10日、12月17日

レベル４

*STAFF*

脚本：輿水泰弘　監督：和泉聖治

*GUEST CAST*

小菅彬 ………………袴田吉彦　長峰千沙子……………大路恵美

相棒（あいぼう） season 7 上

朝日文庫

2010年12月30日　第1刷発行

脚　　本　輿水泰弘（こしみずやすひろ）　櫻井武晴（さくらいたけはる）　岩下悠子（いわしたゆうこ）
　　　　　徳永富彦（とくながとみひこ）　渡辺雄介（わたなべゆうすけ）

ノベライズ　碇 卯人（いかりうひと）

発 行 者　島 本 脩 二

発 行 所　朝日新聞出版
〒104-8011　東京都中央区築地5-3-2
電話　03-5541-8832（編集）
　　　03-5540-7793（販売）

印刷製本　大日本印刷株式会社



ISBN978-4-02-264577-7